入江敦彦

京都喰らい

140B

まえがき　色即是喰

この本は京言葉で書かれてます。

なんでかゆうたら、それは儂《わし》にとって〝生〟の感情を正確に表わせる言語やからです。どんな言葉よりも自由自在に使いこなせるこの語法で、自分が何より大事にしている行為、すなわち【食】について書いてみたい。——というのが、そもそもの動機でおました。

たとえば「お醤油」ひとつとっても「おしょうゆ」と読むか「おしょゆう」とルビを振るかで記憶に再生される味覚は京都人にとってまったく異なるんです。

でも、それて読まはる人に不親切やないの？という考え方もあるでしょう。が、関西の漫才師が全国ネットやからて共通語でネタを繰ったら、それこそ半分も笑い取れへんのと違《ちゃ》いますやろか。それとおんなじですわ。連載タイトルを『喰いしん坊漫才』としたんは、もちろんわたしらの大好物である駄洒落ではあるんですけど、そんなような思いも込めました。

むろんこれから綴るすべての文章を京言葉でやってくつもりはおへんのえ。おへんけど、ことこのテーマに限ってはなんやうまいことといくような手応えがありました。ちょうど医学用語ではいまだにドイツ語が公用語として使われるように、【食】には京都の言葉が塩梅《あんばい》ええんやないかゆう、そういう確信が。

そんなわけで、この本は京言葉で書かれた喰いもんの本です。なにゆうてんのかようわからん！言い回しもございますやろけど堪忍しとくれやっしゃ。「考えるんやない。感じるんや」とかゆわせてもろたらよろしやろか。

もひとつ。京言葉でやりたい思たおっきい理由に「喰う」の復権があります。共通語で「喰う」ゆうたら「食べる」より一段下ゆうか、お下品ゆうか、なんや荒っぽい、育ちの悪いイメージがありますやん。これ、京都《こっち》やと全然ニュアンスが違いますのや。「たくさん食べた」を京都人は「よー喰た」ゆいますけど、後者には前者にない多幸感《ユーフォリア》があります。満たされた想いが溢れ出すように、彼らはこの表現を口にします。おなかのくちた子供のようなストレートな喜びが滲む大好きな表現。この感覚を一冊通して読んでくださるみなさんにお教えしたいんですわ。

これに限らず「喰う」という言葉が儂はほんま好き。もう、好きすぎて【ku:】という発音記号で表されるオンが入った言葉はみんな頭のなかで【喰】の字に変換されてしてまう。「喰うポン券」とか「喰う也上人」とか「喰う龍城」とか。

あんね、喰ういう字は【食】に【口】がくっついてるでしょ。食べるゆうたら口からに決まってんのに、なんで余分が必要なんか？ゆうたら、ようするに、がっついてるわけやないですか。それしかないでしょう。まあ、世の中には二口女たらいう妖怪もいてるらしいけど、どこにでもいてはるもんやおへんしな。

やっぱりこの【喰】への愛着は「がっつく」感じに親しみが湧くからやないでしょうか。人間らしい欲求の発露がかいらしいゆうか。いじましいて、いじらしい。子供のころ食事のたんび母親に「お前は〝食べさせせん子〟みたい」やと叱られてましたけど、きっと一生、食べさせせん子のままな気がします。

ゆうても儂は何でもカンでも掻っ込め！掻っ込め！ひじを左わきの下からはなさぬ心がまえでやや内角をねらいえぐりこむように掻っ込め！と主張したいわけではありません。ましてや腹がふくれれば、それでいいと考えてるんでも。「がつがつ」とか「がっつり」と「がっつく」は儂のなかでは似て非なるもんですのえ。

あんね、ちまちま小賢しい料理出す店は勘弁してほしけど、儂普通に料亭とかフレンチとかも行きますもん。ほんで、そういうとこでは味覚そのものをゆっくり楽しみたいし、器も盛り付けも香りも余さず満喫したい。微妙なテクスチュアを口内から喉の奥まで使って堪能したい。食の快楽にとことん貪欲になって罪悪感すら覚えたい！それが食べさせせん子の本懐でしょう。

でも、そういった場にもがっつく悦びはしっかりあります。また、料理人も、その愉悦《ゆえつ》をちゃんと知ってて、どっかにそれを潜ませていたりする。というか、そういう作り手が儂は好っきゃ。

遠火でしっかり火を通した鮎を頭からかぶりついたり、殻に残った蟹の身をせせこましくせせったり、田螺《たにし》をちまちまちまちまほじくり返したりしているとき、ああ、いま儂はがっついてるなあ……と情熱の砂嵐めいた恍惚に胸が熱々になります。

鴨のロースト、仔羊のアントルコート、骨の周りに残った肉を手掴みでしがっているとき。フィンガーボウルで濯《すす》ぐ前に親指から小指まで順番についた脂を舐めてゆくとき。皿に残ったソースを猫が舐めたようにパンできれいに拭いさるとき。人々が感じるのは「がっつく快楽」以外のなにもんでもない。

ミシュランの星がついてるような店でも、そういう快楽は存外とあるもんなんやけど、なんや妙に畏《かしこ》まってしまう人が多いのはなんでなんでしょうね。

はっきり言うて、ジローが握らはった寿司を箸で食べるより、直に指で摘んで喰うスシローの寿司のが美味いん違うやろか。それくらい、がっつきファクターは料理の旨みを増してくれよる。「料理は五感で味わう」ゆう台詞がおますけど、これはそれを越えたとこを刺激する食における第六の佚楽《いつらく》やないかなー。

もちろん普段の食生活においても食べるんやのうて喰うシチュエーションはいくらでもあります。

儂はときたま家ごはんのときでも、おむすびを結ぶことがありますけど、それなんかも「がっつく」がしたいから。少人数でも予《あらかじ》め取り分けてあるより大皿から銘々に移していただくのんが好きなんも同じ理由。和洋中、煮ものもサラダも餃子なんかも必ずそう。

がっつき食の代表にピッツアがあります。はっきりゆうてこれは食べるもんやない。喰うもん。食べても美味しない。喰わな味がわからんもんですが、こないだご機嫌な窯焼きのピッツァリア『L'Antica Pizzeria Da Michele』で、喰う悦びと性的オーガズムへ至るプロセスの類似についてつらつら検証しておりました。

かぶりつくには熱すぎるか否か迷いつつ歯を剥き出してこわごわ齧るスリル。びろーんて伸びたチーズを上手に舌使こうて切れんようひゅるひゅる口内に手繰りよせてく感覚。満喫するには口の周りをべたべたにせざるを得ない野生の目覚め。一口ごとに繰り返される悦びの波。もうお腹いっぱいやのに意地汚く最後まで貪ろうとする執着心……。

あれやね。似てるどころやないね。同じもんやね。『恋人たちの予感』とか『トム・ジョーンズの華麗な冒険』とか昔から食事シーンがセックスのメタファーとして使われてきたんも当然やわ。

色即是喰《しきそくぜくう》。喰即是色《くうそくぜしき》。——とは、まさにこのこと。さすがお釈迦さん、よう解ったはる。尤《もっと》もこの場合の【色】とは、色事、色気の【色】やのうて、この世に存在する形あるものすべてを表した概念やそうで。つまり、全宇宙一切合切の本質は即ち【喰】やと。ならば【喰】は万物の姿そのものや。と、そんなようなことを説いたはるわけやけどね。なんや根本的に間違えてる気がせいでもないけど、まあよろし。

この本の元になってる140Bのウェブサイトでコラムを始めさせてもろたんが2013年の5月。連載は今も『年寄りの冷や飯』とタイトルを変えて継続中。ありがたいことになんぼでも続けてくれはったらええわとゆうて戴いてます。しかしまあこの4年は激動というかなんというか、えらいこっちゃな歳月でもございました。そんなかで間ァがあいたりしながらも書いてこれたんは、きっと京言葉でやらせてもろてたさかいやろなあと昔のコラムを読み返しながらシミジミ。

まさか死を願うほど痛い病気と闘わなアカンようなるなんて想像もしてへんかった。まさかそれが持病化して6回も手術せなならんようなるとは考えも及ばんかった。その6回目の手術んときに院内感染したんが悪化してこんどはマジで死にかけるとは、いま思い出しても嘘みたい。ほんで退院してきた日、誰より先にお見舞い電話をかけてきてくれた30

年来の友人が儂より先に逝ってしもたなんて……。

たぶん儂の一生のうち、これからも含めてこないに濃いい歳月は二度とけえへんやろし、そないちょくちょく来てもーても困りますわ。

この本は、そんなきっつい4年の一里塚。

死にかけてからとゆうもん知らんうちに精神的ダメージがあって、創作意欲はあんにゃけど集中力がすっかりわやになってもてなかなか本を書き下ろせんくてね。実はそれがなによりしんどかったかもしれんなあ。けどこの本が陽の目をみることで——そら歳喰た苦さを味わうことは頻《しき》り乍《なが》ら——なんとのう4年前の自分に、もとい4年前の何気ない当たり前の、それゆえ大切な日常に時を駆けてける気がしてます。

手に取ってくださった奇特な読者の方々も、あんじょう楽しんでいただけると嬉しいなあ。ほんで「よー喰た」気持ちを共有してもらえたら、そないもの書き冥利に尽きることはおまへん。あんなあ、へえ、耳を澄まして、みなさんのげっぷの音を待っとります。

なかには脂濃い、しつっこい味のエッセイで胸焼けしはることもあるかもしれませんけど、センブリやゲンチアナみたいに渋ぅーいんも混じってまっし胃酸過多で苦しむことはないかと存じます。どうぞ安心して宜しゅうたーんとおあがりやす。

目次

本書は１４０Ｂのウェブサイトでの連載
「喰いしん坊漫才」（２０１３年5月〜２０１７年7月）
全62回を解体、大幅に加筆・修正・再構成したものです。

毒を喰らわば皿まで

京都で生まれ育ってロンドンに住んでますよって、書く本はやっぱり京都とロンドンの本が多いです。成り立ちも性質もぜんぜん違う二都ですが、書くスタンスはおんなじ。ええことも悪いことも、綺麗なもんも汚いもんも、明るい場所も暗い場所も等しい視線で眺めて書く。それが儂《わし》の立ち位置です。

光あれば陰ありの喩えやおへんけど、どっちかだけなんぞあり得まへん。また、どっちもないと魅力的とは言い難い。これは都市だけやのうて人かて同じ。裏表のない人間に興味はありません。喰いもんかて同じ。アクやクセや苦さが喰いもんの味に深さを与え、甘味や甜味《てんみ》、旨味を引き立ててくれるんやから。

ところがね、そうやって酸《す》いも甘いも、辛いも苦いもしょっぱいも混ぜ混ぜに書いて、どれもが京都ですよ、ロンドンですよ、ケッサクでしょ？てやっててもリアクションはまったく異るんですわ。存外、京都のイケズや恐ろしさにはみなさん耐性があるゆうか、一緒になって笑ろてくれはるんですけど、これがロンドンになるとすごい拒否反応が返ってくることがしばしば。

「ワタシの夢を壊さないでッ！」みたいな人が多《お》い多《お》い。なんででしょうね。

儂がロンドンに馴染んだ理由の最たるもんのひとつに英国人の性格があります。この人ら京都人にそっくりなんやもん。とゆーか、へたしたら今日びの京都人より京都人らしいキャラがようさん住んだはりますのえ。皮肉屋で反体制で、言葉と態度と感情がばらんばらんで、もちろんイケズ。超イケズ。

そうゆうたら京都人と英国人の共通項に無類の駄洒落（Pun）好きというのもありました。関西人は総じて素人でも話が面白いしオチをつけたがります。が、京都人の駄洒落は、ちょっと意味が異なる。あんね、あの人らは笑かそとして駄洒落を連発するんやないの。話し言葉にリズムをつけるためにやってはんのえ。英国英語は、そらそらもー京都人の口語にそっくり。シェイクスピアなんか読んでもパンだらけやし。

てなこと言うても沙翁《さおう》が英国人やゆうだけで英国本のメインストリーム読者は否定したがる。ただの駄洒落に深遠なる意味を発見してしもたりする。もー、わけわかりまへん。やっぱしガイコクやからでしょうかね。ガイジンの日本に対するサムライ幻想とかと似たような美しい誤解がまだ根強くはびこってんにゃと思います。

また、えらいえらいナントカ先生とかカントカ先生が、そういう美しい誤解を助長するようなことを書き散らさはるさかい、儂みたいな三文もの書きがなんぼリアルを綴ってみても「嘘ばっかし！」となってまうんでっしゃろな。まあ、ドーでもよろしおすけど。けど、やっぱりヒトコト言わせてもらいたい。一事が万事で苦い現実から目を背けんようにしなはれや。やないとほんまに美味しい人生を喰いそびれまっせ。

話がえらい飛ぶようですけど、儂が必要以上に「綺麗な嘘」を憎むんは胡瓜のせいです。

子供の頃から河童の生まれ変わりじゃないかと思うくらい胡瓜が大好きでした。胡瓜もみ、とりわけ京都人が好むところの「鱧きゅう」(鱧の照り焼き、ときにはその皮のみを刻んだんと和えたやつ)には目がありませんでした。ところがいつの間にか、ふと気がつくと昔ほど美味しゅうのうなってるんですよね。これが。なんでやろと考えてみますと、すぐに思い当たりました。胡瓜が味のうなってもーてるからなんです。

以前の曲がりくねってて、握るとトゲトゲが痛うて、生で齧ると舌を刺すようなアクがあって、塩で揉んでも顎が疲れそうな歯ごたえ残り、噛むうちに奥から甘みがじんわり顔をだす、強烈に青臭い、あの胡瓜。胡瓜もみにはあれやないとアカンかったんです。

竹輪に刺したり、あられに刻んで梅肉と和えたり、

ロンドンでは昔のんに近い
「美味しない胡瓜」が手に入ります。
ケド、残念ながら鱧がない!
それでもロンドンの昔胡瓜は夏場にしか
出回りませんから、せっせと揉んでは
有り難くいただいてます。
ちりめんじゃこは京都の乾物屋さんから
持ち帰って冷凍してあります。

ツナ缶と一緒にマヨネーズサラダにしたり、なによりも一晩糠床《ぬかどこ》に寝かしたドボ漬だったり胡瓜は日常のおかずの縁の下をうんしょ！と支えるアトラスです。冷麺の具ゥかって何を削っても胡瓜だけは外せへん。寿司桶の隅に最後まで残る胡瓜巻かていらんようなもんやけど、いざのうなったら寂しいもんや。

鱧をはじめ個性的な素材とも真っ向からぶつかって負けへん個性が昔の胡瓜にはありました。ところが嫌われそうな【負】の性質をみーんな省いてもた結果、料理したときに腑抜けになってまう、すかたんみたいなショーもない野菜に変わり果ててもた。これは大衆が「綺麗な嘘」を欲しがった挙句の悲劇やないでしょうか。儂と河童の胡瓜を返せ！

毒を喰らわば皿までやないですが、都市も人も食も、いたずらに旨さだけを求めるんやのうて内在する毒まで味わいたいもんです。洛中が現代の胡瓜みたいになってしまわんよう儂は京都の本を書いています。

胡瓜以外にも外見ばかりが奇麗で味が無個性になってもた野菜はたんとあります。トマトもそう。ただこちらは比較的早く大量生産型から抜け出した気はします。完熟とか桃太郎とか90年代には普通のスーパーに出回り始めてた記憶がありますね。ただ個人的には美味しいとは思いましたけど、ちょっと不自然な気ぃも。本来のトマトの味から遠ざかりすぎてるゆうか。

ここ数年じわじわと人気が出てきて近所の八百屋でも買えるようになったモンに『Heritage tomatos』があります。日本でもエアルームトマトて名前でちょくちょく見かけるようになってきたて聞いてます。

鮮やかなオレンジ色や蛍光みたいなイエロー、黄緑、ピンク、縞々や斑入り。形も様々で、なかには仏手柑《ぶしゅかん》みたいなんもあります。黒とオレンジの虎縞とか、外が紫で中が緑とか、薄黄色なんやけど種の周りのゼラチンぽいとこだけ真っ赤いけなんちゅうのもあります。ほんで味も香りもテクスチュアもみな微妙に違う。

最初は視覚的におもろいんで好奇心で買うて食べてみてコレや！と膝を打ちました。昔のトマトの味がする！て、それもそのはず【Heritage】は遺産とか相続の意味。ちなみに和名の元になってる【Heirloom】は家宝とか先祖伝来みたいな意味。そやし似たようなことを云うてはあるんです。つまりは地域限定の古来品種なんですわ。

早よ育つとか、虫寄せんとか、収穫量が多いとか、輸送に塩梅《あんばい》ええように皮が硬いとか、熟してへんでも見た目だけは美味しそうに赤こなるとか、そういう売り手側だけの事情で手が加えられたもんやなく。また品種改良を重ねて糖度をあげたもんでもない。昔から、ただあるがままに地域で育てられてきたもん。

な、
きれいやろ？

地産地消が基本やので改良されないまま狭いエリアのなかで繰り返し育てられてきた結果定着した、ほんまに独自の〝変わりもん〟。それが相続トマトです。原種に近い、野生種の特質を備えたおもろいやつらですわ。

そんなやつらやから、いくつか異なる相続トマトを取り合わせるだけで、えらいご馳走《つっお》になります。薄うに切って平皿に絵を描くように広げ、軽く塩振ってオリーブ油をちゃーと回すだけで充分。

やけど、ゆうてもトマトはトマトなんで、さして味の主張が強いわけやない。そやしほかの素材を加えてゆく楽しみもあります。

モザレラチーズとバジルを一緒にいただくイタリアの前菜がありまっけど、あれなんかも相続トマトでやると別モンみたいになりまっせ。儂が好きなんは果物とのマリアージュ。プラム、ネクタリン、アプリコット、無花果、枇杷なんかもよう馴染みますわ。からっとローストしたスライスアーモンドとか散らしてもええし、大根おろし絡めて出汁醤油たらしてもイケる。自由に発想を広げてける素材といえるんやないでしょうか。

トマトサラダなんて所詮は添えもんです。けど、相続トマトは主役になれんまでも主役を喰う脇役。

昨今はトマトに限らず生食できるラディッシュの類とか、瓜とか苣《ちしゃ》（＝レタス）とか、あと野菜だけでのうてスモモやとか英国ではとりわけ林檎の仲間なんかも数限りなく相続もんが店頭に並ぶようになりました。地元の人に愛され、食べ続けられてきた「自分たちだけが知っている」味が、その魅力に目覚めた人らによって少しずつ広がってゆく。なんかそういうの、よろしな。

そやけど、よう考えたら儂は子供のころから相続野菜で育ってきたようなもんやと気づきました。京野菜ゆうのんは元を糾《ただ》せばみんな「露地もん」という言葉からも知れるように「京都人だけが知っている」もんやったんですから。西山の筍、鞍馬の木の芽、九条葱、堀川ごぼう、万願寺唐辛子、壬生菜、すぐき菜、賀茂なす、山科なす、蓴菜《じゅんさい》、聖護院の大根と蕪《かぶら》、なんぼでもあります。どれもこれも京のヘリテージですわ。

なんや近頃お役人さんが音頭を取って、それら相続野菜を「ブランド京野菜」とかゆうて品種目を限定したり高級化しようと目論んだはるけど、滑稽を通り越して腹がたちまんな。そやかて、そんなん本来の相続野菜のありかたと正反対ですがな。自由闊達で変幻自在、ルールに縛られへんのが相続もんの佳さやのに。

たとえばよその土地で育てて、もとのんとは違う色、形、味わいの野菜になったとしても、それは京野菜なんやと儂は思います。その違いを愉しむのんが京野菜という相続野菜の醍醐味やないでしょうか。原型を護るだけが伝統違うて京の職人たちは証明し続けてきたというのに、なんでそんなことも解らーらへんにゃろ?

ブランド野菜(失笑)やて。鋳型《いがた》にはまったもんばっかり食べてきはった人の発想やろか。よう知らんけど。

儂は世界遺産に指定されてもおかしゅうないくらい京野菜には値打ちがあると思てます。やからこそブランドやのうてヘリテージであってほしいもんです。

道草を喰う

いまより悠長な時代やったせいもありまっけど、小学校の4、5年生あたりからエスカレータ式で隣にあった中学を卒業するまで、おおよそ20分くらいの道程を倍ほどの時間をかけてぶーらぶーら寄り道しつつ歩いて帰んのが好きでした。

どこの家の軒先に犬が繋がれとるとか、どこの垣根に食べられる実ぃが成っとるとか、どこの町工場の前にどないな廃物が捨ててあるかとか、みんな知ってた。

長距離、というか乗りもんを使わなあかん時は最短距離を求めるタイプのくせに移動手段が徒歩となったがとたん、いまでも脇道に逸れずにはおられん道草癖が抜けまへん。喰うことはたいがいなんでも好きでっけど、道草もまた大好物でおざいます。

かみさんほとけさんでも有名な神社仏閣やのうて観光ガイドに載ってえへんような場所に惹かれるんも、そういうんが道草の産物というか、道草をしこたま喰ろうた効能やからやろね。清水さんやら金閣寺やらが、いわゆる老舗の大料亭やとしたら、それらの味わいはナポリタンの美味い喫茶店とか白菜のどぼ漬けが評判の定食屋さんゆうとこかしらね。

観光で来はるよそさんは知らんけど住んでるモンらの日常生活にとってどっちが大事かゆうたら、ほんなもん考えるまでもあらしません。

喫茶店やカフェのたぐいが道草のメニューに並ぶようになったんは、いつくらいからやったかなあ。ゆうても所詮は子どものお小遣いの範囲やったし知れてるんやけど。もちろん校則では寄り道禁止。中学に入ってからは強制的にクラブ活動させられて難儀なこっちゃっと思うてました。もちろんお店によっては敷居が高すぎてはいれへんかったし、敷居を乗り越えようとしたところで門前払い喰らわされることもしばしばやったし。

そんななかで、あぶり餅の『かざりや』さんと『一和（一文字屋和輔）』さんは子どもが気楽に道草喰える格別な場所でした。たぶん表と店の区切りが曖昧やったしやろと思います。その〝あわい〟にこんもりと座ったはったおばあちゃんの姿はいまも忘れられません。こんがり香ばしいお餅に白味噌あんのかかった一口大のあぶり餅を刺す竹串を割く指先を眺めてるだけでも楽しかったけど、ほんまにいろんな話してもろたわ。

道草は美味しいだけやのうて余計な知識とか、いらん知識、余計やけどオモロい知識、いらんけど笑ける知識でおなかぱんぱんになった。

実はほんの5年ほど前まではお達者で相変わらずの手さばきを見せてくれたはったんやけど、儂が子どものころから見慣れていたご様子とちっとも変わらーらへんかったんは不思議なことやった。もしかしたらこれから先、10年20年経ってもおんなじように、あのおばあちゃんはいてはるんやないかという気がします。

なんかねえ、それでのうてもこのへんて不思議やのよ。時間の流れ方が一定でないとい

うか。以前、この近くにあってお気に入り道草先やった『昼行燈』ゆう店がのうなってしもたと思たら、小そうなって近所の裏道でお商売再開してはるような、してはらへんような。いったいなんなんやいう感じなんやけど。時間が逆行したみたいな雰囲気があるんよね。
　町家喫茶あまたさぶらふなか、しゅっとしたしつらえと、しゅっとした味の珈琲を出してくれはるとこやったんで、また寄らせてもらえるようなるんやったら、楽しみなこっちゃなあと思うてます。こんどのとこはより道草感があって、よろしおすな。
けど、その味わいだけでゆうたら『カフェ工船』さんがダントツやろな。しゅっとした珈琲にありつける場所はあっても、たとえばドンくさい味なんやけど、そのドンくささが堪らん美味い一杯に出会える店なんかそうそうあらへん。焙煎師の大宅稔さんはやっぱり天才やわ。珈琲ゆうんが人間同様様々な性格をしてるんやて知ったんはこの人のおかげ。癖のあるキャラほど付き合っておもろいのも似てる。

件の昼行燈始め、京都には在処が曖昧なカフェがようさんあります。儂の行く店んなかでは『鍵善』さんの『ZEN CAFE』とかも「ここはどこ? あなたは誰?」みたいな場所。そんななかでもカフェ工船さんは頭抜けて判りづらい。んやけど入ってみるといかにもこういう店に集まりそうな半可通やサブカル系お洒落さんたちが溜まってることはまずないので安心して入れます。不思議なくらい雑多やねん。儂の知ってる範囲で一番近いのが『静香』さんの客層かな。

ちなみにこちらは実家の近所。ミニ入江が珈琲の味を覚えたカフェ。そして、いま、カフェ工船さんが儂の抱えてた珈琲の世界をわーっと広げてくれはりつつある。なんや京都はやっぱり繋がってんにゃなあと嬉しい気持ち。北野天満宮の骨董市「天神さん」は儂の根幹にあるもんのひとつでっけど、大宅さんが毎月ここに珈琲スタンドを出してはんのもご縁を感じまんな。

そういうたら静香さん、ずーうと休業中でこないだ帰国したときは寄れへんかった。いまウェブで調べたら営業中と出ててほっとしてるんやけどね。というのも『大吉』さんが茶房を仕舞うてしまわはったんで、めっちゃ気持ちが寄る辺ないんですわ。

大吉さんはロンドンから帰ってきたとき、なんやかやと理由をめっけてしょっちゅう道草さしてもろてる場所。カフェやのうて骨董屋さんです。本道も扱ったはる店なんでハナから茶房はおまけやった。やったけど目の覚めるような珈琲を飲ませてくれはった。お抹茶もおかあさんがこしらえてくれはる甘いもんも、みんなきちっとしてた。と、過去形にせなあかんのがこんなに切ないとこもそないありません。

どんなに流行ってても、やったはる人が元気なうちにお商売をきっちり畳むんがほんもんの京都式ではあるんやけどね。おかあさん長いことありがとうございました。これからは、こっちが美味しいもんもって伺います。

こちらの、ほんねきではお茶の『一保堂』さんがやってはる『喫茶室 嘉木《かぼく》』が大人気。2017年春には洋菓子の『村上開新堂』さんがカフェを開かはって長蛇の列。どちらもが押しも押されぬ老舗やけれど、あんまし道草を喰えるような場所ではなさそう。近頃は『スマート珈琲店』も観光《よそ》さんらで埋め尽くされてて、なかなか寄らせて貰い難いし。さて、どないしょー。

塩梅のええ道草系の店は「らっしゃい！らっしゃい！」と客を呼び込むような性質がおへん。情報誌を開いて辿り着くようなことも違います。あるいは必死のパッチで通い詰めて常連になるゆうのも、なんか違和感。ふと目について、おびき寄せられるみたいに入ったが最後、気が付くとなんべんもお邪魔してるようなってるんが理想ですわ。

あんねえ、よう雑誌とか見てたら、【隠れ家】ゆうキャプションがでてきまっしゃろ？あれ、阿呆みたい。まずメディアで紹介された時点で隠れ家やのうなってしまいますがなゆうのもあるけど、隠れ家ゆうんは初めから隠れ家として作られるんやのうて、そこに行く人にとっていつのまにか隠れ家に〝なる〟もんやからです。

安心感を以って身を潜めてられるのが隠れ家で、そんな空間を確保するにはそれなりに時間がかかる。うまい道草を喰えるか否かは、どっちかゆうたら人と店との相性の問題。そやしそれが『ドトール』や『コメダ』でもなんにもおかしいことあらへん。

開店当初イベントで一日店長させてもろたこともある『開化堂カフェ』さんは、まさに道草のための店。市電の修理工場やった建てもんの外観を活かした瀟洒《しょうしゃ》な構えは、すっかり老若男女がコンフォタブルに混在する空間になりつつあるのは目出度いことです。京都

カフェの正統派ＤＮＡを継承してまんな。

それにしてもこちらはリノベーションのお手本みたいな造りで、そやけどなによりもすごいんは、普通こんだけディテールに凝ってると、どんだけ趣味がようてもうるさなるもんやけどそういうどやどや！みたいな主張がぜんぜんないとこ。ちょっと、どーえー？

お店のある七条から五条に至る河原町通りと、その裏側、疏水沿いの小道はかつて五条楽園ゆう庶民的な歓楽街でした。いろいろ、まあ、なんちゅうか〝濃い街〟でしたけど、前々から風情があって儂はここを散歩すんのがすごい好きでした。けど、残念ながら道草でけるカフェが皆無でねえ。唯一のオアシスが『エフィッシュ』。世界的プロダクツデザイナー西堀晋さんのフラッグシップショップでもあるカフェでした。

それでも、それからもながいことカフェ難民が彷徨うエリアであることには変わりなかった。それがここ数年、外国人向けの宿屋さんとかが増えて新しい店が次々と出来てるんです。開化堂カフェさんはまさにそんな変わりつつある楽園の象徴。

そやけど、どないに変わっても楽園はやっぱり楽園。散歩が楽しいことはちっとも変わりません。ただ、道草を喰おうとしたら、その街にはその街に寄り添うようなカフェが必要なんやなあとしみじみ確信もしました。

もしかしたら街と人とを結びつけるには散歩という儀式が必要で、カフェはその祭場なんかもしれません。ほんで、そーやとしたら京都はどこを歩いても朱い鳥居が口をあけてまっけど、京都人にとってカフェは神社に似た存在なんかもね。

道草を喰うゆう行為は、なにごとのおわしますかはしらねども、神さんに向かって「まんまんちゃんあん！」と手を合わせる心の平穏《アタラクシア》があります。

喰い道楽

エンゲル係数が高いとビンボの証拠やそうですが、どうしてもどうしてもピンとこんのですわ。18歳からひとり暮らし始めて、40歳で結婚して、ずっとうちはエンゲル係数がめちゃ高いけど、自分がビンボやと思ったことないんですよね。ビンボなんに気ぃついてへんだけかもしれませんけど。

だいたい喰いもんに遣わへんかったらなんに遣うの?おかげさんで、もう家あるし。長いホリデーは儂には退屈なだけやし。こっち医療費タダやし。ロンドン生活に車いらんし。あんま酒呑まへんし。博打全般興味ないゆうか嫌いやし。英国は充分に生きてけるだけの年金貰えるし(そら、そのために壮絶な税金払ってきてるけど)。子どもおらんし。AKB総選挙で投票したい推しメンもおらんし。ぶっちゃけ喰うもんのほかに金かけるとこなんかあらしませんがな。

加えて歳のせいか本やDVD、CDなんかは読めるぶん観るぶん聴くぶんしか買わんようになってしもた。芝居やオペラやライブも割ける時間がのうて残念ながら以前より減少傾向。お愉しみゆうたら食べたいもん食べるくらいしかおまへんもん。エンゲル係数鯉の滝昇りになっても、しゃあない。

でもね、あらあ、入江さんはやっぱり喰い道楽なのね、とかいわれるとそれもちょい違う気がするねんなあ。

こっちは一粒千円のサクランボやら、百グラム一万円の牛肉やら欲しても手に入らへんし金額ということでゆうたら知れてます。たまーにトリュフやフォアグラが恋しくなって大枚叩いてみたりもしますけど、そんなん毎日口にしたいわけやないしね。外食も機会がないのよ。星のついてるようなレストランにも行かんことないけど純粋に娯楽としてなら、もっと劇場に通いたいのが本音。

たぶん、そんな儂が飼うてる一番の金喰い虫は喰いもん以外なら器でしょう。ゆうてもコレクターやないんで、使うもん、使えるもんにしか興味はありません。なんぼえーなと思ても煮炊きしたもんを載せられんような器、割ったらお菊さんと一緒に数を数えんならんようなる皿はいりません。冥利が悪い。こんにち様に申し訳ない。

そもそも料理人は、この儂です。そういうんはプロにお任せですわ。ただ上限がたぶん食器に構わん人からしたらちょい高いめに設定されてるさかい金喰い虫になってチンチロリンと秋の夜長を鳴き通したりしてるんやね。買い方も単純。店先でパッと見て瞬間的に料理が脳裏に浮かび、それが味覚中枢を刺激してじわあと唾が湧いてきたらもう、あきませんのよ。

つまりこの段階で器の類は食材と同じもんになってしもてるんですわ。贅沢品かもしれんし、珍しいもん、舶来もん、普段のおかず、懐かしい味、いろいろですけど、器というのは旬のもん同様にタイミングを逃すと次があるちゅう保証はどこにもおません。いや、一生巡り会えない可能性も高い。ほしたら少々無理してでも買っとかなあかんでしょう。

骨董屋さんでええもんめっけたとき、まずすることは自分で値段を決めること。その器がいくらまでやったら買うかを、ひっくり返して値札確かめる前に自分自身で設定するわけです。財布との相談も、この段階。そら、それでもしょっちゅう迷いまっせ。買うたあとで後悔することかて当たり前にある。けど、そんな当たり外れには八百屋や魚屋でもあるこっちゃしね。

脳内で食材と等しい位置づけがされてるさかい、ついつい食器に手ぇ出してしまう。この理屈はなんとのう（共感はでけんでも）理解していただける思うんですが〝消えもん〟でない以上、限度があるやろ——てな意見も聞こえてまいります。これは服と人の関係を例にすると分かってもらえやすいかも。つまり器は料理の服なんです。着たきり雀では切ないやおまへんか。

たいがいの人間は裸んぼーより服を着てるときのほうが魅力的やないかと儂は思います。馬子にも衣装やおへんけど、やっぱりちゃんとした恰好してると人間性まで違て見える。よれてても安もんでも白Tにジーンズでも見栄えよう映るんはピチピチの若もんだけ、それもスタイルに恵まれてる場合だけ。やけど、そういう外見の整うた人が、ちゃんと似合うたお洒落したらもっとよーなるんも真実。ですやろ?

なんでもないおかずをご馳走にするオプチカルイリュージョンだけがええ器の効能やおへん。骨董でも作家もんでも、ええ器はね、ええ服ほど着回しが利くように汎用性があります。度量が広い。想像以上にいろんな料理が映える。しかも和洋中万能やったりする。一緒に並べる他の器とも馴染みがよろし。

焼きもん道楽は喰いしん坊の原罪、のようなもんやね。早い話。なにが早いんか、よう知らんけど。

かつては服も儂が飼うてる金喰い虫の1匹でした。幸か不幸か着道楽を名乗るには体形が邪魔しよったけど。そやしいまでも服は売るほどあります。自家製古着ばっかしで、もうここ数年はほとんどサラピンに袖を通す機会は減りましたが。いつか器も、それくらいは達観できるようになるんでしょうか。

着道楽はセンスというより数と値段だけの世界やけど、喰い道楽ちゅうからにはもう少し物理的でないバックグラウンドが必要な気がします。料理上手という評価もこそばい(=擽《くすぐ》ったい)。儂はただ基本的な知識と技術、それから味の勘所が備わってるだけです。それに知識ゆうても経験値が高うて〝ひきだし〟がようさんあるタイプやない。分析的に食事をする癖があったせいで理詰めの料理ができるようになっただけのことです。

儂的には「料理上手」の条件はふたつ。まず機転が利くこと。失敗したとき、予定の料理に必要な素材が手に入らなかったとき、なんとかしちゃう能力。これは英国に長く暮らして「見立て」で料理をせざるを得ない環境に長くいたせいでだいぶ身に付きました。技術的にはともかく情報量でフォローでけます。

けど、もうひとつの条件、いわゆるひとつの想像力ちゅうもんが儂にはないんです。新たな味覚を発見するクリエイティヴィティが備わってへんのは料理上手を名乗るに値しない決定的な欠点といわざるを得ません。

もしかしたら儂メシを喰うた人のなかには「そんなことないよー」とゆうてくれはる方々もおられるやしれまへん。けど、たいがい儂が拵えた目新しいもんはオリジナルがあります。儂はそれを再現してみせてただけ。

いっぺん食べたもんをリコンストラクションするんは若いころにちょびっと訓練してまっさかい現在でもでけんことはないんですよ。分子ガストロノミーちゅうのがおますけど、あれの逆。口の中で食べたもんの素材を分解してゆく作業やね。料理の隠し味を舌の上で検索すんのは儂の娯楽でもあります。

閑話休題《かんわきゅうだい》。台所《だいどこ》における想像力欠如のせいか、それとももともとの頑なな性格のせいかは知りまへんけど、僕には、この食べもんは、これこれこういうスタイルやないとアカン！ちゅう偏執狂じみたこだわりがあります。すべてにわたってゆうわけやないし、自分の固定観念にあてはまらない想像力を駆使したもんがでてきても、そやからて箸をつけんことはないです。つーか、むしろ望むところ。けど自分自身が包丁を握る場合はあくまでオブセッションに忠実です。

最たるものは京都のおばんざいの数々。これはもうヘンなアレンジがしてあると「いやー……面白いお料理でんなあ。けっこうやねえ。美味しいわー」などと言いつつ、心の中では（ ）にくるんで「いやー……（わけのわからん）面白いお料理でんなあ。（もう、）けっこうやねえ。美味しいわー（よう知らんけど）」と無言のツッコミ確実にをいれてます。

京都のもんに限らずトラッドな味覚は同じ傾向があります。パスタとかでもシェフの創作なら、どない怪体《けったい》なもんでも楽しめるんですけど古典は古典であってほしい。例えばカルボナーラ。グアンチャーレやパンチェッタがベーコンで代用されんのはまだ我慢でけます。けど生クリームが混ぜてあったりすると心は星一徹。ボロネーゼがタリアテッレやフェットチーネでなくスパゲッティで出てきた場合も卓袱台の端に手がかかります。なにも気取っているわけやおへんえ。ひっくり返せばナポリタン注文したのにハムやのうてグアンチャーレやったらそれはそれで嫌です。ミートソースに振り掛けるのは削ったパルミジャーノ・リッジャーノやのうて筒に入った粉状のパルメザンチーズであってほしい。

とりわけ儂の執着が凝り固まってんのはジャムサンド。大好物なんやけど、もう、絶対に譲れへん！ゆうポイントがありちゃちゃくり。

パンはスチーム発酵でない白パン。厚さは1～1.2㎝、耳は必ず落とす。幅はともかく長さは10～12㎝の長方形。有塩バタはあくまで薄く片方のみ。ジャムは苺。これまた薄く塗布。果実の塊が残っているものは不可。温度は室温の5～6度下。飲み物はミルクティー（セミスキム使用）。と、まあ、こんな具合。

この手の盲執が明けへん限り儂は一生、料理上手にはなれそうもありません。

そやけどやね、正当化する気なんぞさらさらやけど、阿呆らしゅうに見える「これやないと！」の数々はある意味【美学】でもあるんやないかと考えたりもします。ほして【喰い道楽】ちゅうのは本来、そういった食べもんに対して美学があり、それに忠実な人らを指す言葉やないでしょうか。そう考えると器含めて喰い道楽を名乗ってええかという気もちょっとだけします。

最終的に見つけた理想の苺サンド用苺ジャムがイタリア『Chiaverini』社のもの。パッケージがかわいくて最初はジャケ買いしたんですが大当たりでした。

喰意あらためて　あん

いま気づいたんやけどさ、ドラえもんの主題歌の大サビ、あんあんあん、とってーもだーいすき、ドラえーもんー……の「あんあんあん」て件のネコ型ロボットの大好物であるどら焼きのあんこにかけてあんの違うやろか。そう思うと、あの歌のアッパー系の絶頂感がますます極まる気がしまへんか。あんあんあん。

なんとのう宇能鴻一郎先生の書く悶え声にも、アタシ、聴こえてきちゃうんです……。あん♥

かくのごとく、まことに「あんこ」ちゅうもんは人をしゃーわせな気分にしてくれはる素晴らしい存在やおまへんか。なんか文章がハイになって変な調子でっけど、あかん薬をキメてるわけやおへんえ。ただ、あんこを思い描きつつ、あんこの味を想像しつつ、あんこについて言葉にしているだけでアタシ、濡れてきちゃうんです……やのうて、儂は高揚しちゃうんです。きっと特殊なフェロモンが含まれてんにゃなかろうか。

53個。これ、なんの数字がわかりまっか?

こないだ日本へ帰ったとき、2ヶ月半の間に京都の誇る銘パン屋『マリーフランス』で買うて食べたあんぱんの数ですわ。全部が全部粒あんぱんでもよかったというか、それがベストやのですが、あっこの粒あんぱんはすぐに売り切れてしまいよるさかい、ときには涙を呑んで他のもんで代用してたりもしました。

あんドーナツとか、よもぎあんぱんとか、フランスあんぱんとか、もちもちあんぱんとか、すんまへん、正式な名前は取材してへんしわからんのですが——ゆうか、こちらは取材拒否店。けど、エッセイの中で名前だすんとかはカメへんて許可もろてます——いろいろ。まあ、基本、どれも【餡塊】と儂が呼ぶ大量のあんこを極薄の皮で包んだもんには変わりありません。

掌にのへた瞬間、その重さがもはやパンの仲間やないので初めての方は驚かれるかもしれまへん。なんぼなんでも大きすぎる、あんこ盛りすぎてるて感じはる人がいはってもおかしゅうない。おかしゅうないけど、ほっといてんかと儂は声を大にして言いたい。文句があるなら食べんとき。文句があるならベルサイユにおいなはれ。

儂が声を大にしたいのはそれだけやおへん。よう具沢山やったり、ネタの大きさを競うような喰いもんがおますやろ、パテを何枚も挟んだバーガーみたいなんとか、賽の河原の石みたいに焼き豚を積み上げたラーメンとか、あるいはもっと単純に超大盛りやらメガ盛りやらの類いね。ここのあんぱんは一見すると、そんなんのお仲間に入れられがっちゃやけど決してそやないんです。

なにもメガ盛りを貶《けな》すつもりはおへん。外食産業における立派なひとつの在り方やと考えてます。でも、それらのスケールやポーションが洗練や完成度を高める要素であることは稀なんも確かです。あくまでインパクトやセンセーショナリズムを求めた結果でしかない。つまり、それらの量には量以上の意味がない。

マリーフランスのあんぱんは違います。あれほど調和のとれた美しいバランスのあんぱんは、いや、喰いもんはそんなにあるもんやおへん。まるでバッハの平均律クラヴィーアのごとくに完璧。あの味覚、あの食感であるからこそ、あの量を愉しむことが可能であり、ほとんど中身が透けて見えるほど薄くはあっても、あのパン皮で覆われる必然性が明確に舌の上で証明される快感！

お店の立地は、いわゆる西陣（北山に支店もおますけど）。織物／職人の街として知られてますが、ここは茶道の中枢でもある。サンダーバード1、2、3号基地のように三千家が集まってるんで、自ずと茶道の師匠《せんせ》らもようさん住んでお教室開いてはる。マリーフランスでは、しばしばそんな師匠らがあんぱんをトレーに並べてはる姿が観察されます。

もちろんお稽古用やろし、まるままやのうて4分の1くらいに切って供《きょう》さはるんやろし、なによりケーザイ的っきゃからでもあるんやろけど、ほんでも町内に一軒は和菓子屋がある環境で、そういったみなさんに愛顧されてるあんぱんちゅうだけでＱＥＤですわね。

このあんぱんのあんこは、店が長い歳月をかけて独自に作り出さはったもんです。すなわち、あんぱんのためのあんこ。横着して、とは申しまへんけど評判のええパン屋でもたいがい卸しの製餡所さんから仕入れてはるのが現状。もちろん京都の専門店は素晴らしいクオリティやけど、あんぱんのためだけに炊かれた小豆ではないわけで、マリーフランスと差がついてまうのは、これはもうしゃあないことと申せましょう。

京都には、脇目も振らずにおはぎ道を――そんなもんあるんかどうか、よう知りまへんけど――邁進しておられる『今西軒』さん、なんて店もございます。

ここで丸められんのがよそのどんなおはぎよりも天晴《あっぱれ》なんは、ご主人がおはぎのことしか考えてはらへんからですわ。あんこていうんは、しかしまあ繊細なもんやねえ。いかな和菓子舗のおはぎといえど、なかなかこちらの品を凌駕でけんのやから。たとえば松尾の『松楽』さんのなんか、ほんまに塩梅のええ銘菓やけど、おはぎやのうて和菓子に寄せてありますねわ。

あんこを主体にした甘いもんは、お店で扱わはる品数が絞られるほど美味しゅうなる法則は京都に限った話やおまへん。大阪の『出入橋きんつば屋』のきんつばとか、大判焼き(京都でもいろいろ呼び名はあるようですが西陣では「太鼓まんじゅう」ゆうとりました)の『御座候』なんかが、その典型やと存じます。昔、梅田の職場まで京都から通とった時代、阪神百貨店にあった売り場で赤あんと白あん、ふたっずつ買うて小豆色の阪急で食べ食べ帰るんが楽しみのひとつどした。

そんなんゆうたら和菓子屋はどないすんねん！て言わはる人もいてはるかもしれませんね。そういう方は、ちょっと目ぇ瞑《つむ》って御贔屓店のケースを思い浮かべておくれやす。そこには意外なくらい、あんこが主役のもんが少けないはずですわ。茶席で使うような上生《じょうなま》かて、あれは白いんげんとか大和芋、百合根なんかを裏漉したもんに糯米《もちごめ》の微塵粉や求肥《ぎゅうひ》で繋いだ煉《ね》り切りあんで拵えられてて小豆の出番はさほどでもない。

ね、ほかのもんかて、あんましあんこを美味しゅうに食べさせるためのお菓子やなかったりするでしょ？

お店によっては屋形《やかた》を持って、お菓子に負けんくらい、そらもう目を見張るようなお善哉やらお汁粉やらを出してくれはるとこがあるけど、あれはお菓子のためのあんこをお湯で割ってあるんやない。上記したように別誂《べつあつら》え。『中村軒』さんとかはどっちも優劣つけられん魅力があるけど、その歓び、喰う快楽の質は全く異なる。

こちらには名代の麦手餅とか麩まんじゅう、それに薯蕷《じょうよ》饅頭、蒸し饅頭なども素晴らしいし、あんこ率はかなり高いめ。けど小豆の炊き方のバリエーションも相当ありそう。見えへんとこに、めっちゃ手がかかってる。この惜しみない手間暇があるからこそ現在の評判があるし、イケズな京都人もこちらを〝おまんやさん〟と格下に扱ったりはせえへんし、でけへん。

もっとも儂はあんこを仕入れてはる店を悪いとはちっとも思てません。日常生活の中には、そういうとこも必要ですわ。そやなかったらスーパーの片隅に置かれてる手仕事のひとつも添えられてへん大量生産みたいなんばっかりがのさばってまうもん。軽食屋さんのサイドメニューにそこそこの大福やおはぎがあるゆうのも有り難いこっちゃし。それにね、京都の製餡所のあんこは、これがなかなかいけますのや。

ええ和菓子屋や甘味屋のあんこは明確な目的を持っているからこそ美味いのやと儂は書きました。ほしたら最終的な具体性を帯びない卸しのあんこ、根無し草のデラシネあんことはどないなもんや、お前は矛盾しとるやないか？と、こんどはそんなご意見が聞こえて参ります。

お答えしますわ。それらの店は、ひたすらに、そのままあんことして旨いあんこを作らはんのです。

みなさん、騙されたと思て、いっぺん『中村製餡所』さんのあんこを買うてみてください。見かけはちーちゃい町工場というか工務店というか、なんの飾りっ気もない様子で、もしかしたら呼び鈴押すのに躊躇しはる人らもいはるかもしれません。売っておられんのは、粒あん、こしあん、白あん。サイズは2種類。500gと1kg。これがとにかく絶妙。宇能鴻一郎先生、出番でっせ。

　儂は、できるならお匙持って買いに行きたいくらい（なぜなら道々歩き喰いしたいほど）、こちらのあんこが好きです。ゆーて当たり前ですやん、そのままで、なんの手を加えることなく完成したあんこなんやもん。まあ、糖尿持ちでっさかい今回は週一程度で勘弁しといたりました。しかも500g。偉いなあ。儂。

　店頭でも細々とした和菓子作りの材料を置いたはるんやけど、ここまであんじょう炊かれたあんこやと、どないなもんに流用しても悪ないもんになってくれはる。ご近所にある

あん♥

インド料理店『ヌーラーニ』のメニューには中村製餡所さんの粒あんを仕込んだ「あんこナン（!）」なんちゅう不思議なもんが載ってるんですけど、なかなかよろしおすのえ。本場のカレーにもよう合います。

そやけど個人的には、あんこをいかにストレートに楽しむかを念頭に置いた食べ方がええん違うかなとは思います。トーストした『HANAKAGO』さんの英国パンにバターぬって、ここのあんこをたっぷり重ねたメニューは、儂が『開化堂カフェ』さんで一日店長のイベントしたときに供した特別メニューやったんですが大好評につき品書きに定着したみたい。ご縁を繋げたこともやけど、ちょっとでもようけの人にこちらのあんこの快楽を伝導でけてめっちゃ幸せやわ。

これが『中村製餡所』さんのあんこ。
薄いピンクの包み紙も悶えております。
あんあん。

縁に連るれば唐の物を喰う

「縁に連るれば唐《とう》の物を喰う」。好きな諺です。

金銭や骨折りにかかわらず、偶然の、ご縁のお導きで珍しいもの美味しいものを喰えた、という意味ですが、延《ひ》いてはご縁の巡り会わせで思いがけない嬉しい関係が生まれることの喩えとして使われます。

ほんま、この世はご縁やね。儂、運命とやったら果敢に戦う覚悟がありまっけど、ご縁には逆らいません。もちろん大事なご縁は丁寧に扱ってるつもりですけど、繋がるときは繋がるし切れるときは切れる。

そやけどこの諺、まんまの意味でも妙味がありますな。まこと食べ物との出会いは人のそれと同様ご縁の采配によって結果が左右されるもんです。ほら、なんや矢鱈とウマイ店に巡り合わせたり、いつでもええもんにありついてたりする人がいてはりますやん。とりわけ喰いしん坊やったり情報収集してるわけやないのに。ああゆう人らは喰いもんに縁が深いんやないかと睨んでます。

『テ・鉄輪《かなわ》』(光文社・2013年刊)。儂の初めての小説本です。ずーとエッセイ畑を耕してきた人間が、この出版不況のご時勢にいままでとは異なるフィールドの書籍をださせていただけるのは幸運以上にご縁のおかげやねえと思わいではいられません。しかも、この連作は人の縁をテーマにしたホラーなんですよ。縁切りのご利益を謳《うた》われる鉄輪の井戸水で点てた茶で客をもてなし、縺《もつ》れた悪縁を絶つ女が主人公です。けど、この本にまつわるいちばんのご縁はなんちゅうても表紙。ぱっと見ぃは抽象的な図案やけど、これが実はお菓子。「玉ゆら」ゆう和菓子です。京都の老舗、ふだんから仲ようしてもろてる『中村軒』さんのオリジナル。わざわざ物語からイメージして拵えてくれはったんです。しかも実際にお店で売ってくれはったという。

現実と非現実を繋ぐご縁の産物でおざいますな。

で、どんなお菓子や？ゆう話ですが、これは『テ・鉄輪』を読んでのお楽しみ（笑）。ちょっと珍しい材料を使こうて下さってたので入手が難しゅうなって残念ながらもう店頭にはございません。ご縁はタイミング逃すと繋がるもんも繋がらんゆうええ例でしょうか。

中村軒さんに面倒なお願い事をしたんはこれだけやおへん。若主人の中村亮太くんがなんでも面白がってくれはる人なんをええことに、またもオリジナルのお菓子を作ってもろたんですわ。

2016年の春にオープンしはったばっかしの『開化堂カフェ』さんでイベントを託《ことづか》ったときのお菓子をお願いしましたんです。名目上は一日店長やけど、目の保養になるわけやなし、なんぞないとお客さんに申し訳ない。そこで中村軒さんに助け船をお願いしたんです。

開化堂の若主人、八木隆裕くんが船頭になって、えらいええ店を出帆させはったんで、ついご縁が結びとうてやることにしたイベント。こちらの茶筒の優美な機能性と、オーナーご一家の人懐こくてオープンな性格を併せ持ったカフェ。ほんまようできてる。儂なんかの助けはいりまへん。けどおニューの靴を履く前に煤《すす》で汚す縁起担ぎみたいなもんやと自分を納得させました。

まあ、そういうことをしてみたいいう気持ちが昔からなかったわけやおへん。そやなかったら『テ・鉄輪』の「縁切りカフェ」なんてアイデアもでてきたりしまへんわ。そもそも意味なく延々そこで出されるお菓子と茶の描写をしたりしてたんやから、これはもうご縁――縁は縁でも腐れ縁かもしれまへんけど――と亮太くんには諦めてもらうことにしました。

ない知恵をないなりに絞って、お客様に喜んでいただけるようなその日だけのスペシャルメニューがなんとか完成したときは真実ほっといたしました。絵に描いた餅を雪舟みたいに現実化させる作業はめちゃくちゃ楽しくはあったけど、なかなか大変でしたね。

まずひとつめは【和菓子とお薄のセット】。

中村軒さんに拵えていただいたオリジナル和菓子のコンセプトは「手掴み」！ご相談に

伺ったとき亮太くんと喋ってて、やっぱり一番おいしい食べ方は直に喰いもんを指で掴んで頬張るこっちゃやないかという結論に至ったんです。京料理界のご意見番やった木村しげさんも出汁巻き卵の最も美味なる食事作法として手づかみに勝るものなしと申されていたと彼から聞きました。

お抹茶に合わせられる上生の品格を持ちながら、それでいて黒文字を使わないで手掴みで食べられるお菓子――という無茶な注文に亮太くんは見事な薯蕷のおまんを完成させてくれはりました。当日の朝、これをいただいたときの感動をいまも忘れまへん。

このイベントには武者小路千家次期継嗣《けいし》、官休庵の宗屋くんが遊《あす》びにきてくれはったんやけど、のちにこのときの話になって、おまんは摘まんで食べるのがデフォルトやと教えてもろて、まさに我が意を得たりでした。「黒文字はあくまで一口大に切るための道具」なんやそうです。やっぱり茶の湯の世界は、しっかりと手掴みの美味さも取り込んでんにゃなあと知って、あらためて感じ入った次第でおざいました。

このお菓子にはもうひとひねりありまして、その味覚に寄り添うようなオリジナルのお抹茶を『利招園』さんの利田直紀くんに調合してもろたんです。

普通、お茶席ゆうのはあくまでお抹茶が主役。けど、お抹茶の美味しさが日常に於いて最大限に引き出されるのはお菓子ありきやと儂は考えたんです。とりわけ今回のお点前を

これが「玉ゆら」。
よろしゅう、
おあがりやす。

務めまするはど素人ガエルのTシャツを着た入江敦彦でございますれば、なおさらですわ。

お抹茶というのは「とにもかくにも、まず、美味しいものなのだ」ということをお客様に再確認していただけたらええなーというのがテーマでおました。

ヴェネチアビエンナーレ国際建築展で杉本博司さんがこさえはったガラスの茶室『聞鳥庵《モンドリアン》』で行われた千宗屋くんのお点前を知るにつけ、本来五感を総動員して体感する悦楽であるはずの茶道が、ただひとつ、視覚だけでも成立することに儂はほんま感動したんです。感動して、ほな、なんで「味覚だけに凝縮させた茶」があってはならんのやろ？と。

今回の試みは、ずーうと頭んなかで転がしてきたこの命題の答、ではないけれど、答に至る一里塚にはなるかいなあと思うてやらしてもらいました。

そうそう。このコンセプトに合わせて、お茶碗は寺町二条の銘骨董店『大吉』主人の杉本理くんが「菓子を手掴みした残る片手でがっと持ち上げて飲めるようなお茶碗」という注文に応えてセレクトしてくれはりました。さすがのラインナップが揃うて見事やった。

開化堂の隆裕くん、中村軒の亮太くん、利招園の直紀くん、大吉の理くん、そして宗屋くん、ご縁が織りなす京模様のタペストリー。不調法な一日店長のお薄を恙《つつが》なく楽しゅう服んでいただいて、ご縁を繋げて下さったお客様方には感謝感謝ですわ。

さて、もうひとつの当日の目玉は【Tea and Toast】。濃ね、常々日本に横行する〝紅茶道〟的なイングリッシュティー作法が気持ち悪うてしゃあなかったんですよ。そやし、いっぺんほんまもんの英国人が毎日楽しんでるような紅茶を飲んでもらえる機会がないかいなーと狙ってたんです。いわば「こだわらない」ことに徹底的にこだわった紅茶。この機会にお出しすることにしました。

気取ったティールームやのうて働くおっちゃんや近所のおばちゃんが集まってくるような店で供される茶葉を英国から持ち帰り（『Drury Lane』ちゅうメーカー。もちろん日本未輸入）そいつを、やはりそういった庶民カフェでやってるスタイルで出させてもらいました。問答無用でミルクティー。席にもお運びせず、その場でお支払いいただきお渡し。お砂糖はその時に尋んねて、やっぱりその場で混ぜます。

これに合わせるトーストはふだんから開化堂カフェでお馴染みの『HANAKAGO』さんの英国パンを納入してもらいました。ミルクもバターも使わない、粉とイーストと竈《かまど》の炎の味がする最高のパン。はっきりゆうてこんなに美味しいイングリッシュブレッドは今日び英国でもなかなかお目にかかれへんかったりします。いや、べんちゃらでもなんでものうてマジな話。

カリッと焼き上げ、バターをふんだんに塗っただけのシンプル極まりない、そうやな、日本でゆうたら梅干しのおむすびみたいな存在である薄切りトーストを試してもらいました。このコンボも予想外にウケてくれました。ほんまはジャムがあるとなおよかったんやけど、きっとそのうち素敵なご縁があるでしょう。

正直、儂はカウンターで喋り倒してるだけで案の定役立たずでしたけど、ともあれご縁があってお越しいただけた皆さんには、縁に連るれば唐の物を喰うイベントにはなったんやないかと自負しとります。もちろん儂なんかがいんでも、このカフェはそういう店に育ってくんやろなあて予感もあります。

こちらは、もうちょっとよう知られた諺というか、言い回しですけど「縁は異なもの味なもの」ゆうんも、やっぱり大好きなセンテンス。なぜか、こっちゃにも【味】が使われてまんね。やっぱりご縁という

もんは、どっか食に通じるというか、食に喩えられるとしっくりくるゆうことなんでしょうなあ。

（追記：『テ・鉄輪』は２０１７年に光文社文庫として発売中）

喰っちゃ寝

高級ブランドショップが軒を連ねる賑やかなボンドストリートの露地《ろーじ》の裏に、お友達がやってはるお茶屋さんがあります。先の秋口の話でおますけどな、そこでちょっとしたお仕事をさせてもらいました。

いやいや、舞妓はんしたわけちゃいまっせ。儂がなんぼ若こみえて可愛《かい》らしさかいゆうても、さすがに無理がありますわ。お茶屋ゆうても一見さんお断りのあれ違《ちょ》うて、ほんまもんのお茶の葉ぁ商うたはるお店。『Postcard Tea』さんいいます。ご主人のティムさんが世界中で靴の裏をすり減らして集めてきはるお茶は個性派揃い。日本茶はお抹茶も含めたぶんロンドンで買えるなかでいっちゃん美味しいんちゃうかな。

パッケージもお洒落やし、紅茶の品揃えもええ感じやし、日本からのお客さんがお土産にお茶買いたいゆわはったら一も二もなくお勧めしてる店です。

もともとは京都で仲ようさせてもろてる『開化堂』さんのお茶筒を扱わはるゆうんで若主人の隆裕くんがデモンストレーションのためにロンドンへ招かれはって、そのとき陣中見舞いさせてもろたんが切っ掛け。えー？もう何年？10年とか、そんななるっけ？

いつのまにかティムさんも友達になって、けど、儂が彼のお茶を褒めるのはそやからやのうて仕事に対する真摯な姿勢ゆえ。ほんま頭が下がるほど真剣にお茶と向きおうたはりまっせ。それゆえ今回のお手伝いのオファーもお受けしたわけでして、「友達甲斐にやってよ」みたいなノリやったら引き受けてへんと思います。

とゆうのも和菓子を作ってほしいというのが彼の〝お願い〟やったんですよ。いや言い出しっぺは儂なんやけどね（笑）。なんでも烏龍茶を石臼で手挽きしてた新機軸のお抹茶が完成したとかで、そのプロモーションをしたいという話があって、たまたまその場に居合わせた儂はロンドンには上生菓子、お茶菓子を拵えたはる和菓子舗があらへんさかい、なんやったら儂がやりまひょか？と、あくまで冗談半分にゆうたところが瓢箪から駒になってしもた。

なにしろお茶については妥協を許さんティムさんやし、ほんまにええんかいなとも思いましたが「ええ」いわはる。話が本決まりになったとき一応言うたんでっせ。「本気でちゃんとした上生や練り切り出すんやったら、お金はかかるけど当日便でパリの『虎屋』さんから届けてもらうゆう方策もあるえ」て。

けど、いままでになんべんか儂の料理を食べてもろてる経緯もあって、それを根拠にまかせたいゆうてくれはった。そんだけ信頼してもらえたら断るわけにも参りまへん。隆裕くんや『金網つじ』の若主人・辻徹くんも合わせて来英しはるし、ちょっとでも助けになりたいゆう心意気もありました。

それにね、注文は烏龍抹茶に合わせたオリジナル和菓子、それでいてロンドンでしかあり得ない和菓子ということやったんで、それやったら儂以外にできる人はいーひんやろな、と傲慢に聞こえるかもしれまへんけど思ったんも事実。いてはったら、そもそも儂より顔の広いあちら側のネットワークに引っ掛かるはずでっし。

ちゅうかね、あんね、これはお薄を召し上がりにいらっしゃる英国人のお客様方に対して、ある意味めっちゃ「正しい」おもてなしでもあるよなあ……ゆう気持ちも儂の後押しをしてくれました。

あんこ好きについては人後に落ちひん自信のある儂どすけど、それゆえに餅は餅屋で素人がプロ職人に勝てるわけがないゆうことも誰より自分が解ってます。ほとんど和菓子の経験値がないガイジンさんに真髄の片鱗でも垣間見せんならんのやから責任重大ですわ。ティムさんのお茶のファンはみんな舌も肥えてはるし生半可なことはでけしません。

そやけど気がついたんです。いまでこそ正式なお茶会では、いやカジュアルな寄合ですら銘和菓子舗の上生と相場が決まってます。けど昔々は会の【しつらえ】に合わせて主人側が用意すんのが基本やったわけやないですか。つまりは専門の職人やのうて主催する人間（あるいはその部下）の仕事やった。

忘れられがちやけど茶の湯というのは武家の文化。茶席の菓子作りはお侍さんが刀を包丁に持ち替えてやっとうで賄うんが本式やったんですわ。

ほしたら素人なりに趣向を理解して、お客さんらの心持ちを酌んで、なによりその日に振る舞われる茶を吟味して、それらに寄り添うような菓子を作る、ゆうんは本来の茶菓子のあるべき姿に立ち戻る作法やないか——と云えんくもないいん違うかなあとか。

屁理屈やろか？そやけど少なくとも利休さんの完成させはった茶の湯の精神を汚すもんやないちゅう確信は儂なりにありました。

二日間に亘るイベントで、それぞれの日に2種類30個づつ。分量的にもプロやったらお茶の子なんやろけど、いやあ、大変でした。同時に和菓子職人さんらの努力と苦労が心底理解できました。それが骨身に染みただけでもやった甲斐があったちゅうもんやわ。

で、で、肝心のお菓子がどんななったかゆうたら、こんなですわ。

まずは茶巾にした【栗かのこ】。

残念ながらこちらで手に入るベストのフランス産新栗にはちょい季節が早かったのでトルコ産、しかも値段的にぜんぶをこれで賄うと予算オーバーしてまうんで半分は真空パックで売られている火を通した剥き栗（鹿肉料理などの付け合わせ用に売られてるんでしょう）を使いました。生栗は僅かに渋皮を残して剥いてから茹で栗に近い甘煮にしてフード

栗かのこ

プロセッサーで粉に挽きます。剥き栗は甘煮の残り汁にシロップとバニラを加えて煮詰め、ほぼ汁がのうなったとこでやっぱりプロセッサーにかけてペーストに。濡れ布巾に栗粉を広げ、丸めたペーストを芯にしてきゅっと茶巾に絞りました。

ほんでから【山椒の実のムラング】。これは、やっぱし京都らしーいもんを食べてもらいとうて捻りだしたアイデア。塩梅よう真空パックの生山椒を日本から持って帰ってきてたんで、これを焼く前に卵白生地にぱぱっと振りました。それだけでは足りん気がして粉山椒もぱらぱら。火を通すことで山

山椒の実のムラング

椒の実はグリーンペッパーのような食感になり、存外ガイジンさんらも違和感はなかったようです。「舌が痺れまっせ」とご忠告も差し上げましたが食べた方は「でも、それがいい」と嬉しいお言葉。二ツ星レストランのエグゼクティヴシェフから生涯最高のムラングとの評価も頂戴しました。

翌日は【白玉椿餅】。

こっちはええ小豆はあらへんのですけど実は白隠元は日本に負けへんもんが手に入ります。ので、せっかくやし上生的なもんも食べていただこと計画。やらこうに炊いた白隠元を裏漉しして中華街で買える長芋を合わせ、白砂糖を加えて丁寧に練り上げた煉り切りを準備。いわゆる煉薯蕷餡《ねりじょうよあん》ですわ。ポストカードティーさん新作の烏龍抹茶を利かせた白玉の茶団子を茹でてこんなかに込めました。白あんにはんなりした色をつけてデコろうかとも考えましたが、茶ァ繋がりゆうことで椿の葉に挟むことに。現場では黒文字なしゆうことで食べやすさという点でも椿餅スタイルは正解でおました。

ほんでもって【蜜鶏卵サンド】。

一番心配やったんがこれでした。保温ジャーで60℃に保ったゴールデンシロップ（英国

蜜鶏卵サンド

人の大好きな糖蜜）にフリーレンジエッグの黄ぃ身を漬け込み、温泉卵よろしく固まったところを冷蔵庫で数日寝かしたんを蕎麦粉のビスケットで挟んだもん。なんですが、こっちの人は生っぽい卵を極端に嫌わはるんですわ。これ、見た目は調理してへんみたいでしょ？

けど、まあ、それも杞憂《きゆう》に終わりました。写真はサンプルで作ったときのもんで当日はビスケットをもっと薄うに薄うに硬う四角う唐板風に焼いて甘いタマゴサンドやあゆうてお出ししたんです。思ったよりウケてましたねえ。むしろ和菓子ちゅうもんの概念がないさかい躊躇なく手が伸びたんかもしれません。

ともあれイベント両日とも終了前にはみんな売り切れ。お世辞を真に受けるような歳でもおへんけど、儂がプロやないゆうたら一様に驚いてくれはった。前述した茶菓子のそもそもを説明したうえで、ほんまもんはもっと美味しいし、ぜひ、京都へ行ってきておくれやしておくれやっしゃと営業。

かてて加えて〝いらんこといい〟の京都人は、こないなこともいうておりました。

曰く——京都には「田舎の学問より京の昼寝」ゆう格言がありまして、ただそこに生まれ育っただけで洗練されるとされてます。儂の和菓子も同じ。ただそこにいて喰っちゃ寝してるだけでも、こんな程度は作れるのや——と(笑)。みなさん冗談やと思うて笑ろてはったけど、こっちは本気も本気で言うてたんやけどなあ。

たぶん、この言葉は日本で口にしたら、めっちゃ評判悪いやろなーいうくらいは判ります。論理より経験のほうが役に立つって意味で、なにも喰っちゃ寝のススメやおへんのえ。まあ、諺の主人公が京都人いうだけで誤解されてもしゃあないにゃケド。

でもね、今回儂がどうにかこうにか人様にお出しできるもんを用意でけたんは昼寝効果以外の何もんでもない。鴨川で産湯を使こうて以来、折々に戴いてきた美味しいお菓子の数々が血肉になって儂の体に宿ってるさかい可能やった仕事やったと信じてます。なにかも京の和菓子職人さんがええもん食べさせてくれはったおかげです。

面喰らう

喰う喜びのひとつに【驚き】があります。けど、これが存外難しい問題ですのや。一歩間違うと奇を衒《てら》っただけになりよる。自己満足が鼻につき、自己陶酔で目がしばしば。以前、英国を代表する前衛芸術家のデミアン・ハーストにインタビューしたとき、センセーショナリズムとセンセーションの違いについて、けっこう白熱した話になったんを思い出します。彼はセンセーショナリズムをモダンアートの病理やと断言しはった。

この衝撃病《センセーショナリズム》は料理人にもけっこう感染《うつ》りやすいんよね。それも才能あるひとほど。颯爽とした健全なセンセーションを次から次へと楽しませてくれはる店としてまず思い浮かぶのが嵯峨の『おきな』さん。若主人の井上洋平くんは、あんだけでけたら衝撃病に罹りそうなもんやのに。きっと御主人《おとうさん》と女将《おかあ》さんが予防接種を欠かしたらへんにゃろな。こういう店が京都にあって有難いこっちゃ。

【驚き】は味覚だけの話やおへん。また、なかには嬉しないもんもある。一番下世話なんが珍奇な素材をシンプルに料理して「素材そのものの味を楽しんでください」ゆうやつ。そういうのんが好きな人は勝手にしはったらええけど、儂はまず二度と行きまへん。

組み合わせの妙で驚かせてくれはる店は両刃の剣で料理してはるんを解ってはんならええけど、ただの思い付きに終わってしもてるとこも目につきます。あんたはフェラン・アドリアでもヘストン・ブルメンタールでもないんやからと小一時間問い詰めたい。

〝逆張り〟してきよる店も腹立つ。小賢しいもええとこ。本来熱々を食べて美味しいもんを凍らせて出すとか、甘もうするもんを敢えて塩味で、とか。そういうのんね。経験値のない駆け出しが論理的な裏付けもせずやっても上手いこといくわけないのに。儂は客であってモルモットちゃいまっせ。つか、動物生体実験反対！

ええ【驚き】は、まず素材再発見の感動。件のヌーベル・キュイジーヌが日本料理の影響で積極的に取り入れるようになったんが見過ごされてた食材や料理法のディスカバリーやったんやけど、当たり前のもんに「あっ！」と唸らされる瞬間こそまこと食のオーガズム。現在、ロンドンでめっちゃ流行しはじめてる柿なんかも再発見・再評価されたクチ。こっちの柿は素晴らしいクオリティでっせ。日本で食べるのんに比べても全然上等です。おまけに安いし。

たぶん、いままで喰うたなかで最も驚いたんは銘割烹『草喰なかひがし』さんの秋場の水菓子。薄い薄い皮を楊枝で突いたら破裂しそうな熟柿。これに青臭い人参葉のシャーベットを載っけて供されるんやけど、口に含んだ瞬間、法隆寺の鐘がごーんと頭蓋に鳴り響いた。

英国での柿の総称は、そのまんま【Kaki】。次郎柿や富有柿《ふゆうがき》的な扁平でカリッと硬いのんは【Sharon fruit】、甲州百目《こうしゅうひゃくめ》、代白柿《だいしろ》みたいな釣鐘状で柔らかいのんは【Persimmon】と名称を使い分けてたりもしてまっけど、はっきりゆうて混同してはります。

そやけどまあ名前なんかどうでもよろし。寒い季節の格別な味覚の華がこっちでも気軽に味わえるようなったことが儂は嬉しい。また、なによりも〝日本の味〟そのもんであることが気分をアゲてくれる。ほんまに毎度戴くたびに驚きますのえ。

現在、英国で鐘を鳴らし舌鼓を打たせてくれはる【Kaki】はと申しますと、これはイタリアからの到来品。18世紀末、寛政期に写楽の浮世絵なんかと一緒に長崎から船に乗ってポルトガルに着いた種子の末裔が気候の合う地中海沿岸に根づいたゆう話です。歴史はかなり長い。ええ、その頃から柿はカキで、音便が先にあったもんでっさかい伊語スペルは

『草喰なかひがし』さんの水菓子。
これのおかげで柿という果実の
〝格の高さ〟のようなもんを知りました。
姑息なことせんでも、そのまんまで
ほぼデザートとして完成してる。
ありがたい果物やわ。
苺や無花果なんかも
立派なデザートになるけど、
お客さんにお出しするには
一手間かけなアカンのよね。
というか、でなかったら素材に
甘えてんにゃないかと思うんやわ。

【cachi】です。

そんなこんなで英国では東洋のフルーツとして流通している柿やけど、イタリアでは昔からあるラティーノな果物として認識されているという、ねじれ現象が欧州では見られます。こっちに住んでるイタリア人の友人に和食のあとで柿を出すと「へえ、デザートはイタリア風にしてくれたのね」なんて言われてもーたりしてね。

そういうときは皮をくるくる剥いてみせて「これが和風の食べ方でござい」とパフォーマンス。コテでお手玉するような鉄板焼きとかはどうかと思いまっけど、このくらいの驚きはよろしやろ。こっちの人らぶきっちょやし、しゅるしゅる細うに長うに剥いて「これからも細く長くのお付き合い」とかほざくと、半笑いでぱらぱら仕方なく拍手してくれはります。

こないだ迎えたミラノ産まれの客は「懐かしい懐かしい」と文字通りよく柿喰う客でしたが、食後に「ほしたら皮剥き芸のお礼に」ちゅうてイタリアの柿の唄を歌とうてくれはりました。『Elio e le Storie Tese』ちゅうデュオの「La terra dei cachi」――柿の大地――なるコミックソング。かのサンレモ音楽祭で大賞獲った曲なんやて。えらい驚かせてもらいました。

そういうたら外見と味が一致しない【驚き】、食感や香り、色などが本来ものとは違っている【驚き】なんちゅうのもございますね。つまりは固定されたイメージをひっくり返される魔術的快感とでもいえます。

がぶり。と、喰らいつき、その齧り口を見て儂ゃ面喰らいました。「シソーノーロー?」。そう。歯茎から血ぃ出てんやと思たんです。そやけど違いました。その林檎は果肉が赤かったんです。柿の次は林檎かいなと笑われそうやけど、ほんまに魂消《たまげ》ましたえー。「Red Devil」ゆうのやと八百屋のあんちゃんは教えてくれはりました。八百屋ゆうても、

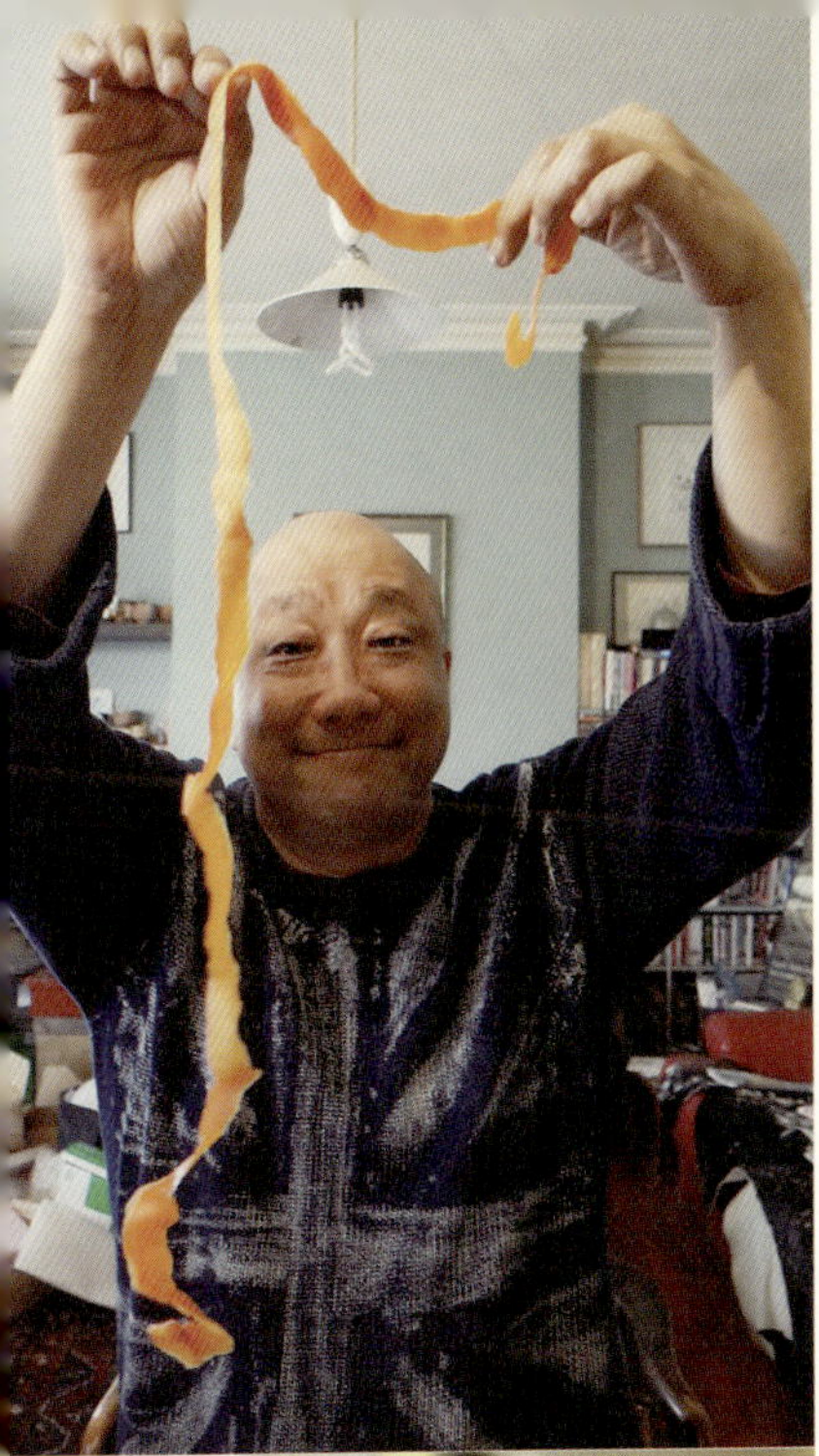

上：最後まで切れんと剥けたときは、なんかええことあるような気がします。
下：面喰らった瞬間の画像。

店やのうてKings Cross駅前に立つようになった屋台マーケットんなかの一軒。ロンドン近郊のオーガニック形式でやったはる農家からの出店でおました。ちょこちょこ買いもんしたあと、ルビーのように鮮やかな緋色に目を惹かれて眺めていたら「美味しいさかい一個持っていきよし」と手渡されました。「おおきにー」と貰って、電車の中でかぶりつき、ほんまに驚かしてもらいました。

そやけど面喰うたんは一瞬のこと。あまりの美味しさにショックあっという間に押し流されてどっかいってもた。脳天に抜けるような爽やかな香気《こうき》！これぞ林檎といったカリリとした歯ごたえが咀嚼するうちクリーミーに口どけする快楽。酸味と甘みの絶妙なバランス。ほどよくジューシーで、ほどよく小ぶりなサイズ。まさに理想の林檎といった塩梅。しかも値段もめちゃくちゃ高うはなかった。それに加えて果肉を縁取る、なんともキュートなピンク色のグラデーション。

夢中で食べ終えた儂は、自宅の最寄り駅につくなり反対側のホームに移動しました。そうです。引ッ返したんです。林檎を買うために。阿呆やなあと自分でも笑けましたが、この想いは親でも止められやしないよ。

八百屋のおっちゃんは儂が忘れもんでもしたんかと訝《いぶか》しげでしたが、ただただ林檎買いに戻ってきたんやと知って爆笑してはりました。結局あるだけの赤い悪魔を浚《さら》える次第に相成ったわけですが、けっこうおまけしてもろた。まさに「芸は身を介く」ですわ（ちょっと違う）。

そやけど、なんでこないに美味しい林檎があんまし市場《しじょう》に出回ってへんのやろ？儂は疑問でした。日本やったら絶対に人気出るに違いないもん。植林して大ヒットさせて林檎長者になる算段を頭ん中で立てながら訊いたところによると、ああ、なるほどなちゅう理由がちゃーんとございました。世の中、美味い話なんてそうそうおませんちゅうこってすわ。

まず、この品種は、ものすごく旬が短いんやそうです。近ごろは年中齧れる無季節《ときしらず》の林檎がいくらもおますがRed Devilはせいぜいひと月。それに強そうな名前の割には虫にも病気にも滅法弱いんやとか。おまけに収穫量も少《すけ》ないそうで踏んだり蹴ったり。

けど、なによりの問題はこの特徴的な赤い滲みが必ずしも綺麗に現れるわけやないということ。そら期待して買うて、切って、なかが普通の林檎やったら味に変わりはのうてもショックやろ。一等いらん驚きや。富士の高嶺に降る雪と京都先斗町に降る雪では、雪に変わりがあるじゃなし云われてもやっぱり変わりありまっせ。

うまいこといくと芯まで赤うなるけど、ずず黒い茶色に変色したりもするそうで、改良を重ねてもほどよい色合いを安定して定着させられない。コントロールもできない。外側からも見分けられない。……林檎長者の甘酸っぱい夢は潰えにけりないたづらに。

ちなみに、かなり古くからある品種なんやて。けど「売れば売るほど損する林檎」やから出回らんのやそうです。めっちゃ美味しいし自分も大好きやし売ってるけど……と、あんちゃんも淋しそう。そう言われたら真っ赤いけの実が赤字の赤に見えてきた（笑）。

調べたら赤い悪魔以外にも果肉が赤なる品種はけっこうありました。輪切りにするとハートや花柄になってるやつもあった。こんなんに当たったらその日一日ご機嫌で過ごせそうやな。【Redfleshed Apple】というのが一般名称。ぜひ画像検索してみてー。

赤身の林檎驚きを求めて昨秋は方々を訪ねました。電車に小一時間揺られて『Cam Valley Orchards Fruit Farm』で入手。くたくたになって帰ってきたら日本からの小包。差出人はおきなの洋平くん。なんやろ？と開けたら鮮やかな彩やかな柿の落ち葉。かの『落柿《らくし》舎《しゃ》』の近くから拾うてきたんをお裾分けしてくださいました。儂は柿と桜が紅葉んなかで一番奇麗やと思う。やっぱ人を驚かすんが上手やなあ。洋平くん。

柿の葉に赤い悪魔をのへたその晩のデザートは、後にも先にもその秋最高の水菓子になってくれはりました。

花柄林檎。
儂の買うたん、残りはとりあえず
みんな輪切ってみましたが、
花の浮んでんのはなかった。
ほんのり頬染めてんのがほとんどで、
うす茶色っぽいんと、
なんにもない無地（笑）が数個
混じってはりました。

喰らわんか

器が好きで集めたはるような人には自ずと傾向が生まれてくるようです。人の顔の好き嫌いと似たようなもんかもしれません。蓼《たで》喰う虫も好き好きですわ。

蓼喰う虫ゆうたらゲイの世界にはおもろい符丁があって、美少年のお尻《いど》追っかけてる人らを【ジャニ専】、お年寄りラブな子らを【フケ専】、お年寄りでもいまわの際みたいなんを好む子らは【オケ（棺）専】なんて呼ばれたりします。肝心なんはそれぞれのタイプに上下差《ヒエラルキー》ないちゅうこと。どんだけモデルみたいでも【デブ専】には見向きもされへんのがゲイの世界。

儂《わし》なんかは、さしずめ見境のない【誰専】でございますが――いや、器の話でっせ（笑）――それでも、あんまり食指が動《いご》かんタイプはおります。ぴかぴかの金襴手《きんらんで》とか柿右衛門みたいな繊細な薄手は苦手。染めつけは嫌いやないけど輪線《りんせん》柄、氷割《ひわれ》文様みたいな抽象的なんがええ。ゆうても柄の楽しい膾《なます》皿は重宝するし、海老とか南蛮船とか雪中筍堀とか好きな〝キャラ〟もある。

そやけど呉須《ごす》（磁器の絵付けに使われるコバルト化合物を含む青藍《せいらん》色の鉱物顔料）を使った器のなかでとりわけ愛着があるんは【喰らわんか】。これはもう名前からして好きにならずにいられない。岩崎宏美。

【喰らわんか】は江戸時代に大量生産された普段使いの雑器。高級磁器の産地である佐賀藩の伊万里と同属ではあるけれどヒトとワオテナガザルくらいの違いがあります。多くはお隣の波佐見で焼かれました。けど馬鹿にしたらあきまへん。世の中にはワオテナガザルよりも可愛げのないヒトがなんぼでもいてはります。

閑話休題《かんわきゅうだい》。拵《こしら》えられてたんは18世紀から19世紀にかけて。そない生産期間は長ごうはない。そやけど作られた数が数なんで、いまでも骨董屋さんでちょくちょく出会えます。おんなじ「手」ェのもんが愛媛県の砥部《とべ》、大阪府の古曽部《こそべ》でも焼かれてました。

さて、この魅力的なお名前がどっからきたかちゅうと一般的には「くらはんか船」が由来とされとります。

江戸時代、京都伏見から大坂八軒家間の淀川を往来した客船に汁物や麺類など飲食物を売った、いわゆる茶船でんな。東南アジアのウォーターマーケット的風景が日本にもあったんです。ここで使われてたんが波佐見の焼きもん。売り子らの「喰らわんかー!」「喰らわんかー!」という掛け声からついたんやそうです。

それらはあくまで消耗品やので雑に扱われ、欠けたんはぽいぽい河に捨てられました。やがて川底を浚《さら》って集めた収穫品を売る人々によって市場に再登場するわけでっけど【喰らわんか】がいつから骨董として流通するようになったんかは正確には存じません。生活

以前に比べたら、ずいぶんええお値段になってまいりました。
そやけど、どこまでいっても手が出んとこまではいかへんはず。
喰らわんかには雑器の矜持があります。

雑器に美を見出した民藝運動のご功徳でしょうか。独自の力の抜けたおおらかさ、逞しさ、諦念の底に沈むような美しさを愛でる者としてはありがたいことでございます

むろん【喰らわんか】はくらはんか船でだけ使われてたわけやない。あらゆる水上交易の場で重宝されました。陸上でも屋台の器として相当量が出回った。江戸はおろか遠く松前藩でも陶片が発掘されるそうですから、まさに日本を席巻していたんですね。ただ、その由来を知るせいか、やはり水底の泥を布団に眠っていたものには格別の風合いがあるような気がします。

そやからゆうわけやないですが【喰らわんか】に盛るもんは、やっぱり水気のもんがよろしね。もともと、そういうもんを容れて売ったはったわけやし当たり前かもしれんけど。ゆうても、おうどんやなんかがぴったり収まってくれはるサイズは意外とない。昔の人が少食やったんか、儂が大喰らいなんかはよう知りまへんけど。けど、不思議やわー。塩梅《あんばい》よう【喰らわんか】に盛りつけたもんは、えらい食欲そそりよる。気のせいかもしれんけど、こういう気のせいは歓迎でんな。器にこもった「喰らわんかー！」の声がお箸を勧めてくれはるんかもしれまへん。いや、冗談ちゃいまっせ。

死ぬか生きるかの病気したとき、病院の勧めもあって儂は途中で転院してるんです。総合病院でも得手不得手がありまっさかいな。ほんでね、転院して何が嬉しかったて、そっ

ちの病院ではちゃんと磁器のマグカップでお茶を出してくれはったの。前のとこはプラッチックで、安いし、軽いし、丈夫やし、もしかしたら衛生的にもええんかしれんけど、なんや切のうてねえ。やっぱり人は石油やのうて土で作られた器を使わなあかん。絶対あかん。病気の治りも早よなるに違いないと儂は確信しとります。

病気の話を始めると、コラムの1本2本では済みまへん。病名は【壊疽《ガスガングリング》】。違う病気の手術（【膿瘍《アブセス》】ゆう膿の〝巣〟が体内にでける病気。すでに六っ遍も摘出してます）したらその創から院内感染してしまいました。もはや死語みたいな病気で今日びはそないに罹《かか》る人もおらんのですが、抗生物質が出回るようになるまでは英国で死亡率の1位やった業病です。文字通り体組織が皮膚から腐って壊れてく。

壊れた部分を綺麗に削除したら命は取り留められるが癌の転移みたいなもんで、どこまで体の内部が冒されているかはメスを入れるまで解らんちゅうことでした。

「えーとね、たぶん、玉、取っちゃうから。ほんで人工肛門設置。最悪チンコも切るし覚悟しといて」

――と医者に言われ、しばしボー然。我に返って「金玉壊死《えし》ニキ」とか呟いて5分ほど声を出して笑ったあと、一時間ぐらい子供みたいに泣きじゃくりました。

膿瘍の再々々々々発も、感染も、それが珍しい古典的な病気やったんも、ごっそり皮膚を取り除かなあかんかったんも、ものごっついアンラッキーやった。けど、壊疽の侵攻が表面だけで、削除が塩梅よういって、のうなった部分の移植整形手術がおするするとお済んましゃり遊ばしたんも、なにより男の下半身三種の神器がみんな無事に残ってテメェのもんが使えてるのも、ものごっついラッキー。なんよね。

禍福《かふく》は糾《あざな》える縄の如しやおまへんが、なんや不思議な気持ちでおります。

へえ。そうです。削除したんは陰嚢ですわ。いわゆる「蟻の門渡り」部分と玉袋のおよそ80％を切り取りました。で、ここを再構築していただいたんです。利用した皮膚はもちろん自前調達。右脚前腿部からおっきい短冊サイズを3枚分剥ぎました。これが痛かった！かさぶたが取れてからはマシになりましたが長いこと鎮痛剤が必要やった。ちなみに英国では軟膏的なものを塗らず、ケアは腿の赤黒い短冊に保湿クリームを擦り込むだけで自然の治癒力にまかせんのが主流。

あ、このクリームは新玉袋にも毎晩すりすりせなあきませんのやけど、この作業が憂鬱でね。痛くはないんですが手に伝わる感触の違和感がストレス満点。毎日自分の不具合を思い知らされるんがかなわんかった。

乾燥させたらアカンけど蒸らしてもアカンので、すりすりのあとは2時間くらいフリーボール（笑）ですわ。ふりちんで寝っころがって映画のDVDとかテレビ番組をツレと一緒に並んで観るのは、まあ、悪うはなかった。これが3ヶ月ぐらいは続いたんやったかな。再生された新玉袋は大変に不格好でおます。男性諸氏はよくご存知のように、あれてニコイチですやん。それが現在は個装袋入りになってしもたんです。お菓子なんかやと、そのほうが上等なんやけどねえ。これはどんだけケアしても元に戻ることはない。皮を剥いだあとも、そら色は薄うになってくるでしょうが跡形もなくなることは一生にない。

儂はもう、壊れもんや。傷もんや。完品やない。フリーボールタイムが来るたび、情けのうになりました。器でゆうたら継ぎもん。それこそ〝金〟継ぎされた骨董品やなー。と。別のとっから材料持ってきてるちゅうことは、あれか、呼び継ぎか。

——想像力ゆうのはありがたいもんです。そんな駄洒落みたいな思い付きがひらめいてくれたおかげで儂はなんとのう嬉しゅうなってきました。

そもそも儂がいちばん可愛がってる器は呼び継ぎ茶碗です。その名も『拾喰《ひろいぐい》』。お世話になってる骨董店『大吉』の主人、杉本理くんにもろた喰らわんかの拾得陶片を、親しくしてるべつの骨董店『画餅洞《わびんどう》』の店主服部元昭くんに無理ゆうて継いでもろた珍品。

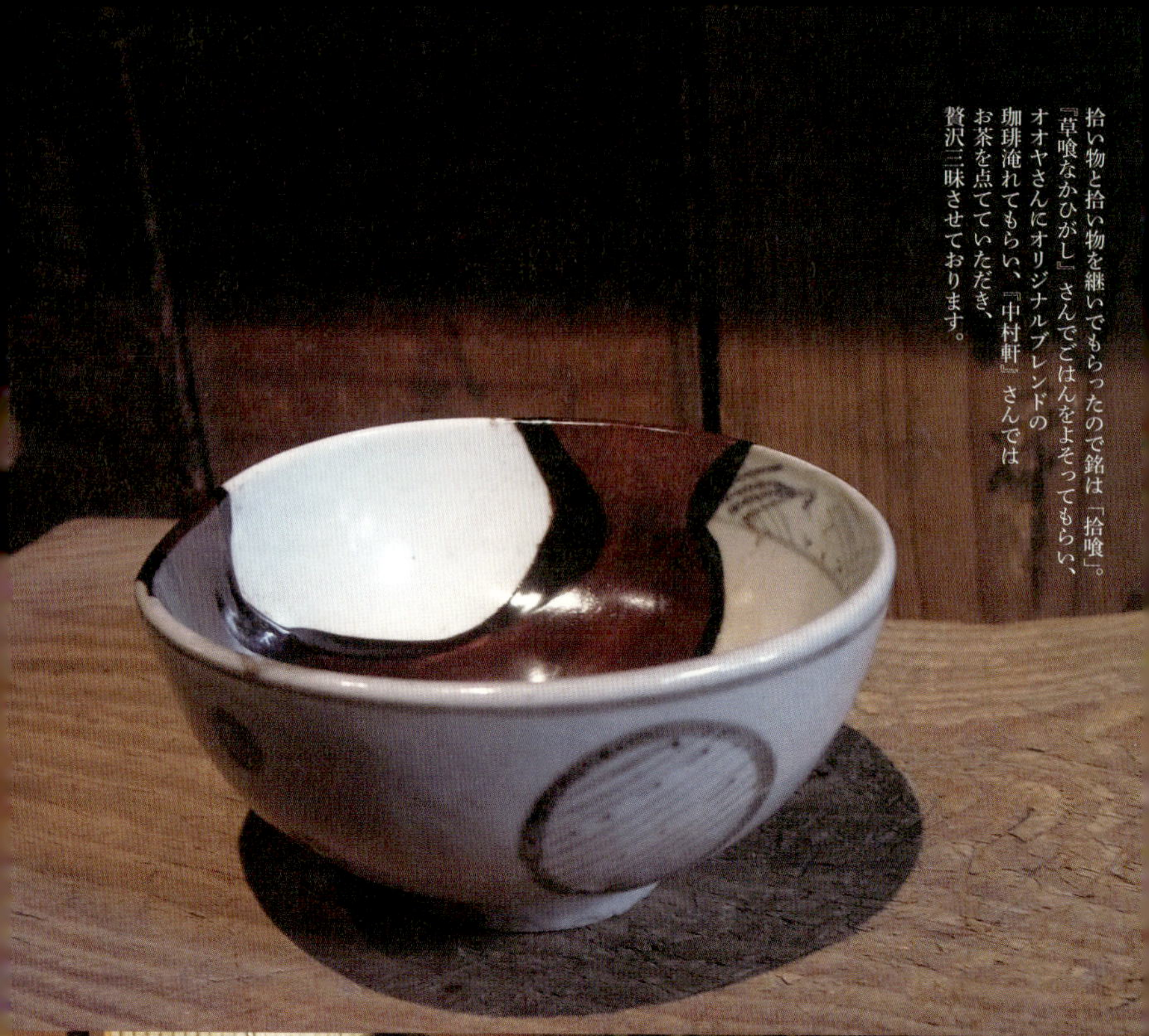

拾い物と拾い物を継いでもらったので銘は「拾喰」。
『草喰なかひがし』さんでごはんをよそってもらい、
オオヤさんにオリジナルブレンドの
珈琲淹れてもらい、『中村軒』さんでは
お茶を点てていただき、
贅沢三昧させております。

「拾喰」の産みの親、
『画餅洞（わひんどう）』の服部くんと。
とても素敵な店なので
覗いていかれることをおすすめ。
あくまで骨董屋さんですので
似たものを注文することはできません。

唐竹を割ったように真っ二つに割れた茶碗は、もう一片、やはり友人の陶芸家・前野直史くんが丹波の畑で掘り出した同時代の喰らわんかと一緒に特別誂《あつら》えの木地（『山中漆器』さんのお世話になったそうです）と漆で繋がれ手塩にかけて整形されたんもんです。

儂はこれが愛しゅうて愛しゅうて、いろんなとこでご飯盛ってもろたり、珈琲淹れてもろたり、お茶点ててもろたりしてるんですが、やはり「生まれてきたのが素敵な間違い」みたいな器なんで洩《もれ》るようになって、漆でメンテせなあかんくなって、でもまだ愛しゅうて。

そうか。完品やないからて悲観する理由なんかあらへんわ。不細工な完品より、ようでけた継ぎもんのが、よっぽどええのはとっくに知ってるやんか。——目の前の霧がたちまち晴れてゆくような気ぃがしました。継ぎがあるからて自分の体を恥ずかしがったらバチが当たるわ。『拾喰』を扱うときはまさに掌中の珠やけど、新玉袋にも変わらんくらい愛着を持って大事にしてやらなな。幸い人様の目に触れる場所やなし（笑）。

もしかしたら、この器は儂の【金】が継がれる未来を知ってて、それを慰めるためにうちにきてくれたんかもしれんな。なんちゃって。

ほな今日も声張っていきまひょか。「喰らわんかー！」

お預けを喰らう

件の院内感染→皮膚移植手術騒ぎで入院してたんは1ヶ月半ちょいです。あらためて振り返ると短いもんでんな。ただ、こんだけ喰うことが好きな人間が、喰う愉しみのすべてから切り離され、喰えるもんゆうたら【お預け】と、下手したら【お預け】より味ない病院食だけという状況に置かれると、ほらもうベッドの上で考えるのは喰うことばっかり。

ただ食欲ちゅうても、ふだんの食欲とはまったく異なるタイプのもんやったんですよね。それは空腹時に感じるものとは似て非なる欲求やった。たとえばツレに食事療法の範囲内で食べたいものの差し入れを頼んでも、実際に目の前に差し出されると体が受けつけへんかったりすんの。なんてゆうか幻想に近い食欲やの。つまりは体がようなるまで、どっちゃにせよお預けやったわけ。

儂は、これまでの人生に今回を含めて3回、ものが本格的に食べられんコンディションを体験してます。

一っ遍めは15年くらい前の話。これは精神的なもんでした。130kg超えやった体重が90kgまで落ちて以来は100kgを越えることはのうなりました。130kg時代を知ってはる人はみんな驚かはりますね。

あんとき走馬灯が回るみたいに妄想した食べもんは、なぜかジャンクなもんばっかり。

コンビニ弁当とか、牛の大和煮ぶっかけ飯。『王将』の餃子3人前とか、『天一』こってり+ライスとか。マヨかけ魚肉ソーセージとか。

膿瘍という病気にかかって、あまりの痛さに七転八倒したときも、ものを食べる気にはなりませなんだ。なにしろ、もう死のと決意を固めたくらいの激痛やったんで。そやのにね、自殺の計画を立てつつ食べたいもんリストを書くという矛盾（笑）。アホみたいに豪勢な味覚が並んでるとこをみると混乱してたんやろか。

ブレス産シャポン鶏のブレゼに白トリュフのソース。賽の目に切ったフレッシュのフォアグラと一緒に炒めたバター焼き飯。『花折』の鯖寿司。『あら輝』のチョモランマ。『元庵』の御池ロールを恵方向いて丸かぶり。シャリアピン・ステーキ丼。そんなんばっかし……。

よろよろした文字で記されたそれらを眺めていると「ようなったら食べよ」ゆうモチベーションやのうて、どっか現実逃避めいて見えます。あるいは一種の自衛本能、タナトスに対する抑止力やったんかもしれません。死にたいなあ、そやけど死ぬ前にあれも食べなな、これも食べやんとな……みたいな欲望が彼岸へ旅立とうとする儂の裾を引いていたのかも。

さて「喰いとうても喰えん」の三遍めがこないだの1ヶ月半なんやけど、このときもやっぱり儂はお品書き書いてました。けど、これがもう、笑けるくらいリアル！涙ぐましい現実的な料理の羅列。

筆頭が白菜とお揚げさんの炊いたん。ちょうどお土産にもろた京都のんを冷凍してあったんで、それを使って、卵も落として、天かすも散らして、とかなんとかディテールまで細かい細かい。次が五目豆。『五辻』さんの昆布をようさん奢《おご》って。それから、おうどん。それも素うどん。4番目が野菜スティック。ディップはフムス（雛豆《ひよこまめ》のペースト）、ごま塩、ブルーチーズと地中海ヨーグルト混ぜたん。続いては生パスタ。あらかじめ湯掻かずに、みじんに切った野菜やハムと一緒に牛乳で柔らかこうに炊いたん……てな具合。いじましおっしゃろ?

なにしろ短いゆうても人生初の長期入院。リストは138項目に昇り、しかもほとんどが退院後のコンディションで食べても大丈夫なもんばっかりという泣き笑い。

30番代くらいから普通に食べたいもんも顔を出しはじめるけど、チキン・ビリヤニ（インド風混ぜごはん）とか油淋鶏《ユーリンチー》とかトリ料理が多い。筋肉の増強や皮膚の再生には、やっぱ鶏肉でっせとお医者さんに言われたせいやろね。ああ、切ない。

退院後、憑かれたように虱潰《しらみつぶ》しでリストを消化していきましたけど、50を越えたくらいからかなあ、リストにあるもんより、そのときどきで食べたいもんを優先するようになりました。呪縛から逃走でけたみたいで心底ホッとしました。食べたいもんを食べてるよう

水菜もよう食べるけど、
やっぱ京都人のソウルフードは
「白菜の炊いたん」。
卵が落としてあると
ご馳走になる。

「煮豆」。
花形に抜いたおやつ昆布も
『五辻』さんの。
大量に炊いてお裾分けするので、
ちょっとしたお洒落心。

退院祝いに大学の
先輩・喜国雅彦さん、
国樹由香さん夫婦が
送ってくれはった
『川福』の讃岐うどん。
激美味!

野菜スティックは、
こんなん。デフォルトは
胡瓜、人参、セロリ。
ほとんど毎日、
おやつとして
いただいてます。

退院直後は忙しい。
簡単に早く作れる
生パスタは
重宝しました。
牛乳で炊くのは
思いつきやったけど
巧くいった。

でホンマのとこは自分で自分にお預けを喰らわせてたんやな。

もちろん【お預け】は病気のときにかぎりません。英国《こっち》にいるときは毎日がお預けみたいなもんやし。そのせいか帰国時はいっつもリミッター解除。病気のあとは3年ぶりちゅうこともあって帰る前からヨクボーが漲《みなぎ》ってました。目玉は筍で、そらもう予定通り大量摂取。それ以外もかなり積極的に喰いましたよ。

それにしても、こないに旨いもんやったかいなと連日リピートしたんが『森嘉』の「絹ごし」。これは6月から夏場いっぱいしか売らーらへんもんで、暑いのんが苦手な儂はこの時期滅多と帰らへんし、ゆうことで長いこと口にしてまへなんだのや。こちらのおトフは一丁が普通の豆腐屋サイズの倍ほどもあるんやけど、ほんなもんペロリでしたわ。経済のこともあるし半分で我慢してたけど。なんてゆうかねえ、これはもう豆腐の旨さを超えてまんな。もっと根源的な、人間が「美味しい！」と感じる要素を寄せて集めたらたまたま豆腐の形になりました、みたいなメタフィジカルな美食ですわ。

これもまた豆腐やけど、ちょっと品揃えに気ぃ遣こてはるとこやったら京都ではスーパーなんかにも並んでる『服部』ゆうお店のんもよかったなー。人に教えてもろて半信半疑で買うてみたんやけど、これがなかなかシュッとした出来栄えで感心いたしました。

和菓子の『中村軒』さんにはお預け喰らってたもんがぎっしりで何回か通いました。目白押しの新作もみんなお見事やった。ニューフェイスの中ではシャーベットがとりわけ口果報やったなあ。なかでも桂瓜《かつらうり》のん。京野菜を無理やり落とし込んだんやのうて桂瓜やないと生まれへん味覚に昇華してる。

京都人は
生姜の揚ったんで
おトフ食べんのが
デフォルトなんですが、
こちらのには
茗荷のあえかな風味が
合う気がします。

儂らくらいの年代の京都人は、これを食べるときっと子供時代の夏の定番おやつマスクメロンを想い出すはず。「まっか」て呼んでました。たぶんマクワウリの転訛《てんか》。懐かしく新しいマッカシャーベット。よろしおしたえ！

なんか、こういう感じで書き連ねてくと、なんやあの人大層なもんばっか食べたはるな的ご意見が聞こえてきそうでっけど滅相もありまへん。

たとえば、あとハマったゆうたら『Lei Smoothies』のドーナツ。ドーナツは『ひつじ』ゆうとこのんもお土産に貰ろて「へーッ！」て唸ったけど儂がドーナツに求めるもんは前者のほう。それからたぶんこいつは京都特産でも何でもないけど、コンビニで恋に堕ちた『丸永製菓』の「あいすまんじゅう」ゆう安もん棒アイス。滞在中に太った原因は絶対これです。ヘビロテしてた。

もちろん家で喰うもん以外にも発見はたんと。

食べ歩きには興味ない人間ですけど、それでもなんやかやと初めての店にも連れてってもらいました。おでんの『屯風』やとか、ポン酢の『モミポン』とか、〝ど〟のつくおフランス菓子の『グラン・ヴァニーユ』とか印象に残ったとこはようけあります。『インド食堂TADKA』のランチもええ塩梅やったなー。とくにチャイがなー。カフェやったら『市川屋珈琲』には、ちょっと遠いけどきっとまた行くやろなー。フルーツサンドがものすご上等の味やった。

そやけど、どっかひとつゆうたら『光兎舎《こうさぎしゃ》』。いますぐ予約入れて食べに行きたいくらい感服いたしました。

きっと儂のことをよう知る人らは、こちらがベジタリアンの店やと聞いたらびっくりしやはると思います。儂、ほとんど菜食主義を憎んできたさかいね。こちらでいただくちょっと前に「世界中で子供たちが餓死しているのは肉食のせい！」と声高に叫ぶような素人臭いビーガンレストランに当って辟易したせいもあり、ここが出してはる自然体の野菜料理には味蕾が洗われるようやった。

とかくベジタリアンはベジタリアンであることを言い訳にしたボヤけた味の店が多いんやけど、ここはぜんぜんそんなんちゃうの。冴え冴えとした輪郭がある料理。迷いがない。若い料理人さんがどんな経歴を経てきはったんかは知らんけど、しっかりと研鑽《けんさん》を積んできはった人の作る妥協のないプロの味。

ほんでも京都でプロの味ゆうたら儂はまず『岡田』さんが思い浮かびます。何気ない街場の洋食屋さんが、なんでこないに美味いのか、わけわからんようなるくらい美味い。ご主人の仕事は、よっ！職人技！と大向こうから声をかけとなる上々吉。もちろん今回もお邪魔しました。

念願叶って「鴨なすフライ」にありつけて舌鼓乱れ打ち。実はロンドンに戻る前日の最後の食事もこちらでした。ランチ難民で時間が遅い目で車で移動中ゆう条件もよかった。これぞ噂に聞くお昼の裏メニューを試せゆう神様の思し召し。食べてきましたよ。「かつ丼」を。

常連さんだけの特別サービスとか、やらしいことはこちらは絶対しはりません。なにしろランチ時はめっちゃ混むんで手間手順の異なるこの丼は物理的に難しいんです。けど、すべての目が揃い、おまけに明日は機上の人、飛行機が落ちんともかぎらん。手を合わせる言い訳は整うた……てことでお願いしました。ついでやし生中も。

えーえー、もーもー、そーらそら、これだけのためにでも12時間かけて空路はるばる帰ってくる意味があるちゅう食事でおました。【満足】という言葉は、まさにあの碗中にあり。幸福を噛み締めながら、京都、やっぱええな、などといわずもがなの再確認する儂でありました。

これを読んで食べとなった皆さんにお願い。まずはこちらのお店の通常メニューを一通りお試しになったうえでにしてくださいね。そのほうが後々かつ丼にご対面しはったとき何倍も感動的になりまっさかい。

砂糖喰いの若死

「あんたな、砂糖喰いの若死ゆうてな、そんな甘いもんばっかりいやしんぼしてたら早や死にするえ」

さんざん叱られて育ちました。そやけど儂の左党《さとう》は業《ごー》のよーなもんで、どないしょうもありません。親の因果が子に報いたか、前世が熊やったか蟻やったか（怠けもんやさかい蟻はないか）やと思います。

スナック菓子には興味おへんけど基本的には和洋中なんでもござれ。鄙びたもんも大好物で、わらび餅やら黒蜜の心太《ところてん》やら、番茶で練ったハッタイ粉なんかでも充分に幸せになれます。果物《くだもん》かてもちろん好き。けど、どっちかゆうたら「作った」モンにより魅力を感じます。儂的にはバナナはおやつに入りません。

そんなわけで当たり前のようにちっちゃなころからデブちんで、15で肥満と呼ばれたよ。でした。けど「砂糖喰いの若死」なんて母の脅し文句やと歯牙にもかけず半世紀。しかし親の意見と茄子の花は千にひとつの無駄もない——とはようゆうたもんや。それはただの脅しやおへんかった。まあ皆さん聞いてください（© 人生幸朗師匠）。

件の入院騒ぎはメインの病気の他にも細々問題が発覚しました。糖尿病も、そのひとつ。壊疽のバイキンくんが侵入したのは傷口からやけど、それが増殖して重篤な状態に陥ってしまったのは糖尿病だったことが要因として間違いなくある——と、診断されたんですわ。

な−んか、それ、院内感染したときに見抜けへんかった病院側の言い訳ちゃうん？という気がしないでもおへんけど、まあ、血糖値が高めやったんは確かでして、ず−と7〜9mmol／L（100〜120mg／dL）やった。ツレが5年前から糖尿を患ってますんで、時たま戯《たわむ》れに自分でも計ってたんで、それは知ってました。けど「砂糖喰いの若死」同様に、な−んも気にせんかった。

ところが今回は状況が状況です。皮膚移植のために切った箇所を縫合しないまま放置治療しているので手術創を健康な状態に改善するためにでけることはなんでもせなあきません。んやけど、でけることは存外すけない。膿まんように抗生物質は貰ってるけど、あとはせいぜいプロテインをたくさん摂取して、なるべく血糖値を下げることとくらいやったんですわ。

砂糖喰いの若死て、ほんまやったんや……このとき儂はしみじみ反省しました。母よ、あなたはエラかった。糖尿病は万病の元。怖いことは頭では分かってたけど、知識なんて身に染みるまで理解してへんのと同じやね。

病室には一日おきくらいにダイエティシャンが回ってきて、血糖値の変動を見ながらいろいろ相談に乗ってくれはりました。一応ツレの食餌療法をやってきた経験のおかげで話は早よおした。1ヶ月でほぼ通常人並に落ち着いたんで有り難かったですわ。もちろん現

これが『Bread Ahead』のドーナツ。
上等のケーキ並に高いけど、
値打ちありまっせー。

前はデフォルトで3個食べてた
ドーナツも、退院以来
1個でやめてます（ドヤ顔）。

在でも投薬は続いてます。とゆうか一生続きます。まあ、それくらいはしゃあないね。

昔は糖尿になったら一切甘いもんは絶たんならんというのが定説でしたが、この頃はバランスよい食生活を心がけ代謝を高める体質改善のほうが大切とされてます。ときたま糖分を摂取して血糖値が赤丸急上昇しても、翌日には通常に戻ればよいという考え。そら患者の体質や糖尿のタイプにもよるでしょうが。

退院後、交通機関を利用しての外出許可が下りて最初に行ったんがBorough マーケットでした。目的は『Bread Ahead』のドーナッツ。

いま英国は空前のドーナツブームで、ぎょうさん美味しいやつがありまっけど、ここは格別。実は救急車で運ばれる前日もドーナツを喰うておりました。もし、あのまま逝んでたら、最後に食べたもんはソレちゅうことになって、ソレはソレで悪うはなかったなと思いますが、ま、もちろん生き延びられたし言えるこっちゃけど（笑）。

持ち帰る予定やったけど、なにしろ3ヶ月ぶりの〝甘い毒〟。しんぼーたまらんようになって、その場でかぶりつきました。たっぷり鋳込《いこ》まれたカスタードをこぼさんように首をへンな角度に傾けながら、砂糖まみれ、クリームまみれ、アクメ顔で一心不乱に貪る姿はさぞや浅ましいもんでしたやろ。ひょっとしたら、もう儂は死んでて餓鬼道に墜ちたん違うやろか。

糖分の制限と同時にドクターストップがかかったんが喫煙どした。

あんなあ、へえ、寄る年波で減少傾向にあったとはいえ儂は最盛期には優に一日2箱は烟《けむり》にしてたヘビースモーカーです。煙草を吸う理由はそれぞれやろけど儂の場合は「好き」やから以上でも以下でもない。単純に「美味しい」んです。とりわけ脂こいご馳走のあとの一服はたまらん旨い。あと、珈琲ね。深煎りの一杯とともに味わう煙草はほんまウマイなーと思てました。

そんなにデスパレートなスモーカーではなかったけど臍曲がりやさかい喫煙禁止の場所に行くと吸いとうてしゃあなかった（笑）。飛行機のなかとか困りました。帰国便とか12時間ノンストップやもん。

それとね、以前は文章を書いているときは常に煙草を人差し指と中指の股に挟んでました。ただ、あれは仕事中の儀式感覚《リチュアル》。ほとんど灯してるだけ。吸いかけ持った手で咥えた煙草に火ぃつけたりしてた。そんな儂が。体が悪なって煙草吸えんようなったら、そのときは潔う死ぬわ、なんて嘯《うそぶ》いてた儂が。いまは煙草を吸うてへんにゃから人生てようわかりまへん。

煙草と健康の因果関係は、いまだにはっきりせんことも多い。肺癌になる確率が高いと統計を信じるなら、喫煙者はアルツハイマーになる確率が低いという統計も信じなアカンことになる。そもそも無理に禁煙なんぞしようもんなら、そのせいで精神的にかかるストレスの負荷のほうがなんぼか怖い。なんちて。

けどやねえ、これは吸いながらいつも実感してたことやけど、パルナスがお口の中に染みとーるよーに、ヤニって体に染みとーりますよね。汗かくと自分でも煙草臭うてヤんなるくらいやったし。とはいえ清潔にさえしていれば人様の迷惑になるほど臭うわけやなし、かめへん、かめへん、と意に介さずにおりました。が、こんどばかりは直接的に害がありそでねえ……。

なにしろ儂の股間に揺蕩《たゆ》とう玉袋は皮膚移植で新しゅうに作ってもろたばっかり。皮を剥いだあとの腿の傷もまだエゾくろしい鬱《ど》血《どめ》色ですわ。ここらにニコチンやタールがじゅわーっと染《しゅ》んできよったらと想像すると、ほんなもん怖ぉーて怖ぉーて、とても煙草吸う気になんかなりまへん。

ヘビーやったわりにはニコ中的な依存もなかったし、「やめよと思たらいつでもやめられるわ。やめよと思わへんしやめへんだけや」とか踏ん反り返ってたけど、それが嘘ちごたと証明でけたんはちょっと嬉しかった。

もはやニコチンフリーも3年を越えましたが禁断症状はついぞ来ませんでした。日本に帰ったときは愛煙家の友人が揃ってるんで、それが呼び水にならへんかと心配やったけど、それも杞《き》憂《ゆう》に終わりました。目の前で吸われてもぜんぜん平ちゃら。不思議やわあ。

ただね、この嗜好品はちょっとしたリズムを生活に与えてくれてたんやなーちゅうことは改めて認識しましたね。例えば台所で料理の準備が全部済んで、洗いもんも終わってて、そやけどご飯が炊きあがるまでに、あと5分、みたいなシチュエーションに置かれたとき「ああ、こんなときに煙草が吸えたら！」とは未だ思います。いわば〝間ァ〟を埋める存在やったんやね。

儂のツレは大喜びやし、吸わん友人たちも寿《ことほ》いでくれますが、こういう臍曲がりには間違うてもそんなことを言うたらあきません。いまだに「儂はやめてへんよ。ただ、いま吸うてへんだけ。もしかしたら、もう一生吸わへんかもしれんけど、それでも儂は喫煙者や」などとほざいております。

それでも「一生吸わへんかも」なんちゅう台詞が儂の口から飛び出すのには、もういっこ理由があります。それはね、食べ物の味が変わったこと。

リハビリというては散歩するくらいしかないんですけど、ちょっと歩けるようになってからは、ほとんど決まって毎日みたいに珈琲屋に通ってます。退院後最初にちゃんとしたカプチーノにありつけたときの感動ゆうたらほんまなかった。まさに五臓六腑に染み渡りました。

が、これは例の【お預け】効果だけやないと日参してるうちに気づきました。生還できた悦びが旨さを増しているのは確かやけど、どうやら染みてたヤニが抜けて味蕾が敏感になったみたい。

そこでしゃあない喰いしん坊は考えてしもたんですわ。この舌の状態で、大好きなあの割烹の料理や、あの老舗の和菓子を食べたらどない感じるんやろ……てね。いわば好奇心。ほんで実際に先《せん》どの帰国では感動の連続やったんやからなにが幸いするかわからんもんや。とりわけ豆腐とか淡い味の食材は格段に違ごた。

儂みたいに体のトラブルやなんかでやめなアカン状況に陥ってしまはった人はご愁傷様です。けど悲観するよりそういうのを楽しみに禁煙してください。

「河豚は喰いたし命は惜しし」と申します。砂糖でも煙草でも、なにごともお愉しみにはリスクがついてきます。なんで美味しいもんほど体に悪いにゃろ、太んにゃろ、てなことを喰いしん坊仲間とよう嘆きあいますけど実際は健康食品でも過ぎれは同んなじですわ。

ヘビースモーカーやった過去を儂はこれっぽちも後悔してまへん。煙草を吸ってたからこそ味わえた愉悦《ゆえつ》もようさんあったし。このカフェの珈琲にしても、いつか喫煙家時代の味が懐かしくなる日がくる可能性も微粒子レベルで存在してます。そしたら儂はまた躊躇なく喫煙復帰するカモ。

カフェでは珈琲二杯がデフォルト。
一杯目と二杯目の味の違いが
愉しいからです。
「Vagabond N7」
105 HollowayRd, London N7 8LT

福喰は内

おかあちゃん！おかあちゃん！ええもん、もろたえ！

おかあちゃんはロンドンにはいてはらへんけど興奮して叫んでまいました。嵯峨の銘割烹『おきな』の若だん、洋平くんからの荷はいっつも嬉しい驚きがぎゅうぎゅうで、儂は「びっつらプレゼント」と呼んでるんですが、今回はとりわけのことでございました。

日本の美味はなんでも嬉しい。とりわけ京都ならではの、しかも見立てが利きにくい、自分の技量では創作が追っつかんもんはなおさら。それは、そんなんの典型みたいなもんどした。『二条駿河屋』さんの「豆落雁《まめらくがん》お多福」。うち、これ大好きですねん！

もともとはほんまに敦賀のほうのお菓子やとかですが、けっこう儂は昔から馴染みがありました。うちの近所でも塩みの利いたお多福落雁が『老松』さんにあったし、ふと気が付くと、阿亀《おかめ》さんに所縁がある『千本釈迦堂』（こちらが、たまに公開したはる古代からのおかめ人形コレクションは、そらもうすごい。京都で最も見るべきもんのひとつやと思う）が節分頃にお土産として落雁を売るようなったたはったりしてね。

どういうお菓子かというと材料は大豆と糖だけ。フェラン・アドリアに「再構築してみんかい」と渡しても尻尾巻いて逃げてかはるん違うかちゅうくらいシンプル。そやのにお味の表現がものすご難しい。うわっウマい！と声を上げそうになるインパクトがあるわけでもなく、噛んでるうちに滋味《じみ》が溢《あふ》れてくるようなシミジミ系でもない。複雑味はないけど、かといって素材の味がストレートに伝わるもんでもない。

ものを書きのはしくれとしてあーでもないこーでもないと頭をひねってたんですが、たぶん、こいつの魅力を最も端的に表してるんは洋平くんが添えてくれはったお手紙にあった「珈琲にめっちゃ合います。食べては飲み、飲んでは食べ、お多福の無間地獄に堕ちます」という言葉なんやろなーと結論しました。つまりは触媒的な旨さですわ。伴走する味覚があることで影響しあって快楽が高まる、そういう食べもん。

酒盗《しゅとう》ならぬ茶盗、珈琲盗、なんて言い換えてもええかもしれまへん。

いつもよりちょっとだけ注意深く淹れた珈琲とお多福さんをかわりばんこに口に運んでいると、洋平くんの言わはる通り、やめられへんとまらへん、いつまでたってもお茶の時間が終わらへんカフカ的状況はロンドンでも簡単に再現できました。もっとも飲んでいたのは京都のカリスマ焙煎師大宅さんの豆。深煎りのコクがおかめさんを優しく抱き寄せるようなロマンチークなマリアージュ。もしかして、これはこの珈琲やからこないにあんじょう美味しいんやろか?

ということで思いついたが吉日。その日から「お多福」の小箱を鞄に忍ばせ、普段からちょくちょく伺ってるロンドンのカフェを巡ることにいたしました。1箱はあっという間に自宅で無間地獄に呑まれましたが、洋平くんは気前よう2箱送ってくれはったんで、まだ豆落雁はたっぷりあります。さて、どこに行こうかな。なるべくやったら個性の違う店で、いろいろ試してみたい。どんな化学反応を示すんやろか。わくわくしてきました！

まずは我が家の茶の間の延長『But First Coffee』へ。

ここは近所というだけやなく、ほんまに旨い端正なカプチーノがいただけるカフェ。流行のオーストラリア式やけどコンチネンタルな線の太さもある。お菓子との相性はもちろんばっちり。一緒に愉しんでも、どっちの個性もくっきりと味わえる。ちびちび齧りながら一杯を飲み終えた満足感がまた素晴らしい。それゆえか地獄には堕ちずにすみました。オーナーや顔馴染みの常連組にもお裾分けして好評さくさく。世界に通用する味や。

次は、いまロンドンで1、2を争う美味い店と噂される『Kaffeine』へ。ここもオーストラリア式。

うん。悪ない。悪ないけど、ここんちの珈琲は旨味をぎゅっと凝縮させたような風味が特徴なので、おかめさんとの相性はベストとはいえへんかも。

おかめさんは古風な日本の女やので、こういうマッチョな珈琲とカップルになると耐え忍んでしまはるみたい。引き立て役に回ってしまうてゆうか。たぶんこちらの珈琲のツレ

『But First Coffee』
43 Quernmore Rd, Harringay, London N4 4QP

にはビスコッティくらい単純な方がええ。日本のお菓子やったら『豊島屋』の「鳩サブレー」なんかがよろしん違いますか。

ほんなら、もう一軒の味自慢カフェはどうかいなとやってきたんは『Prufrock』。相変わらず凄い行列。ロンドンにはいまいくつか行列のでけるカフェがあるけど、まあ、ここは納得かな。というくらいは旨い店。

Kaffeineでの経験から、こちらではカプチーノやのうてミルク入りのエスプレッソを注文。これが正解どした。ならではの奥行きがある珈琲が、夜目遠目笠《よめとおめかさ》の内的に痘痕《あばた》面のおかめさんをごっつ美人にしてくれはった。この豆落雁は荒く潰した炒り大豆のかりこりした歯ごたえも魅力のひとつなんやけど、それさえも柔らこうに感じる。反対に珈琲からは普段はどこに隠れてたんか解らんかった芯の強さが垣間見えて、おにいさん、ただの優男やと思てたけどちょっと見直しましたえ。

ここらでミルクに頼らへんベターハーフも探してみたいと行ってきたんが『HR Higgins』。王室御用達の紅茶で有名なお店やけど実は珈琲もかなりのクオリティ。最近地下にあったカフェをきれいにしはって雰囲気もようなった。味はちょい優等生的ではあるんやけど独特の複雑味がある華やかなアロマが嬉しい一杯がいただけますのや。「1942 Blend」をエ

『Prufrock』
23-25 Leather Ln, London EC1N 7TE

『The Delaunay』
55 Aldwych, London WC2B 4BB

スプレッソに淹れてもろたんを注文したんやけど、ええね。お多福との並びも一対のお雛さんみたい。

残念やったんが『Maison d'etre』と『Falla and Mocaer』。いや、どっちもようでけたカフェなんえ。けど自分とこで作ったはる甘いもんへのこだわりがしっかりあって、珈琲もそれにぴたっとくるようにコントロールしてある。こういう店では店のオリジナルを愉しんだほうがええ。実際には試さへんかったけど、いまや英国を代表するケーキの店となった『Ottolenghi』もかーなりちゃんとした珈琲出してくれはるけど、きっとお多福の出る幕はないと思うもん。

ゆうても皆無ではない。カフェというよりは軽食、ランチの店『Esters』がそうやった。かなりご機嫌な珈琲もあって、歩いても30分くらいやし散歩がてらお昼を呼ばれにようよう参るんですが、こちらのカプチーノとは誂《あつら》えたみたいに味覚が響きおうてた。甘いもんも美味しいんやけど、それが主体やないからかな。ようわかりません。摩訶不思議。やってて飽きひん試みですわ。


飛び道具的に感動したんが『The Delaunay』。

ロンドンでは珍しい本格コンチネンタルカフェ。ウィーンかブダペストの街角でひっそりと百年間続いてるような風情がある店。儂は生クリームを珈琲に絞ったアインシュペンネが大好きなんで、なんやかやと寄ってますんですが、そうなんです、これがお多福にぴったりやったの！『パンチDEデート』で意外なカップルが誕生したときのような笑けてくる幸福感。ひと目会ったその日から、恋の花咲くこともあるですわ。

似た感じで『Gelupo』の珈琲にもバッチグー（只今、死語モードに確変中）でしたね。イタリアンジェラートの店なんですけど美味い珈琲もありますねん。さいぜんええケーキのあるカフェには合わんゆう話をしたばっかしですが、ここの珈琲はアイスクリームのために用意されたもんやないので、いけてまいました。ちゅうかねえ、むしろ豆落雁味のジェラートが儂は食べたい。はっきりゆうて確実によろしおっせ。

調子に乗って、すぐそばのイタリアンデリ『Lina Stores』で珈琲とチーズプラッター（熟成のピークにあるチーズを盛り合わせた名物ランチ）を頼んで、そこに仲間入りさせてみたら、これはいまいちでした（笑）。正統派のコンチネンタルブレンドとの組み合わせはアカンいうわけやないけど、肉感的なイタリアンチーズとの長年連れ添った夫婦感には勝てまへん。おかめさんは日陰の恋の味がしました。泣いて別れた河原町。

儂はお節介な仲人みたいな気持ちでホットチョコレートとも取り持ってみたしたけど、これもあかんかったな。行ったんは『Hotel Chocolat School of Chocolate』。ちゃんとした店でっせ。ホットチョコが飲みとうなったら儂は絶対にここです。味がケンカしてるんやないけど珈琲との睦《むつ》み具合を知ってしもたあとでは物足りんのはしゃあない。しかし最後の1枚をここで食べてしもたんは残念無念ではございました。

いやー、それにしても我ながら心嬉しい企画でしたね。また来年口果報があったら、これ持ってパリとか行きたい。あちらにもオーストラリア式の流行の波が到達してますし、若い人の台頭なんかもあって、けっこう面白いことになってはるさかい。

ちゅうか普通に日本でやっても、きっといろいろ興味深いん違うやろか。少なくとも個性派が数多《あまた》犇《ひし》めく京都でやったら、かーなり愉しいと思うわー。

あ、なんかこないなことを言わんならんのも野暮でっけど、こういう遊びは物陰でこそっとひとりふたりでやるさかいお目こぼしいただけるわけで、お店の迷惑になるようなことはせんといておくれやっしゃ。

飲食店に外から喰うもん持ち込むんは基本的にはルール違反やからね。お多福はぱくっと食べてしまえるようなサイズやしまだアレやけど、なんぼ珈琲と喰い合わせがよさそうやゆうて、おはぎとかイートインしたらあきませんえ。きなこ散らかしたりとか滅相もおへんえ。


『Gelupo』
7 Archer St, Soho,
London W1D 7AU

喰わず嫌いの器

和洋中なんにでも古い日本の皿小鉢を使こうてる儂ですが、洋もんもちょくちょく買《こ》ーてるし、食卓にも普通に登場してもろてます。ぜんぜん嫌いなわけやない。

儂が最初に器に興味を持ちだしたんは小学校の3、4年生くらいやったかな。子供にしてはやらしい趣味やと思われるかもしれませんね。いいえ、とりたてて早熟な数寄者やったとかやないんどっせ。そんなかっこええもんやない。毎日のご飯を食べるお茶碗はプラッチック製で『ブー・フー・ウー』の柄やったし。そういうもんを使うことに何の疑問もなかった。

器に目覚めた切っ掛けはお茶。紅茶です。

うちはなんでかティーバッグやなく物心ついた頃からリーフティでした。もっぱら『リプトン』の黄色缶か『日東』。濃い濃いに淹れて牛乳と砂糖たっぷりがデフォルト。そんな日常に現れたのが『トワイニング』。これが儂にとってヘレン・ケラーの「水」になりました。紅茶はただの紅茶ではなく、アールグレーとかダージリンとかプリンス・オブ・ウェールズとかいう蠱惑《こわく》的な名前があるのだという〝発見〟は衝撃やった。まして、それらは住んでたマンションの1階を占める『ジャスコ』にあった……まるでファンタジーですわ。色違いの缶々をずらりと勢揃いさせて悦に入っておりました。

さて、ファンタジーなお茶をゲットしたからには、それに相応しい器が欲しいなる。当然の流れです。そう。儂の器好きの起点はトワイニングのためのティーカップを探すところからスタートしてるんです。

もっとも目覚めたはええけど小学生のおこづかいで買えるカップなんてたかがしれてます。中学進学を理由に母親にねだった『ロイヤル・コペンハーゲン』の一対が儂にとっての記念すべきほんまもんの茶器でおます。いまでも大切に持ってまっせ。

それからというもん、明治ころ海外輸出用に作られていたゾッキもんを天神さんの蚤の市で漁ったり、ノリタケやら東洋陶器のんを古道具屋で発掘したり、お年玉を胸に抱いて百貨店に走ったり。大好きやった『インナートリップ』ゆうケーキ屋さんで使こてはった『ジノリ』に憧れ、どこにあんのか聞きだして大阪の輸入雑貨店まで行った思い出も。生れて初めて京都の外にひとりで出たんはティーカップのためやったという。

生れて初めてゆうたら19歳のときの初渡欧の第一目的もカップでした。『ウェッジウッド』のジャスパーウェア。確か里中満智子先生のお宅訪問インタビューかなんかで愛用品として紹介されてたんに一目惚れして以来、欲しい欲しい欲しいと思い続けてたんです。帰国後に使い始め、あの美しい特徴のあるブルーは、ミルクティを淹れてこそ真価を発揮するんやと気づき感動したもんです。『F&M』との出会いもこのとき。

長く続いたティーカップ熱が落ち着いたんは、ロンドンに生活のベースを移したとこで、英国人式にマグでしか紅茶を飲まんようになったしです。彼らにとってカップ&ソーサーはあくまでお客さん用。ふだんはまず利用しはりません。余所余所しい印象があるゆうて嫌わはる人もいるんでっせ。うちにも『アラビア』社のバレンシアていうシリーズが一通りありまっけど気に入ってるわりには、さほど日の目を見てまへん。

カップを集めてた当時は当然みたいにそれに付随して菓子皿に手を出し、なんやかやと洋食器も棚に増えていっておりました。そやけど、どんどん自分で料理するんが楽しゅうなってゆくに連れ、どうしょうもなく興味が薄れてってしもた。なんでて洋食の皿の行き着くとこは白やからです。フランスでも、イタリアでも欧州料理は白が映えるようになってまんのや。

ウエッジウッドか、『ヘレンド』か、『リモージュ』か、最終的にはどこのどんな白を選ぶかゆうだけで、白無地以上に美味しさを引き立ててくれる器はありまへん。それが西洋料理の器なんですわ。――てなことが自分なりに解ってくると、どんな食器を見ても、いや、ええやんかいさ！と一瞬食指が動いても「どうせ白には勝てへんし」と考えてまう。物欲も怯《おび》えてまう。ときどき発作みたいに誰か作家にハマっても冷めんのは早い。

そやけど、ほんまに日本の器、和食器てゆうのは面白いねえ。なんやろね。あれ。馬子にも衣裳?

みごとに西洋料理にも合うし普段のおかずをえらいご馳走にしてくれたりもする。伝統料理とかですら西洋の白もんを超えた絵にしてくれる。凝ったもんに限らずカレーやらスパゲティでもイケる。ところが逆に和食を洋皿・洋碗に鎮座させるとなんや〝締まらん〟のよ。高級メーカーの味わいある上等な白無地であってもアカン。

それでも例外ちゅうか、たとえば骨董の中には、どんな料理にでもぴたっとくるもんがないわけでもおへん。

英国のもんやと陶磁器製の器が一般的になる以前、中世から18世紀にかけて拵えられてた錫《すず》の皿。これは和洋中なんでもこいでっせ。多少歪んでたり割れてたりすんのも味のうち。重宝してますわ。平安末から鎌倉時代、瀬戸、常滑、あとは猿投《さなげ》なんかの製陶地で焼かれてた山茶碗てありますやん。もちろん素材も姿形も全く異なるもんやけど、あれに近い感じなんかもね。

あと、デルフトの類いも万能。けっこう派手派手の柄もあるし、色使いもカラフルやのに。名前の通り発祥の地はオランダ。なんやけど、いろんな国で焼かれてて本場もん違ごても英国のもんもハンガリーやイタリアのもんも、どれも同じような和食器的な懐の深さがある。むしろデザインゆうより錫釉薬《すずゆうやく》を掛けて焼かれることで加わる独特の味わいがええんかな。

あんまし日本では知られてへんけど英国にはポスト・デルフトとしてヴィクトリア時代に大流行したGaudy Welshちゅう磁器がありまんにゃわ。庶民にも手が出るくらい値段的にもこなれてたんでヒットしました。手描きでありながら量産されたんで現在でも手に入りやすいアンティーク。古い食器類が好きな人は狙い目やと思いますんでチェックしてみてください。

いっとき日本でもクラリス・クリフとかスージー・クーパーとかがえらい人気やったけど、あんな可愛いけど勝手が悪い――食べもんに合わせ難い――器より、よっぽど汎用性が広うてよろしいもんでおます。


前もどっかで書いた気がしますが、似たような意味で勝手の悪い器の代表がルーシー・リー。みんなええええいわはるけど、すんません、ちっとも値打ちが解らへん。儂は「喰わず嫌いの器」と呼んでます。あの人のんて、なに載へても注いでも美味しなさそうなんやもん。

いっぺんこの人の真っ黒けのマグで紅茶をこわごわ啜ったことがありまっけど、あないお茶の水色が映えんもんも珍しい。ジャスパーウェアと正反対。あ、そや、それこそリプトンとか日東の濃ぉーい赤い赤いのに牛乳おいめとかやったらイケるかもしれまへん。

どっかの雑誌が「有名料理人のナンとか先生がルーシー・リーに盛り付ける！」てな特集をしはって、貸し出さはったルーシー・リー協会の人が「ルーシーの器に料理を載せるなんて！」と怒らはったゆう逸話が儂は大好きなんですけど、この企画立てた雑誌のセンスのなさもさりながら、協会側のしょうもなさには泣けてきます。

そんなんいうてるさかい、いつまでたっても英国料理は不味いと謂《いわ》れなき唾罵《だば》誹言《ほうげん》を受けるんでっせ。そやかてさ、この人らの言い種《ぐさ》は「食事のくせに味のよさを求めるなんて！」と同義やおまへんか。

けど、まあ、洋もんでええ和食器と変わらん魅力を持ち合わせてるゆうたら、かつてリーチ窯で焼かれてた民藝、もといＭＩＮＧＥＩの磁器たちやろね。

柳宗悦《やなぎそうえつ》とともに【用の美】を唱えて日常の中から美を再発掘しようとする民藝運動を牽引した陶芸家バーナード・リーチ。彼の焼きもんは、ほんまに器としてようでけてます。

つまり単純な話、食べるもんを載へて映える、美味そうに見える器なんですわ。喰うという行為の歓び、なんでもない日々の暮らしの尊さをふわりと捧げもつ掌のような食器が作

マイク・トッド、フィル・ロジャース、ジョン・ブキャナン、ジョアナ・ウェイソン……リーチ所縁の陶芸作家たち。

られてました。

ここの日用雑器のなにがスゴイて、お抹茶を点てても、それなりに見事な風景になってくれるてことですわ。

以前、件の武者小路千家、官休庵の宗屋くんに「入江さんて普段はどんな設えでいただいてはんの?」と訊かれ、めっちゃ困ったことがあります。もーやめてー。イジメ。ダメ。ゼッタイ。そのときは、まあ、お茶を山帰来《おおぶく》に濁して逃げたんやけど、後日、覚悟を決めてお見せしたんがリーチ窯の「Z碗」と呼ばれるお茶碗でした。ほんまにほぼ毎日これでお薄を一服させていただいとります。

そこに記された文字は、民藝の精神を現す【乙】の字やとも、小枝にとまった小鳥

こちらが若様にお見せした設え。この筆跡は多分リーチ本人（V＆A博物館に収蔵されているのと同じものなので）。木皿は中川木工芸。お菓子は『清月堂』さんの「おとし文」。

の抽象やともいわれてるシンプルぅな器ですが儂はこれ以上、自分にとって過不足ない茶碗を存じません。儂は日常の茶にしか意識がないんで、ほんまにええもんに巡り合えたと民藝の神さんに感謝してます。そら、抹茶茶碗として作られたもんのなかには英国に限らず素晴らしいもんを拵えはる外国人作家もいてはる。けど、そうやないんよね。

もはやティーカップも洋食器もそない買わへん儂がいまだにチャンスがあれば自分のもんにしてんのが、てなわけでリーチ窯の食器。リーチの薫陶を受けたお弟子《でっ》さんらの焼きもん。クライブ・オーエンさんのとかけっこう集めました。日本と違ごて市場が小さいさけ、あんまり目立たーらへんのは残念。そら、なかには世界的名声を収めはった人もいはりますけどな。

誰や?て、あんた、ルーシー・リーですがな(笑)。

場所喰い

コレクターてゆうたときに一番に思いつくのが京の老舗骨董店『てっさい堂』先代夫人の貴道裕子さん。

『まめざら』『おびどめ』『ぽちぶくろ』（いずれもスーパーエディション刊）などの御著書に鏤《ちりば》められた数々のお品を眺めていると、その金額や希少性ゆえでなくご本人が好きで集めていらっしゃるのがよく解ります。金やコネに飽かせて蒐集《しゅうしゅう》されたもんとは自ずと品格が違ごてるのは面白いこっちゃなあと思います。

あともうひとり、近年の突出したコレクターとして名前が挙がんのが村上隆さんやろか。集めてきはった百鬼夜行を一堂に会した「スーパーフラット・コレクション」の図録を拝見したけど、なるほどこういうんも在り方のひとつやなあと思う。ものすご楽しんではるのが伝わってくるのでこっちも楽しゅうなる。

似たタイプに英国人デザイナーのポール・スミッさんがいてはって、なんべんかインタビューさしてもろたんやけどいっつも収集品に囲繞《いにょう》されてはった。ただ執着はあんましないみたいで、『No.9』てゆう自分の店で売ったはんのがええ感じ。村上さんも店出しはったらええのに。スミッさん曰く「売れば売るほど躊躇なく次が買えるしええよー」とのことでっせ。

儂はコレクターやないといっつも云うてるんですが、集めてないもんがないとは申しません。まったく価値のないもんばっかり、そやけどなんぼ金に飽かしても買えまへん。貴道さんや村上さんが頑張らはっても無理。まあ、あげるゆうても「いらん」言われるやろけど。たとえば紙包みの角砂糖。世界14ケ国で集めた凡《およ》そ500種類を所有。どうも紙でくるまれたもんが好きらしいてオレンジの個別包装紙も300枚くらい持ってます。レトロで華やかなデザインが素敵。あと、トングはただいま80本くらいある。手ェで乳絞りしてた時代に酪農園で使われてた3本足のミルキング・スツールもちまちま買うてましたが場所を喰うてしゃあないのでツレに固く購入を禁止されました。

けどコレクションてゆうのは本来使こうてナンボ、やと儂は思うていますのや。自分の場合、代表的なんがエプロン。大好き。数えたら40枚ちょいでした。思うてたほどやなかったわ。まだ買えるな（笑）。

エプロン、よろしな。どんな上等でもさほど値が張らへんし、そのわりにはおニューの服と同じくらい嬉しいし。洗濯楽やし、多少薄汚れてても気にならんし。（それに嵩張らへんし。）持ってんのは後ろで蝶結びすんのもあるけど、腰紐を前に回して締めるタイプが多いです。尾骶骨の上部を、こう、ぐっと内に寄せて、出っ張った下腹を下方からよいしょっと持ち上げるようにしてキツめに括ると緊褌《きんこん》一番的喰い込みが気持ちええのもええ。ええ、ほんま。

朝、シャワーを浴びて、服着て、茶づけ掻っ込んで、エプロンを着用すると自然に仕事モードに気分が切り替わります。一種の儀式やね。

当たり前やけど若奥様風の薄手でびらびらしたんは興味ありません。英国の肉屋さんが使う縞々のブッチャーエプロン。鍛治屋さんのウェリングエプロン。『ソーンバック&ピール(thornback & peel)』や『キャス・キッドストン(Cath Kidston)』の、ちょっと可愛らしのん。いろいろありますけど、ほとんどは厚手の綿で丈は膝下、色は白(生成り)のシェフエプロンですわ。

面白いのは、ちょっとしたデザインの違いで緊褌感がまるきり異なるゆうことです。立体裁断してあるわけでもないのになんでやろ。細みえたり太みえたりも存外あるし、立ち居振る舞いも変わる。おかしなもんです。パリ下町の古株ギャルソンの動作がすごくエレガントに見えんのはエプロンのせいと違うやろか。

自分がヘビロテしてんのは『一澤信三郎帆布』製。これは後ろ結びやけど信三郎社長にお願いしてシェフタイプも前掛けタイプも腰紐の長いのんを注文しました。あっこの鞄は汚れたら拭いて下さいゆうことですが、エプロンは丸洗いさせてもろてます。生地がだいぶ草臥《くたび》れてきたけど、その風合いがまたよろしにゃわ。

最近購入してごっつ気に入ったんがフランスの鍋屋さん、『ル・クルゼ』のんです。ところが、こいつがクセもんでして、前締めするとなんや不恰好なんですよ。あー、失敗したかなあ、と、ちょっと気落ちしたんですが脇にある鳩目で折り返して後ろで括ってみたら、アラ不思議、ちょっとドーえー?悪ないやんかいさ。しかも上体のあらかたが引き締まって緊褌も緊褌。大緊褌。

腰にお布巾をぶら下げられる輪っかがあんのも気が利いてるし、男でも女でも様になるシェイプといい、やっぱし、こういうもんに関してはフランスは侮れんちゅうか、さすがやなあと思いました。これは台所駐在率の高い人にはお薦めです。かなり色のバリエーションもあるんで儂も揃えてしまうかも。

そんな細々としょうもない儂のコレクションの中でも最も個人的で他の人にとって価値のないもんに「栓」があります。栓ゆうだけでは、なんのことやらワケわかりまへんよって、ちょっと説明させてもらいますね。

あんね、儂が持ってる骨董の類いは9割が料理を盛るためのもんやけど、たまーに徳利やらデカンタやらフラスコやらに手を出さんこともありません。とくに丹波焼きのもんはよろしな。たいして酒も呑まんのに、ついつい気に入ると買うてしまいます。ただ水差し

ル・クルゼ謹製エプロンでご挨拶。
緊褌一番頭張り入道ホトトギス。

うちにいる丹波さん御一家。
栓をすると、とたんに
人間ぽくなるから愉快。
帽子をかぶせるような感覚でもあり、
ヘアスタイリングをしている
みたいな楽しさでもある。
向って左から、
杉本立夫さんのパイプの煙草詰め押さえ、
英国シェリー酒用デカンタのストッパー
（銀製。下部はコルク。見えてないけど
海老徳利なので帆立貝モチーフ）、
薬瓶のガラス栓（ヴィクトリア朝末期）、
バーナード・リーチ作の
ビネガーボトル・トップ
（本体は修繕できないくらいに割れて
しまったとかで格安でわけてもらった）。

にしてるだけでも、なんや醍醐味になるような気がします。

むろん丹波に限らず、現代作家もんもあれば、北欧や旧東欧のガラスもんとかにも好きなんがあります。ヴィクトリア時代の濃い群青色《ブリストルブルー》のボトルとかもたまりまへん。とりわけ毒薬の容器やったもんとか、わくわくしてまいます。あと、エンボスで農園や牧場の名前が捺《お》された昔の牛乳瓶とかね。お国柄の違いが愉しいて形もユーモラスでよろしな。

ほんでね、そういうもんを買ったあと、もうひとつ待ち受けてる〝お愉しみ〟が最初にゆうた「栓」なわけですわ。賢明な読者の諸君なら、もうお解かりでっしゃろ。つまりは開いた口に合うストッパーを見っけてきてはめるんが、めっちゃ面白いんです。

探して探して、いろいろ集めて、嵌めて試してピタッと誂えたみたいに合わさったときの感動は得もいわれません。これがまた、ピタッとサイズが一致するもんてゆうのが不思議なことに見た目もよう似おてることが多いんですわ。なんていうたらええんやろ、この感覚。割れ鍋に綴じ蓋的快楽とでも言わせてもらいまひょか。


このヨロコビを最初に知ったんはブダペストの骨董屋やった。まだ入国すんのに、いちいちビザを申請せなあかん混沌とした時代の話です。町中の小さなアンティークショップで儂は塩梅のよさそうなロシア製お醤油《しょゆう》差しに出会たんですわ。

もちろん、それはお醤油のために作られたもんやのうて、そもそもはオリーブ油をサラダやらにかけ回すためのガラス容器。懐かしいような焦げ茶色で、ひゅっと擡《もた》げたおちょぼな注ぎ口が、いかにもすっきり水切れよさそうで、これは買わなしゃあない！と即決。したんはよかったけど残念ながら栓がなかった。お醤油差しにするんやったら、やっぱりなんか閉めるもんがないと気持ち悪い。

「こういうもんはコルク栓やし劣化するねん」と、店員さん。御尤《ごもっと》も。御尤もやけどねえ。うーん。と、グズる儂。しばしの沈黙。「あっ、解決」と声をあげたのは店員さんのほうやった。こちゃこちゃとした小物が盛られたお皿を指先で攪拌《かくはん》したかと思たら彼女はひょいっと陶製の猿を摘みあげはった。小指の先ほどの白い猿は円錐の上に鎮座してて、なにかと問えば中国製の練香《ねりこう》壷のストッパーやそうな。

「壷は割れてもて、そやけど、かいらしさかい捨てんのも可哀想で置いてあったんやけど……」

そう言いながらロシアの醤油差しの口に猿を宛がうと、そらそらもー見事にそいつは収まった。出身も色味も素材も造形も時代も、まったく異なるエンもユカリもないものが、いかなエニシか祖国を離れた場所で出会い、ロンドンからきた日本人の手に渡る。

……ドラマやわー。『愛と哀しみのボレロ』みたい。思わずジョルジュ・ドンになって踊りだしそう。

ロシア、中国、ハンガリー、英国、日本。ばらんばらんのパズルが完成して像を結ぶ瞬間にロマンを感じるんやろな。様々な容器の栓と口とを矯《た》めつ眇《すが》めつしながらいつもあの日の出来事を想い出します。そやからか、どうしても無意識に本体とは出生の違うもんを選びがちなんですよね。あんまし奇を衒うのもやらしいさかい、そこそこを心がけつつも、どうしても数奇な出会い、怪体なマリアージュを夢見てしまいます。

しっくりと馴染む喰い違い。それは喰い合わせの妙にも似てまんな。喰い合わせの愉悦、大事よね。

思いも寄らん味覚と味覚、食感と食感。香りと香り、温度と温度が結ばれて想像を超えた美味が舌のうえで誕生する感激。これは喰いしん坊にとって堪らん一瞬です。蜂蜜と胡瓜を一緒に喰たらメロンの味になるとか、そういうギミックのことやおまへんで。いや、それはそれで笑えるし、まあええか（笑）。実際、儂のする栓は蜂蜜胡瓜っぽいコンビネーションがようけあるし。

場所喰いのなんのといわれても、そのお返しに喰い込んでくれたり、喰い違ごうたり喰い合うたりして毎日を楽しいにしてくれるもんたちから離れて暮らすことはできまへん。あ、うーん、できるやろけど味気ないやろなあ。蒐集とは暮らしの風味とみつけたりやで。

粋が身を喰う

食材、外食、器、喰いしん坊はこれらに目がありません。けれど実はそれ以上に彼らの経済を逼迫《ひっぱく》させるのが道具どす。鍋、釜、包丁の類。厄介なんは明確な利用目的があるために購入の動機、というか言い訳がほかのもんよりきくところ。なのでついつい買ってしまう。阿呆みたいなガジェットに手を出してまう。プロが使こてるとかいわれた技術ごと手に入る気がする。

ええ、ええ、儂も滅法弱おすとも。

但し儂の道具愛はあまり電化製品にはいきません。もっぱらアナログ。『聖☆おにいさん』(中村光/モーニングＫＣ)を読んだとき、めっちゃ面白かったのに途中でやめたんは、どうしてもブッダの炊飯器愛に共感でけへんかったしです。たぶん儂だけやろな。そんな理由で読まんようなったん。

電気炊飯器に無縁やったわけやおへん。けど定期的に食べてたんは人生で5、6年。小学校の高学年まではガス釜で、東京の大学に入ってひとり暮らしを始めてからはお鍋で炊いていたし。新入生向きの生活道具一式セットみたいなんを親にあてがわれ、そのなかに三合炊きの釜があるにはあったけど一っ遍二遍しか使わへんかった。誰かにあげた記憶があります。

ごはんを炊く鍋は、30歳くらいまでは普通のテフロン加工の深鍋を使ってました。メーカーは『ティファール』やったかな。煮物とかカレーとか拵えるやつですわ。べつに「美味しいごはんが喰いたい！」と思ってそのときは始めたんやないので。

ほな、なんでそんな面倒くさいことをしてんのや？と、問われたら、まず、どこが？と儂は訊きたい。

そやかて米を砥いで、かして、火加減しながら炊いて、蒸らして、というプロセスの合間におかずを用意して食卓を整え、調理器具の洗い物をすませてゆくと、ほぼタイムロスなくすべて同時に仕上がりますやん。仕掛けといたら自動的にごはんが炊き上がるってことが、そないに便利やとは儂には思えへん。

賄いの短縮？炊飯器に頼ろうが頼るまいが台所での所要時間は約60分。これを越すことはめったにあらへん。というか日常の献立は、そこに収まるように組み立てます。それ以上は仕事に差し障りがある。

だいたい電気釜、炊飯ジャーちゅうもんが、その存在そのものがアイテムとして儂は嫌い。ごはんを炊くのにしか使えへんという融通の利かんとこが厭です。ホットケーキとか焼けるらしいし、温泉玉子が簡単に作れんのはちょっとええなと思うけど（笑）。

ガジェットが総じて苦手やいうわけやないねよ。桜桃《さくらんぼ》の種抜きとか、牡蠣の殻開け専用ナイフとか、トリュフを薄うに削るスライサーとか、そういうもんがうちの台所にはうじゃうじゃいてます。けど、電気釜は図体でかい！邪魔。見た目もかっこ悪い。

それから、保温されたごはん、より正確には長時間保温されたごはんの蒸れた匂いが苦手というのもおっきい理由。京都の人間にはありがちなんやけど、あんまし熱ごはんへの執着が儂にはないんです。

そら、おかずによっては熱いほうがええなーゆうときもある。けど、そういうときはラップしてチンしたらよろし。京都の『たる源』さんで花柏材のおひつをこさえてもろてからは冷ごはんが美味しゅうなったしね。いやー、おひつすごいえ。喰えばわかる。

ごはんてね、空気に触れると甘みが増すの。おひつによそるとき丁寧にちょっとずつ移していくと旨くなるうえに塩梅よう冷めて、すぐにがっつけるのも有り難い。ほんで翌朝には、いらん水気がトンで米本来の味わいがぎゅっと凝縮したごはんがいただけるんやから、ゆーことあらしません。

ちなみに現在ごはん炊きは『ストウブ』というフランスの鉄鍋屋さんのもんでやってます。『ル・クルゼ』『フィスラー』『イノックスプラン』を経てここのんに落ち着きました。真っ黒の艶消しで、なかなか迫力があります。重うて洗うのんがちょっと大変やけど、熱伝導の具合が素晴らしゅうて米が立つ立つ愛染桂。

子供のころ祖父母の家で食べた薪炊き飯の味を髣髴《ほうふつ》とさせてくれはるエライ子ぉです。美味しいごはんのために高級な炊飯器を買うのて本末転倒のような気が儂はしますね。たっかい高いブランド米に走るもの、なんか、なんかやなーと実は感じますけど。

ああ、そうや。電気釜以上にワケわからんもんがあった。でも、これ、けっこういろんなとこで見かけるんよね。それはお米の計量器！プラッチックの大きなタッパみたいなんに蛇口ついたやつ。なにあれ！

だいたいさ、なんで、みんな合単位でお米を計んの？人それぞれで適量は違うやろに、なんで【合】なんていう、わりかしざっくり大きな分量を基準にしてんの？お米は炊飯器で炊くもんやという固定観念に縛られてるのと同様、みんな目盛りに従わなあかんて思い込んでしもてるだけちゃう？

てなわけでうちは、お米の量を計るのに帆立貝を使こてます。量り売り用の茶缶だった大きなブリキの角缶（母方のじいちゃんの形見）が米櫃なんですけど、そん中に突っ込んだーります。これで軽く大盛り4杯。それが何合になるのかは知らんし興味もないけど、そんだけ炊いたら丁度ええ分量やということが解ってれば問題ナシ。

どんだけ上等の電気釜を持ってても、自分が望むごはんに炊き上がる水加減すら意識しないでいるのは恥ずかしいことやと儂は思うけどねえ。

そやけどうちの毎日の食事のテーブルをええ感じにしてくれる名脇役はゆうたら、なにを置いても『金網つじ』さんの道具。買ったもんも、御つくりおきしてもろたもんも、お店から貰ろたもんも、人様にいただいたもんもある。けど、どれもが現役。どれもがうちの食卓の下の力持ちとして頑張ってくれてる。

たぶん一番目立ってんのは鍋敷き。これはロンドンで若主人の辻〃ジャイアン〃徹くんに会うたとき雑談のなかで出た「こんなんあったらええなー」ゆう話を彼が覚えててくれて形にしてくれはったもん。試作品らしいけど、なんのなんの一目見て「おっ！」と唸りました。非常にシンプルでいて、端正で、優雅。京都の言葉でいうところの「シュッとしてる」ゆうやつです。

鍋敷なんか、ほんなん新聞紙でええやんゆう人も世の中にはいてはるでしょう。別に否定もしません。けど新聞紙使こてる人は、その行為によって自らの人となりを物語ってるてゆうことは解っとくべきやろね。その新聞紙をあなたは代用品やと考えてるかもしれんけど、実は、そういう鍋敷を〃選んでる〃んどっせ。

ともあれホンマの意味で感嘆したんは鍋敷にものを載へはじめてからでした。むろん形態として完成度が高いんでオブジェ的に卓上にポンと寝かせとくだけでも目が和みます。けどね、上になんか置いたときに生まれる何ともいえない間ァのよさときたら、ちょっと

した驚き。

ご飯を炊いてるストウブ鍋をそのまま鎮座させても、おひつでも、寸胴や雪平、あるいは薬缶や急須、水差し、ティーポット、様々なもんを支えて初めて姿を現す媚態《びたい》。はんなりと奥ゆかしい。こういうのんがあるかないかで卓上風景ぜんぜん違てきます。機械編み

ね。なんか載せてんのと
載せてへんのとで
印象がちゃいまっしゃろ？
急須は泥牛作。
互いに惹き立てあって
麗しい食卓風景が生まれます。
おんなじなけなしの身を
喰わせるんやったら、
こういうもんに喰わせて
やりたいもんです。
上等のべべよりは、
ずっと安いもんやしね。
まあ、べべはべべで、
やっぱりこーてまうんやけどね。

のワイヤーネットには決して宿らん矜持が食卓にも宿るようです。

まさに谷崎潤一郎のいう【余白の美学】そのもの。

もしかして新聞紙派の人らは、鍋敷を礼賛して余念のない儂らのような人間を指さして「そんなもんに金遣こうなんて、粋が身を喰うちゅうやつやな」と嗤はるかもしれまへん。けどね、シュッとしたもんを拵えんのには手間暇がかかるし、手間暇にはお金がいる。なによりシュッとしたもん買う人がいんようなったらシュッとしたもん造る技術が絶えてしまいますのや。

——どんなものを食べているか言ってみたまえ。君がどんな人間であるかを言いあててみせよう。

てなことをゆわはったんは18世紀末から19世紀にかけての司法官、ブリア＝サヴァラン。美食家の元祖みたいなご仁で、この人の書かはった『美味礼賛』は遍《あまね》く喰いしん坊の教科書。儂も枕元から動かせへん一冊です。最近新訳が出よりましたけど、あれは超訳でした（笑）。できれば白水社版か岩波文庫版をお求めください。

——国民の盛衰はその食べ方いかんによる。

——新しい御馳走の発見は人類の幸福にとって、新たな天体の発見以上のものである。

——せっかくお客をしながら食事の用意に自ら少しも気を配らないのは、お客をする資格のない人である。

これらのアフォリスムは200年経っても色褪せまへん。

『美味礼賛』というタイトルは意訳もええとこで、直訳は『味覚の生理学』。Physiologie du gout ou Meditations de gastronomie transcendante ちゅう長たらしい題名。けどこの意訳は天才的や。むろん谷崎潤一郎翁の世界的名著『陰翳礼讃』をもじったもんでしょう。単なるパロディやない。ブリア＝サヴァランの食へのアプローチと、日本の美意識を見極めようとする谷崎のまなざしはほんまに似てんの。ちゅうかふたりの解析手法、論旨や哲学はかえことしても通用するくらい。

ストウブで飯を炊き、たる源さんのおひつに移し、金網つじさんの鍋敷きに置く。そんなことで粋が生き存えてくれるなら、ちょっとくらい身を喰わせても悔いはありまへん。儂みたいなもんがごちゃごちゃゆうてもアレなんで、新聞紙派にはサヴァラン兄貴のこの言葉を贈りまひょか。

——食卓の快楽はどんな年齢、身分、生国の者にも毎日ある。他の様々な快楽に伴うことも出来るし、それらすべてが消えても最後まで残って我々を慰めてくれる。

喰意あらためて
アスパラガス／葱

よう肉が好き? 魚が好き? という質問がありまっけど、そういうときは「両方好き」と答えるしかありません。そんなもん決められまっかいな。しいてどっち? といわれたら「野菜好き」と答えます。ひねくれもん。

ほな、どんな野菜が? となると、まず、いの一番に挙がんのがアスパラガスです。

野菜の種類は数々あれど皿の上で堂々の主役を張れるだけのもんはほんまに少けない。というか高級レストランのメニューで肉や魚に引けを取らへんのはアスパラガスだけやないでしょうか。実際に喰いもんの記憶を辿ると忘れじのアスパラガスがようさんようさんあって我ながらこんなに好きやったんか！と驚きます。

人生で最初にウマイ！と舌で鼓をポンポンポンポンポンポーン！と五番目物《ごばんめもの》もかくやの勢いで打ったアスパラガスは、いまはなき京都の名洋食屋『金平』さんで食べた白アスパラでした。これはきっと上等の缶詰か瓶詰めやったと思うんですが、こんなもんが世の中にはあったんかと感動しました。子供やったしかもしれませんけど、儂の知っている、どんなもんにも似てへんかった。極太でね、ただ、マヨネーズが添えてあるだけやったけど、あれは美味しかったなあ。

次に瞼、いや味蕾に味覚の蜃気楼が立ち上ったんがイタリアはミラノ、名前も場所も覚えてへん、なにげのう入った場末の大衆食堂みたいなとこで食べたピザ。うっすい薄いぱりんぱりんの生地に濃厚なトマトソース、そのうえに12本もの丸々肥えた緑のアスパラが丸まま載せて焼いたぁるシンプル構成。チーズさえかかってへんかった。サイズはお盆ほどもあって、おっちゃんふたりが隣のテーブルでシェアしたはんのを見て「同じの」と注文したんやけど、まあまあ、これがトンデモなく美味かった。もちろんひとりで完食しました。

東京・三田の『コートドール』でいただいた白アスパラガスも生涯忘れられられんやろなー。シェフの斎須政雄さん曰く「北海道の大地が生んだ乙女の白い指先」に、温かいヴィネグレットソースを浸け浸け食べるんですが、たまらん美味かった。日本にいてたころは春の終わりになると予約の電話口でもうあるかどうか尋んねて毎年いそいそ出掛けたもんです。合わせんのは必ずシャブリ。何年のやったか忘れたけどWilliam Fevreとの相性が素晴らしかったんを覚えてます。

そのほかにもルクセンブルクの朝市で買うた堀川ごんぼみたいに太い、半分白、半分紫のやつ。帰国する日やったんで英国に戻ったその夜、湯掻いて溶かした『エシレ』のバターで食べたんですが、いままで家で食べたアスパラガスの中で群を抜いて美味やった。一瞬、ルクセンブルクに引っ越そかと真剣に考えたくらい。

フレッシュの白アスパラ、
お高いもんやけど、
やっぱりええのん見っけたら
買ってしまいます。
旬が短いんですよね。
度量の広い食材なんで
家ではいろいろ実験すんの。
焼いたブリオーシュにのっけて
ベアルネーズで食べたり。
林檎の千切りと
ブリーチーズ合わせたり。
ローストして
柘榴のソースかけたり。

あとは、パリのレストラン『ラミ・ルイ』で出してもろた、まるで麺類みたいに細い細い野生種《ソバージュ》の山盛りサラダとか、ああ、これもパリやけどセーヌ沿いにあった時代の『ランブロワジー』の一皿。オレンジ風味サバイヨンソースをかけたやつをいただき、棟方志功のように「仏様は有り難い仏様は有り難いあーあ仏様は有り難い」とぶつぶつ呟き続けたのもよい想ひ出。まわりの人らは気持ち悪かったやろけど。

まだ移り住む前、張り込んで泊まったロンドンは『ブラウンズホテル』のルームサービス朝食のアスパラガスも忘れられまへん。硬めに茹であげられた緑のんを、エッグスタンドに座った柔々の煮抜きの黄身に浸たして食べるんでっけど、英国にはパリのような〝粋〟はのうても、ここにしかない種類の〝洗練〟があるんやなあて感じ入ったもんです。

ここに書いてきたようなアスパラガスは、きっと死ぬまで記憶を反芻《はんすう》するやろなぁゆう気がしてます。儂かて大恋愛のひとつやふたつはしてまっけど、いまはの際のベッドの上で想い出すんは儂の場合過去の恋人やのうて『金平』やミラノのアスパラガスやないかなあ。悔い、ゆうより儂の場合は喰い気、喰意でんな、を残さず逝けるよう、これからも精々いっぱいよばれまひょ。

ところでみなさんは「貧乏人のアスパラガス」て知ったはりますか？　いわゆるポロ葱

（リーキ）のことをフランスではそない呼んでるんです。

食べはったことのない方は下仁田葱とか思い出してください。早い話が太い太い葱。下の白いとこだけをいただきます。日本やと高級品やけど欧州では最も安くて一般的な野菜ですわ。料理法は多岐に亘りまっけど、くたくたになるまで茹でんのが基本。フランスでは冷やして辛子効かしたビネグレットソースでよう食べます。その食感が白アスパラの水煮に似てるしついた渾名でしょう。

ポロは喰うてても心は錦、なんて歌がありまっけど（ちょっと違う）まさにそれを地で行く食材。「貧乏人の」ゆうても下手《げて》の味やない。玉葱、人参、セロリなんかと並んで洋風のおだしの決め手でもあります。前述したコートドールの名代のひとつに様々なお野菜をお酢でさっと炊いた「コリアンダー風味の野菜のエチュベ」がございますが、こんなかで一等好きで最後まで取っとくんがポロ葱。貧乏人なんは、こっちの根性やね。

これにかぎらず儂は葱の仲間がみんな好き。アスパラガスと双璧をなすモースト・フェイバリット・ベジ。いまにも心のジュリー・アンドリュースが歌いだしそう。

昔々に永六輔さんがやってはった浅田飴の宣伝で卓上に置かれた山盛りの刻み葱を思うさま素うどんにぶっかけて食べさせてくれはる『かろのうろん』という店が紹介されてたんをいまだに覚えてます。行ったことないけど憧れの店のひとつですねん。知ってますよー、葱かけ放題の店がなんぼでもあるくらい。けど想い出補正がかかってると余計美味そうに感じるもんです。

いっぺん香川でうどんツアーさせてもろたとき、むろん何杯よばれてもいちいち感激するくらいおうどんは美味しかったけど、どこもが葱と天かすが制限なしやって、それが心底嬉しく羨ましかった。都市伝説かもしれんけど葱がのうなったらお客さんが裏の畑から抜いてくるゆう『なかむら』のんがとりわけ香り豊かで刻み方も意外なくらい丁寧でよかったなあ。

漫画家の喜国雅彦さんが全国で〝ご当地〟マラソンしまくる『キクニの旅ラン』(小学館)(名作！)のなかで「うどん食い尽くしラン」というのをやってはって、それはうどんを喰っては走り、走っては喰いする企画で、横隔膜が痛となりそうで怖かったんやけど、なるたけようさんいただくためやったら同じことをやってみたいと妄想するくらい【うどん県】は素晴らしい場所どした。

京都では葱とゆうたらうどんやのうてラーメンの世界で幅を利かせてはります。なかにはサーカスみたいに丼から火柱が上がるネギラーメンなんかもありまっけど、僕が葱に求めるんはそういうんやありまへん。葱が主役、御神体くらいの気持ちで扱こーてもらいたい。

京都にいて頭が葱大盛のラーメンでいっぱいになってもたとき、たいがいは『第一旭』

で「葱おいめ」を注文。チェーン系でも京都発祥の店は『来来亭』とか『魁力屋』とかネギラーメンを売りもんにしてるとこがようけあります。『ラーメン横綱』も取り放題やし。けど、あまたさぶらふ中では第一旭が一番葱への敬意を感じます。昔は『北山ラーメンてっちゃん』ゆう素晴らしい店があったんやけど仕舞うてしまはりました。

京都で葱ゆうたら『壹錢洋食』さんが思い浮かびまっけど、ここが好きなみなさんは件の想い出補正がかなりあるん違うやろか。儂も別に嫌いなわけやないけど、この辺りで葱もんゆうたら『いづ重』のねぎ稲荷のが印象的かな。冬場しか食べられへん季節の味やけど酒の肴にしても良さげな洗練された味覚です。あと、ねぎ焼きの美味しい店が絶対どっかにあるはずなんやけど「ここぞ！」というとこを知りません。情報求む。

アスパラガスとは違ごて主役になれへん葱を主役にするには、これはもう自分のうちで主役に抜擢したるしかありません。そんなアングラ葱料理が我が家ではかなりの頻度で食卓上演されます。人によってはフリークショウに見えるかもしれんけど（笑）。

たとえば、すき焼き。儂の作る鍋は本気で半分を葱が占めます。メインキャストどこやおへん。葱がハムレットで麩ぅーさんがオフィーリア。肉はせいぜいがレアティーズですわ。ホレーショ役が糸こんでガートルードがお焼き（豆腐）、クローディアスが椎茸。先デンマーク王の亡霊は玉葱に演ってもらいまひょか。

上：笹葱
葱を笹にスライスしたんは冷蔵庫に常備されてます。丁寧に包丁を研いで、断面の細胞を壊さんようにリズムよく引き切りしといたら、タッパんなかで2週間くらいは保ちまっせ。

下：ねぎ天かす丼
ほんで、これを使った「困ったとき」メニューがこれ。ご飯も必ず冷凍があるし、天かすもやっぱり作り置きしてまっさかいいつでもできます。美味しいしょっちゅうリンダ困ってます。

自分的にはめっちゃ美味しいと思うてるんでお客様にも椀物、汁物としてお出しするんやけど、鴨南も葱がすごい量なんで驚かれることが多いです。分量的には焼き鴨のスライス1、蕎麦2、繊維に沿って麺状に切った葱が3てとこやろか。鴨が葱背負ってやってく

るゆうけど、うちでは葱が鴨を背負ってますのや。

あと、納豆ね。納豆の3倍くらい刻み葱が入ってます。卵で掻き立ててふんわりさせたんが入江好みなんですが、納豆はもはや全体をクリーミーに泡立てるための触媒としてしか機能してへんような気さえします。癖のある食品やけど、それさえも葱の風味でほぼ相殺されとる。もしかしたら健康のために納豆食べたいけど苦手ぇーとかいう人らにお勧めかもしれまへん。

最後にお気に入りのレシピをひとつ。このごろ英国では細いドワーフ種のポロ葱が人気なんですが、これと旬の地アスパラガスをグリルして食べるんです。ぱっと見の印象は似てんのに食感も味覚も好対照。それがお口のなかで出会うとなんともいえんハーモニーが生まれます。味つけは塩とオリーブ油、バルサミコ酢。パルミジャーノを削りおろしてもよろしえ。

きざみうどん
おあげさんを甘辛く煮んと、
こまかい短冊に刻んでからに
あっさり出汁で炊いたんを具ぅにした
「きざみ」もうちでは葱がざくざく。
「葱多いめ」やのうて
「葱だく」ゆう風情でおます。

喰論を立てる。喰気を読む。

なにが食べたいかなあ？て考えてるのが一日のうちで一番愉しい時間です。「あれが食べたい」「これが食べたい」と決まったあとは、それはそれでウキウキするもんですが、冷蔵庫にある食材の残りや、季節の関係、なにより時間との闘いなんかで欲望が果たせん場合もしばしばあるさかいね。

食べとうても体調が許さんこともあるし、ダイエット期間中やとむしろストレスになったりするし。そやから漠然と、なんにしょー、どないしょーとレパートリーの引き出しを開けたり閉めたり、嬉しいお呼ばれの席に向う日に洋服選びするみたいな感じで思い巡らせてんのが喰いしん坊にとっては至福の時になるわけです。

着てゆくもんがシャツから決まったり、ズボンから決まったり、ときに靴下から決まったりするみたいに、その日のメニューもメインから決まるとは限りません。副菜やったりデザートやったり、ときには「そや、西瓜の奈良漬食べたいな。たしか水屋にあったはず」なんてとっから始まることもあります。醍醐味はこっから。机上の空論ならぬ〝喰論〟を組み立てるのは、食べたいもんを手探りするのと変わらんくらいエキサイティング。

奈良漬切るんやったら、おこわにしよか。ゆうても山菜があるわけやなし。おめでともないのに赤飯炊くんもなあ。いまから小豆を仕込むのもアレやし。そや、真空パックのカラスミがあったわ。カラスミのおこわにしよ。贅沢やけど、まあええわ。ほたらあとは三度豆湯掻いて作り置きの胡桃味噌で和えて、おつゆは簡単に生姜きかせた海苔吸いにしまひょ。そーしまひょ。あ、酸いもんが欲しいな。山芋あるし千切りにして土佐酢と山葵《わさび》でいただきまひょか。——てな具合です。

でね、儂はこれを言葉にしているらしい。

さいぜん書いたみたいな喰論の展開を知らんまに口から溢《こぼ》してるらしいんです。もちろん意識なんてしてまへん。自動書記ならぬ自動献立。もう、自然に湧いてくる。文章もそんなふうやったら、どんだけええやろと思わいではいられまへん。仕事してるときでも、ちゃんと集中してるつもりやのに、ぶつぶつメニューを呟いてるという。

会社員時代、デスクで企画書まとめたり来期予算を組んだりしながらでも終業間際になってくると「あ、なんかポテトサラダが食べたいかもー。林檎を細こう賽の目にして混ぜたやつ。そやけど洋食の気分ちゃうなー。笹鰈《ささがれ》でも焼こか。冷蔵庫にピーマンを甘辛うに炒め煮したんがあるし、あとはそれでええわ」とか独り言ゆうてんにゃから迷惑このうえない。

「入江さん！みんなおなか減ってるんやさかい、ええかげんやめてください！」と本気で叱られました。

解決策として「ほな、うちに食べにくるか？」と誘うことにしてたんですが、いっときはえらい食費が嵩んだ。ほとんど毎日誰かしら来てはったし。

現在はひとりでＰＣに向って仕事してるわけですが、やっぱり以前ほどではないにせよ、やっぱりぶつぶつやってるみたいですね。たんまにツレに「あんた、なにゆうてんの？英国ではな、『独話は狂気の最初の一歩（talking to yourself the first sign of insanity)』てゆいますのや。気ぃつけなはれや」と笑われます。

大事なお客さんを招いたとき、喰論の愉悦はいよいよ高まります。好きな人がなにを食べたいかを類推するのは、ほとんどセクシャルな妄想に近い。

たとえばものすごタイプの人が目の前にいたとしたら、普通やったら相手の裸や媚態などを思い浮かべるんでしょうが、儂はどんな喰いもんの嗜好をしてはるんやろ？ごはん作らせてもらえへんかなーなどとウットリしてるんやから正味変態性ですわ。

お客さんのお好きなもの、お嫌いなものはもちろん、自分との距離、いままでの付き合い、これからの付き合い、押し付けがましくなく、かといって素っ気無くもなく、期待に沿う安らぎがあり、予想外の驚きがあり、気張らず、無理せず、なにより自分自身も美味しくいただける。そんな困難なシチュエーションにぴったり収まる献立。あんじょー組み立てられたときは気持ちええよー。

当たり前やけど喰論を実行する際は必ずとも愉しいだけやおへん。喰論は喰論、頭のなかで拵えられたご馳走やさかい、出来上がりが論との矛盾を孕《はら》んでいるケースがしばしばあります。そやけど、そんなとこも含めての妙味と申せましょう。

それにしても儂の「メシ喰ってけ」病は膏肓《こうこう》深くに至ってしもてどないしょうもありません。この人はおなか減ったはるやろか？ごはんに誘たら迷惑やろか？誰にでもやないけど親しくなり始めた人を家に招いてお茶などしたときには、そんなことばっかり考えてます。

親しゅうなった人とは当たり前やけど、たいがいはもっと親しゅうなりたい。ほんで儂の場合、そのプロセスは「一緒に食卓を囲む」「美味を共有する」という行為に集約されるんですわ。好意を持ってる人と、なんかウマイもんを喰うことほど人間関係をあったこうにするもんはないと信じてるんです。

そやけど食事のお誘いはけっこうタイミングが難しい。年下の子らやったら「もう、準備してるし食べてくやろ？」とか脅迫じみた台詞を口にもでけますが、そうでなかったら相手さんにも都合があるやろし、遠慮の塊みたいな人らもいてはる。なかには擦り寄ってくるくせに頭を撫でようとすると逃げる猫みたいな人もいて、そんな大したおもてなしがでけるわけやないんやけど、ちょっとは気ぃ遣いますね。

ところでタレーランゆう人、知ったはります？

「よい珈琲とは、悪魔のように黒く、地獄のように熱く、天使のように純粋で、愛のように甘い」の名言が有名でんな。フランス革命期、ナポレオンに仕えた外交官なんやけど、この人、いわゆる【美食外交】【接待政治】の元祖とも言われてはります。

件の「ウィーン会議」において、メテルニッヒやウエリントン公といった各国元首を手玉に取り、敗戦国であるにもかかわらず有利な決定を獲得した老獪極まりない人物ですが、彼の必殺技が「美味珍味満腹鱈腹マグナム！」であり「シャンパン呑め呑めギャラクティカ！」でした。とりあえず懐柔すべき相手は旨いもん攻めで落とす。それがタレーランという政治家。

自分に似たような〝気〟があるからゆうわけやないですが儂はこの人がけっこう好きやったりします。彼と、彼の左腕とも呼ぶべき料理人アントナン・カレームの関係は、はっきりゆうて萌え萌え。

タレーランという人は、ナポレオンの欧州支配拡大路線に反対して失脚し、司教から選出された議員やった。にもかかわらず、教会財産の国有化を推進してローマ教皇から破門され、統治者の政治的傾向とは無関係に行政を摂った〝近代的知性〟ですわ。かたやカレームは貧民層の出身。レストランの下働きを経てやがて美食時代の到来を見るや料理や菓子の装飾のために建築学を学び豪華絢爛の食卓を演出した〝異端の天才〟。

ね、おもろそうなふたりでしょ？本来やったら接点のなかったふたつの世界が、まるで互いに引き寄せあったかのごとくに出会い、ついには歴史をも動かしてしもた。タレーランとカレームの仲に興味は尽きません。いつか自分の手で物語にしたいと思てます。

むろん儂の接待には外交的政治的な目的なんぞありまへん。ちょっとだけ下心はあるけど、ひたすら感情的なもんです。ちゅうか、自分がカレームを兼ねてるんやし、その時点で相手を手玉に取るもなにもあったもんやおへん。そやけど、それでも儂の数少ない友人が美味しいもんの取り持つ縁で結ばれていることは事実です。

前述したようにタレーランの基本的な外交戦略は、欧州列強の勢力の均衡を計ろうとするもんでした。

ナポレオンの逆鱗に触れようが、決して仏をヨーロッパの覇者たらんと目論むような間違うた愛国主義者ではなかった。そら自分の国の不利益になるようなことせえへんかったけど、そやからて、あんましエゲツないことも考えはらへんかった。連合国間の利害の対立を利用して、しれっと漁夫の利を得はった。

権力ちゅうもんの限界が見えてたんやろなーというのが儂のタレーラン観。加えて場の空気を読む天才で、読みやすいよう場の空気を美食によって整えた人、でもあるんでしょう。即ち、卓越した喰気の読解力を備えた喰論の天才。かっこええなあ。

こういう人のことを調べてると、やっぱり政治家には品格というか教養というか、そういうもんが必須やなあと思わいでいられません。

【美食外交】【接待政治】を世界で最も色濃く受け継いでいるのは紛れもなく日本という国ですけど、ほとんどの人がタレーラン的な感性を持ってへんし、持つことが必要やとも考えてはらへんようなんは、なんやゲンナリですわ。戦後間もない頃は吉田茂翁みたいは政治家もいてはったんやけど、なんでこないなことになったんか。

どっかで密談やらダンゴーやらしはるんやったら、せめて美味しい料亭に行ってほしいなあと儂は思います。ゴルフなんぞしても、なんら文化に貢献するものではおまへんけど、料亭にお金を落としてくれはったら、それは優れた料理人に還元されるし、間接的には骨董や古美術、陶芸などの世界も潤すことに繋がるんですから。

ゴルフやったらノーパンしゃぶしゃぶのがまだマシ。

なんとのう、ちゃんとした料亭で政治家が悪企みせんようなってから国政の質がだだ下がりしてもたような気がしてしゃあない。いや、よう知らんけど。

夢喰い

〽天丼、かつ丼、親子丼。すき焼き、ふぐちり、ぼたん鍋。グラタン、マカロニ、ナポリタン。サーロインステーキ、シシカバブー。パーンシロンでパンパンパン！パーンシロンでパン！パン！

70年代にTVで頻繁に流れた胃腸薬のCMですわ。覚えてはる人もいはるやろか。軽快なメロディと歌われてる料理の数々が跳ね回るアニメーションが楽しゅうて大好きでした。つか、食べもんの名前が連呼されるだけでも嬉しなる人間でございますのや。

こんなかで小学生やった儂がまだ口にしたことのないもんは4つ。当時かしわが苦手やったんで親子丼はてんやもん屋さんでなんか頼むときにも注文したことなかった。おんなじように牛肉の脂身も嫌いやったんで「サーロイン」という聞いたことのない言葉に惹かれたもんのステーキにも興味はなかった。あと、ふぐちりも知らんかったけど所詮は魚やんと軽視してた。子供は阿呆やね。

ぼたん鍋はすでに馴染みがありました。京都人は産地である丹波を抱えてんので、ちっちゃい子ぉでもありつける機会がようさんございましてん。

というわけで未だ喰たことがのうて、それでいて猛烈に餓鬼の喰い意地を刺激したんがシシカバブーでございます。シシカバブー。なんやそら。謎が謎を呼び、いっとき儂はシシカバブーのことで頭がいっぱいやった。呪文のような響きの夢の食べもん。

ゆうたように猪は冬ごとに家族で喰いに行ってましたんで「しし肉」ゆう別名も知識にはありました。そしたらシシカバブーのシシは猪肉か？ シシ＝獅子やしライオンの可能性もあるけど動物園におるような生きもんを喰うかなあ。けど、シシのあとにくるカバが河馬のことやったら、もしかしたらめっちゃ美味しいアフリカ料理かなんかかもしれん。最後のブーは、これは豚の啼き声に決まってる。とりあえず肉料理には間違いない。――てゆうのが儂の想像力の限界でおました。

シシカバブーの正体を知ったんは、たぶん週刊朝日百科『世界の食べもの』やったと思います。１９８０年の末から83年にかけて刊行された料理本で全１４０分冊。レシピなんかもコラム的に載ってましたけど基本的には紀行文であり文化としての【食】を観察した大変に面白い内容やった。儂の食べもんの知識の根底にあります。

伊丹十三さん、荻昌弘さんらの食通陣によるエッセイもどれも素敵でねえ。わくわくさせてもうた。あの「わくわく」を自分でも再現したいもんや読者の方々にお届けしたいなあと常々考えとります。

さて、シシカバブーは当たり前のように42巻のトルコの号に掲載されとりました。すでに10代も後半で薄々ライオンや河馬の料理ではないと感づいてはおりましたが、まさか羊

（あるいは鶏肉）のバーベキューやったとは！そんでもって「シシカバ・ブー」ではなく「シシ・カバブー」やったとは！長生きはするもんや。けど、幽霊の正体見たりなんとやら。シシカバブーへの興味が同時にしおしお萎《しお》れてくんも止められまへんでした。

京都では無理やったとしても、丁度、大学に進んで花の東京ひとり暮らしを始めたばっかしやったんで、探したらトルコ料理屋の一軒や二軒はそのころでも見つけられた気はします。惜しまれつつ閉店した日本最初のトルコ料理店、新宿の『イスタンブール』創業が88年か。ぎりぎり間におうてへんかな。

ともあれ、いったん枯れた情熱が回春することはついぞおまへんでした。それがですわ。それがまさか20年後にむくむくまんまん蘇ろうとは。お釈迦様でも横山まさみち先生でも気がつくめぇやおまへんか。

いま住んでますハリンゲイゆう街はロンドン、いやたぶん欧州でも最大のトルコ人コミュニティでございます。ドイツにもけっこな数が移住してはりまっけど、あちゃらとの違いは治安でっしゃろか。犯罪発生率がロンドンのなかでも飛び抜けて低い。横の繋がりがしっかりしてて昔の京都みたいに〝ご近所の目〟が行き届いてんの。

ほら、何年か前に大暴動がありましたやん。あんときも発端が隣町やというのにいっこも被害がなかった。

　でね、トルコ人街やし当たり前でっけどトルコ料理屋がようけあります（２０１６年の段階でエリアマガジンによれば38軒！）。それもトルコ人たちのためのトルコ料理屋。競合は高い品質とサービス、個性を生んだ。引っ越してきたその晩に一番近所のレストランに入って、その安さとクオリティとに驚いて以来なにかにつけ地元トルコ人街グリーンレーンの世話になってます。

　儂がようお世話になってんのは『Hala』。日本から来はるお客さんには『Antepliler』『Gökyüzü』『Devran』あたりがお勧めレストランやろか。

　もっとも英国に越してきてすぐトルコ料理屋の数にはびっくりしました。フィッシュ・アンド・チップスの店よりよほど多い。インド料理屋もいっぱいやけど、これは両国の関係も長いし、来る前から「ほとんど国民食やで」と聞いてもいた。そやけど実際に暮らしてみると、むしろトルコ料理のが国民食に近いんちゃうかなあ。

　もっともここでいうトルコ料理屋とはケバブ屋のこと。テイクアウト中心。電気ストーブ伸ばしたみたいな独特の縦長オーブンで巨大な逆円錐形の肉の塊が焼かれ、それを刺身包丁みたいなんで焼けたとっから削いで野菜やら辛いソースやらと一緒にピタパンに挟んでかぶるドネルケバブ（英語の発音やと「ドネル」違ごて「ドナー」みたいな感じ）の店ですわ。

外食のポジショニングというか〝あり方〟としては日本におけるラーメン屋さんに似てる。数的にも。あ、どっちかゆうたらインドカレーがラーメンに近いか。ほたらケバブ屋はなんや。お好み（焼き）とかたこ焼きとか？関西人の粉もんへの愛は、ちょっとそれっぽい。

こっち来てすぐぐらい、30歳そこそこの自分は大食漢やったし貧乏やったしで毎週みたいに喰てました。が、けっこうすぐに飽きました。なにより食べ終わってしばらくすると胃酸が上がってきてしゃあない。

それに嫌な話も耳にしました。都市伝説《アーバンミス》の類いかもしれまへんけど、残った肉塊に夜の間に虫が湧くゆうんですわ。生肉を常温で放置してるようなもんやからと。24時間営業してるとことか、人気があって夜には売り切れるような店やったら安心やとも聞きましたけど、やっぱりええ気持ちはしませんわな。

そんな儂ではありましたが、引っ越し先にあるトルコ料理屋街は、それまで知ってたケバブ屋のイメージを根底からひっくり返してくれました。

ゆうかね、なにより半分以上の店がドナーケバブを扱こうてへん。そもそも肉のタイプが違う。ロンドンの町中に林立してるんはドナー用に成型した加工肉ばっかしでしたが、この通り沿いのレストランはスパイスに漬け込んだ羊の腿肉を円錐状に重ねてある。削ぎ落すと灰色のリボン状になる安ドナーはかすかすやけど、こちらは嚙むと肉汁と旨い脂がじゅわっと湧いてきよる。ピタパンやのうてトルコ名物のピラフを添え、がつんとくるチリソースをつけつけ喰えば鐘がなるなり法隆寺。やのうて素人名人会。キンコンカンコンキンコンカン！

もちろん本格的なシシカバブーとの再会もほどなく果たしましたえ。それはまさしく子供の頃に夢想していた未知の喰いもんに相応しい味わいどした。

朝日百科で冷めた百年の恋でしたけど〝ほんまもん〟を頰張った瞬間、焼けぼっくいに火がボーボー。炭火で焼くということの意味が凝縮したみたいな喰いもん。最初に食べる夢の味がこれでよかった！

店の人曰く英国の羊肉はフランス産に比べても引けを取らないクオリティがある。この街では、そんな質のええ肉を使ってトルコ人の客が満足する本格的な伝統料理を手を抜かずに作ってるのやから、たぶん本国より美味いで！やて。ほんまかどうかはともかく一理はある。

ゲシュタルトチェンジを余儀なくされたドナーケバブ。幼馴染との恋が実ったようなシシケバブー。そのほかにもグリーンレーンに連なる店は、それまで知らんかったトルコの美味を儂の生活にもたらしてくれました。

極薄のピタ生地にトマトソースを塗り微塵にした香味野菜とラムの挽肉を散らしてぱりんぱりんに石窯で焼いた「ラマキュン（lahmacun）」でビールをぐぃー。キンキンけろんぱに冷やしたトルコ風揚げ茄子のおひたし「イマン・バユルドゥ（imam bayildi）」。なにはなくても絶対に注文する旬の野菜とトマトを細《こま》こ細《こま》こ刻んだ「エズミサラタ（ezme salata）」。

このサラダは、そのお店の良し悪しを判断する決め手。ええ店はね、注文してから野菜に包丁入れ始めはんねん。注文が通ったあと厨房の方からトントントントントンゆう軽快な音がしてきたら、あっ、ここはきっと美味いに違いない！て判ってにんまりします。

右：
夢のシシカバブー。

左：
エズミサラタ（ezme salata）
ウルシ科植物の実をほぐしたレモン風味の sumac という
ハーブと柘榴のジュースを煮詰めた Nar Eksisi という
調味料が味の決め手。
季節によって野菜の配分が変わり味も変わる。

ラマキュン（lahmacun）ガーリックありとなしとがあって注文時にどっちにするか訊かれます。もちアリで！

あとねー、自分でも驚いたんがライスプディング「フリン・スータラック（fırın sütlaç）」。ごはんが主食の日本人には抵抗があんのと、これまでに何度か喰うた米のデザートが悉《ことごと》くアカンかったんで偏見があったんやけど、まあ、みなさん機会があったら騙されたと思て試してみて！やらこーに拵えた焼きプリンというかブリュレというかそんな感じ。米粒はアクセント程度。ひんやり舌に優しゅうてお腹いっぱいでもするりと喉を滑ります。ちなみに言わずもがなでっけど、めっちゃ安いです。中華街で普通に食べる半額で愉しめる。おそらく喰いしん坊さんであらしゃるなら、ロンドン旅行の際わざわざ足延ばさはっても決して後悔しはらへんでしょう。地下鉄より市内中心から29番のバスで来《きゃ》はんのが正解。パンシロン持参で、どうぞおいでやす。

フリン・スータラック（fırın sütlaç）
店によっては薔薇水や
オレンジフラワーウォーターで
風味づけしてあって、
これもまた楽しい。

喰意あらためて
西山の筍／山椒

日本への一時帰国は春が多いです。なんでて筍があるし。和食ブームのおかげで、かなりの食材が英国でも調達でけるようなりましたけど、こればっかしは代用も見立ても利かんので季節に帰るしかない。漢字を見れば解るように【竹冠《たけかんむり》】に【旬《しゅん》】が【筍】でっし。日本は、とりわけ京都にはどんな時候に帰ったかて、そのときにしかないもんがありまっす。暑いのがお厭さんで、わりとマジに夏を避けるためゆうのが渡英の大きな理由のひとつやったりしますが、その儂にして鱧を食べるため、水蜜《すいみつ》にかぶりつくため、『中村軒』さんのかき氷をいただくため、8月とかにいっぺん帰ったろかとか血迷うほどそれらは蠱惑的でおます。

そんななかでも筍はローレライ度Max。なじかは知らねど心わびて、フライトを抑えたら想うは筍ばかりなりけり。そら山菜も楽しみやし、ホタルイカも諸子《もろこ》も鳥貝も儂を待ったはる。錦市場を歩けばキセルの雨が降るような気分。けど、筍に袖を引かれたら、なにを置いてもとゆう気持ちになる。罪な喰いもんもあったもんや。

「傾城《けいせい》に真《まこと》があって運の尽き」とはこのことやろか。て、なんの話や。

京都には大枝塚原ゆう筍の聖地があります。大原野、物集女、長岡、山崎あたりまでで掘れる筍をひっくるめ西山産ゆうて京都人は特別な愛情をもってます。

『とり市』さん。
ローレライの唄が
聴こえまっか？

いや、ほかにも美味しい筍の産地はようさんありまっせ。けど儂らにとっては筍ゆうたら西山で収穫したもんやないとあきません。お雑煮が白（西京）味噌仕立てでないと納まらんのと同じ。よその土地のもんはローレライを唄わへん。舌が肥えてるとかいう話やのうて西山のあの味が味蕾にインプリントされてもてるさかい、あれでないと筍喰た気にならんのやろね。

西山の筍ゆうて最初に思い出す風景は新京極の『とり市』さん。こちらの軒下はほんまに目の毒。夏の賀茂茄子、秋の松茸や冬のすぐきなんかも宜しおすけど筍はやっぱ別格でんな。ローレライたちが宝塚の大階段を順々に降りてくるような眺め。

もっとも傾城買いする甲斐性のない儂のような貧乏人は眺めさせてもらえるだけで満足。見てるだけ、遠くから拝ませてもらうだけで充分やったりします。ああゆう西山の中でも最上品は家で食べるよりプロの料理してくれたもんをいただく方が個人的にはええ気がします。素材に対する敬意、みたいなもんですやろか？

あとね、西山産でさえあれば、それ以上は拘らんみたいなとこも京都人にはあるんですよ。この季節は洛中ならば普通の八百屋さんやら地元スーパーみたいなとこでも西山産筍の文字が躍りますが、フレッシュだけやのうて湯掻いたもんが水を張ったポリバケツのなかに沈んでて、こっちも同じくらい人気があります。

手間を惜しんでるわけやないの。粘土質の西山で育つ筍はゆっくり生長する間に土中へアクが抜けるさかい茹でこぼすときに米糠とか重曹とか必要ないんです。重要なんはむしろアクを抜くよりエグ味が立つ前に朝掘りをソッコー湯掻いてまうこと。そやし水煮とゆうても袋入りで売ってるようなシロモンとは根本的に別もん。

観光で来はるお客さんも掘ってから時間の経った上等を買って帰るくらいやったら、ちょっとくらい育ちすぎてても朝掘り水煮の方がなんぼも美味しいゆうことを知っといていただきたいもんです。

筍は淡白な素材やし、いろんな調理法があります。けど、そんな度量の広い素材だけに昔からある料理に結局は戻っていくような気がします。

なんやかやゆうて、かっつお出汁を芯まで含めた土佐煮とか炊き込みご飯、それに若布《わかめ》と筍の炊き合わせ「若竹」が一番違いまっしゃろか。若芽がドロドロになるまでたいた若竹、ほんま美味しい。そこに山椒の若葉（通称「木の芽」）をわさーっと親の仇みたいに散らして白ご飯のおかずとしていただきます。

帰国したら行きたい店、行かなあかん店が目白押し。きっとどこへ行っても美味しい筍を出してくれはるでしょう。けど実は筍に関してはどこよりも楽しみにしてるのが『仁和寺』。はい、御室の桜で有名な、あっこ。

毎年、花の時期に出さはる緋毛氈《ひもうせん》張りの床几《しょうぎ》を並べたお店の若竹が、めっちゃ好きなんです。東雲《しののめ》色に沸き立つ桜園を見渡しながらこれをおかずに筍入ばら（ちらし）寿司を喰うてると、なんとまあ贅沢な豊かな刻を儂は過ごしてるんやろうと思わいではいられません。……のやけど2016年の春は出店したーらへんかったんよね。もしかしたら幻の筍になってもたんやろか。心配。

そんなわけで前回帰国時はもっぱら家で筍三昧。調達先は愛すべき地元青果店の『さくらいや』とか、今小路通七本松西入ルにあるホームセンターの並びにあるプレハブの八百屋さんでした。

日課みたいに筍喰ててあらためて気がついたんは、どんだけ京都人が木の芽が好きかゆうこと。もしかしたら都に暮らす人らの執着は、むしろ山椒の木の芽のほうにあるんちゃうやろかという気持ちにすらなってきます。その役割は薬味やハーブの領域を完全に超えとる。

もちろん鞍馬ちゅうええ山椒の産地が控えた地理的なアドバンテージもありますやろ。そやけどうちらには、それだけでは説明がつかん粘着性のラブがある。もー、わたしらいつでも舌痺れてぴりぴりでっせ（嘘）。

京都では筍料理のみならず、いろんなもんに木の芽が登場します。なにかにつけ口にする機会は多いですが、そんなかでもやっぱしとりわけ記憶鮮明なんは『草喰なかひがし』さんの「木の芽丼」ですやろか。

信楽焼きの羽釜《はがま》で炊いた世界一のごはんに、ただただ花山椒がまぶされただけの一品。香川は『かめびし屋』さんの乾燥醤油をぱらり。魚のなんかがちょんと乗ってそいだけ。京都人にしてみたら「うわぁ♡」でっけど存外これがウケなかったりするんですわ。よそさんはどうやら木の芽の量に引いてしまはるみたい。

たまたま居合わせたお客さんらを横目で観察してると、木の芽をごっつ残したはる人やら、最初から「あまり載せないで」とリクエストする人やらばっかり。そのたびにご主人の中東さんは胸が塞がれるような表情を浮かべたはる。そこで儂が「すんません。うちは木の芽大盛りで」とお願いすると、ぱあっとお顔が晴れてゆくのがおかしいやら、なんやら。

ちなみにこれ、昔のお弁当でおかあはんがお醤油をからめたかっつお節《ふし》を挟んでくれはったみたいに、ごはんとごはんの間にも木の芽が挟まってはります。

いまだに「贅沢」という言葉を見るたび聞くたび味蕾に蘇るんが『魚津屋』さんでいただいた鍋。木ぃの鑑札《ふだ》がついとるような桜鱒を上品に甘さを含ませた醤油したてのおだしでしゃぶしゃぶしていただくんやけどこれがすごかった！鍋に大箱の花山椒をまるまるひとつ投入しはったんです。ほんまに野菜のように木の芽食べたんはこれが最初で最後。くらくらしましたわ。お勘定にもくらくらしましたけど（笑）。お財布の中身が足りんで翌日払いに再訪したんも山椒は小粒でピリッと辛い想い出。

花山椒ゆうんは文字通り実ぃやのう花や葉を食べるための木ぃで、実を採るための実山椒の木ぃとは別もんやと教わりました。雄株と雌株の違いとかかもしれませんが詳しゅうは存じません。香りは変わらへんけど花山椒の木の芽の刺激は柔らかい。谷崎潤一郎の『美食倶楽部』に描かれる〝究極〟の快楽を思い出します。

この花山椒を、それも庭先にすくすく伸びる木の穂先から捥《も》いできたばかりの、その棘までもが食べられるほどに柔和な若芽を竹籠にわさっとお座敷に持ってきて下さったのは市原にある鶏料理『瀬戸』の女将さん。

儂が木の芽に目がないと聞いてお土産にと摘んできてくれはったんやけど、「これな、こうしはったら美味しおすえ」と拵えてくれはったんが木の芽酒。拵えるもなんもグラスにたっぷりの木の芽を詰めて冷酒を満たすだけなんやけど、限りなく短い旬と、そこに行かな味わえへん希少さゆえ「拵える」ゆう言葉がぴったりきます。いささか飲みすぎるほどの美酒やった。

こないな上等のお店について語ったあとで手料理の話なんぞ恥ずかしゅうてでけたもんやないんやけど瀬戸でもろた木の芽の顛末だけ記しときまひょ。

まずは筍。もちろん西山の朝掘り。上のほうの柔らかいとこは、あんじょう櫛に切って鞍馬の玄関でもある出町の『尾崎食品』さん謹製の綱こんにゃく、やっぱり出町にある『改進亭』さんの牛のブリスケ肉とたっぷりの九条葱ですき焼き風に炊きました。

下半分で作ったんは中東さんもお店で使こたはる『しま村』さんの白（西京）味噌をほんの少しの日本酒で伸ばして丁寧に木の芽をあたり英国のマルドンソルトで塩梅したソースで賽の目に切った筍と合わせた「木の芽和え」。

何の工夫もない定番料理やけど、すき焼き風は濃いめの味にもかかわらず筍の野趣《やしゅ》がむっくり立ち上がるような旨さ。木の芽和えは鮮烈な翠《みどり》で、その色ほども鮮やかな香りはとうてい自分の料理とは思えぬ出来栄えどした。鞍馬に足向けて眠れまへんわ。

山椒いうんは、いわゆる〝蝶の木〟で、ちょうちょがいっぱいよってきて卵を産み付けるんやそうです。とくにカラスアゲハの好物やとか。鞍馬の山奥には黒い大けな揚羽がようさん飛んでると聞きます。あっこにいるんはカラスでもカラス天狗だけやと思うてました。青虫毛虫は苦手やけど、ああ、生まれ変われるんやったらカラスアゲハになりたい。

そやけどカラスアゲハになったら筍喰えへんし、やっぱりやめとくー。

これぞ日本の、いや、
これこそ京のモヒート。

喰うは身を介く

日本から英国に持ち帰るスーツケースの半分は器、残る半分は食材です。本もよーけ買うけど船便で送るんで。

こっちに20年もいてると、どんな喰いもん買って帰るか、何が必要か解ってはいるんですわ。重量制限との戦いもあるし、あんまり無茶はでけまへん。

まずはなにを措いても『福島鰹』さんのブレンド削り節「祇園」。これがないと毎日の食卓の味が決まりまへんよって。それから『しま村』さんの白（西京）味噌。『田中長』さんの奈良漬（西瓜と桂瓜）。酒粕は『津之喜酒舗』で入手。『オ・グルニエ・ドール』の「プラリネ」。オオヤコーヒの珈琲豆。お茶、お抹茶は『利招園』さん、『柳桜園』さん。割れもんのクッションにもなるし『中村製餡所』さんで丹波の糸寒天。

鮮度の問題があるんで最終日に買えるとこで買うのが京都のおあげさん何枚か。それと、こんこちこんによー干してある細かいめーのちりめんじゃこもケースの隙間にパッキング。ぎゅっ！ぎゅっ！

いっつも困るんが瓶もん。梱包に神経すり減らします。『パパヤ』『オジカ』『ツバメ』あたりの京都産ウースターソース。本家本元は英国やというのにおかしな話に聞こえるかもしれまへんな。次に柚子の無添加ジュース。もうずーっと決まったとこがあったんやけど残念ながらお商売をたたんでしまはったんで、いまはどことは決めてません。京都のやのうて高知県馬路村のが多い。

ちょっとええ日本酒もできれば一本（此度は「手取川」を頂戴したんでそれ）。あと友人の藤田千恵子さんからお醤油《しょゆう》が届きました。『ミツル醤油』の「生成り」。はんなり華やかな旨味が雑味にならずすっきり垢抜けてて、ほんま美味しいわあ。これ。

と、まあ、ここらへんまでは帰国前から予定してた食料品。もはやスーツケースの余裕はそないにありません。けどなんやかんやとぎりぎりまで詰め込みます。今回はいままでにもまして「こんなにええて知ってたら頑張ってもっと担いでくるべきやった！」と臍を噛んだもんもけっこうありましたんえ。

毎度持ち帰るいただきもんのなかには『草喰なかひがし』さんのご主人に分けていただく山椒オイルもあります。英国の家庭菜園で欧州産の山椒の木の育成に友人のライター、安田和代が成功しつつあるんやけど、実を収穫できるようなるにはまだまだ時間がかかりそうなんで山椒もんは鵜の目鷹の目ですが、このオイルはその最高峰と申せましょう。京都では秘かに流行中。本家以外でもいろんなお店が作りはじめておられます。

儂の山椒好きをご存知の中東さんは旬のタイミングが合うと申し訳のうなるくらい山椒の実ィも持たせてくれはったりしてほんまに有り難い。今回もお尋ねくださったたんやけど、

本文中には出てきませんが、
日本でこちらのもんを戴くことも多いです。
そしてコンチネンタルのお品は
英国で入手不可能な場合も多いので有り難く持ち帰ります。
スペインの『bubó』のチョコレートもそんなひとつ。
やはり日本から連れてきた『利招園』さんの
「シン梢葉」でお茶。トリュフはかなり独特。
構築的な強い風味でしたが、お抹茶も
力強いマッチョ系なのでよう合いました。

さすがに毎度毎度は申し訳ない。というのも結構手間のかかる作業ですのや。ちゅうわけで友人の花結い師、寺田隆也くんちに誘ってもろた「山椒の実毟《むし》り会」に参加しました。これは京都人にはおなじみの季節労働。でもみんなでわいわいお喋りしながらやってたらそれも楽しみのうち。錦市場の『四寅』さんから彼が取り寄せてくれはった上等の若い

目ぇ潰れるんちゃうかと思うくらい贅沢ですが、『おきな』さんにもろた山椒ちりめんに『草喰なかひがし』さんの山椒油をたらーり垂らして食べたら、ほらもう桃源郷でした。これはたぶん持ち帰ったもんやからこそでけたマリアージュでんな。単純なんやけど日本でやったらむしろ思いつけへんかったんちゃうやろか。

実ィやったんで棘ものうてアクも少のうて指先もそない黒うにならんかった。隆也くんは真空パック機を持ったはるんで小分けにしてもろて持ち帰りました。まだたっぷりロンドンの冷凍庫でコールドスリープ中。煮物に炒めもんに大活躍です。

あとね、メレンゲ（ムラング）に振って焼いたらかなり美味しかったんで調子に乗ってお菓子のアクセントとしていろいろ使うてみたらどれも想像以上でした。オーブンでからっと焼いてダークチョコレートフォンダンのケーキに散らしたんが自信作。

山椒といえば『長文屋』さん。ここの「六味」と「一味」はロンドンに住むようなって以来、『原了郭』の黒七味、青紫蘇香煎《あおじそこうせん》とともに常に持ち帰りリストの上位常連ですが、「山椒粉」もこちらで調達させてもろてます。ちなみに六味ゆうのは七味からトンガラシ抜いたもん。そうすっと風味を足す調味料としてぐっと料理に使う汎用性が高《た》こなるんです。あとね、これまぶしたお結び。乙なもんでっせ。ぜひいっぺんお試し下さい。

閑話休題《かんわきゅうだい》、お店先で「山椒、何袋買おかなー」と思案しているとき、ふと目に止まったんが「紀州産石臼挽き」の文字。ご主人に訊いたら、ほんまに短期間だけ店頭に並ぶ旬のもんやとかで、よろしおっせーゆうことやったんで購入……してよかったー！その絶佳なる風味をどないに表現したらええもんか悩みます。筆力のなさが悔しおす。なんちゅうか、これをかけたお料理は矜持のようなもんが味わいに加《く》わわんの。背筋が伸びる感じ。

さてさて、今回の日本には英国人のツレも来てたんやけど、このひとが当たるを幸いに買いまくってたんがおかき。大好物なんやわ。京都には独特の【かわきもん文化】があって調達には困りまへんけど、しまいには奴のスーツケースは煎餅屋の市場調査の態（笑）。

とりわけご執心やったんが、なんてゆうの? 吹き寄せ? いろんな種類のんが一袋に詰まったやつ。海苔巻きも海老満月も、揚げた蚕豆《そらまめ》とか南京豆をくるんだ丸いのんもまぜこぜのん。あれですわ。

「とれとれ海鮮どん」はほんなかのひとつでした。通りすがりの商店街の店先で目について何気のう買うたんやけど、これが大当たり。たぶん味だけやったら、もっと美味しいのんがいくらでもあります。けどこれはね、お値段と中身の釣合いや入ってるおかきのバリエーション、それらの味の配分なんかがほんまにお見事!

製造元の『伊藤軒』さんは京都の会社。ぜんぜん京都らしさなんかないんやけど、それがまたええねん。よそさんに媚てへんのが潔い。小さいお商売したはったお煎やおかきのお店がどんどん消えてく昨今、こういう会社には頑張ってもらいたい。

ほやけど此度の持ち帰り品の中で群を抜いて気に入ったんが顆粒片栗粉「とろみちゃん」

ですわ。

『美田実郎商店』さんちゅう聞いたこともない会社の商品なんですけど、これにはめちゃくちゃ感動しました。早い話が熱い液体に直接振り入れてもダマにならへん片栗粉なんですが、その素晴らしさを書きだしたらもーどーにも止まりまへん。リンダ困っちゃう。

和食というのは家庭料理でも様々なコツやテクが指圧のツボみたいに散らばってて、抑えるべきところを抑えると塩梅ようできあがるみたいな性質があります。逆になんぼ丁寧にやってても肝心のポイントを押さえ忘れたがために〝わや〟になったりもする。あんかけのあんはそんな料理の要のひとつ。一般的なテクニックのわりに実は加減が難しい。トロ味てね、存外ストライクゾーンが狭いんですよ。

とろみちゃんはね、とろみちゃんはね、どんなぶきっちょさんにでもこれぞ！というあんかけが拵えられるようになる心強い台所の救世主伝説。揚げ出し豆腐や酢豚みたいなお惣菜から、京都人の大好物あんかけうどん、ちょっと気張った蕪蒸《かぶらむ》しまで微妙なトロ味具合がこれひとつでコントロールできてまう。水溶き片栗でやると、どうしても味が薄うなってしもたりするけどそれもないし、なにより余らせるてゆうことがない。無駄がない。もったいないオバケも成仏ですわ。

もっと語れと言われれば儂のとろみちゃん愛はなんぼでも溢れてまいりますが、まあ、今日はこのぐらいにしときまひょ。

嵯峨野の銘割烹『おきな』の若主人さんが持たせてくれはった自家製の山椒ちりめん。「滞在中のお茶請けにどうぞ」とプレゼントしてもーたもんの勿体のうて後生大事にロンドンへ携えてきた『村上開進堂』さんのクッキー詰め合わせ。自分で買うたもんやったら『千波』の「昆布粉」。『半兵衛麩』の「すきやき麩」。東京出張の折、感傷に浸りつつ築地場外で求めた崩れ干し貝柱。どれもが日々あっぷあっぷの儂を助けてくれます。

そんなんプラシーボやて笑はるかしれまへん。ええの、ええの。鰯の頭でも猿の手ェでも、なんでも効くんやったらけっこなこっちゃおまへんか。

最後、これは喰いもんやおへんのやけど……。

前述したお醤油の藤田さんは『美酒の設計』や『日本の大吟醸一〇〇』といった銘著をお持ちのエッセイスト。いつも美味しいて体にええもんを色々とくれはるお口の恋人。なんですけど、この帰国を経て恋人から恩人に格上げになりました。というのも件の大病後、非常に重要な問題であるトイレの悩みを彼女からもーた『河内菌本舗』の「茶麹」がズバッと解決してくれたからです。

こういうもんは人によって効果が違うんで万人に効くと断言はできまへん。けどプラシーボでもない。もはや儂はこれなしでは無理。健やかなお通じを約束してくれる毎朝の一粒が、どんだけ心を安らかにしてくれることか。便秘が再発リスクに直結してるんでこっちも真剣。ほんまに茶麹様々です。もちろん定期的に日本から送ってもらえるよう手筈は整えてます。

しかし歳を喰えば喰うほど生きてるんやのうて生かされてるんやなァと思いまんな。さしずめ「喰うは身を介く」でっせ。いや、いつもの駄洒落やのうて。

つまりやね、なんちゅうか日本から持って帰ってきた食品は直接的に体にええゆうより(サプリメントは別として)、それを喰う人間を精神的にサポートしてくれる、まさに〝助けてくれる〟もんやおへんかなと心底から感じるわけですわ。我々が食事の前に手を合わせるんは忘れたらアカン尊い習慣やとつくづく思うなァ。

人喰い

映画についてと食についての原稿依頼は絶対に断らへんというポリシーがあります。もちろんふたっともが儂《わし》の人生において非常に大きな割合を占める〝お愉しみ〟やからですけど、書くことそのものに大きな快楽が伴うゆうんもあります。なにしろ好きすぎて仕事にしとうても、せえへんかったくらいです。

映画監督も料理人もなろ思て簡単になれるもんやないいんは解ってますが、それ以前に映画は1から10まで個人ででけへんさかい、食べもん関係は好きな人にしか作りとないいんで諦めました。プロになるゆうんはときに妥協も必要やし、マーケティングと睨めっこもせなならんし、あんまし好きすぎることを仕事にするとえらいストレス溜まりそうな気がして。「やんぺ」にしました。

食はほんでも毎日のおかずを拵えてるさかい、ゆうほど代償行為が必要なわけやない。けど映画だけはどうしょーもないんで、ま、こうしてこそっと関係のない本とかにでもネタ潜ませて気持ちを補填してるわけでおます。

【食】をテーマにした映画はほんまにようさんあります。やっぱり人間の本性が現れるしでしょうか。【食】が印象的に描かれてた作品は数えきれまへん。名シーンがわーっとフラッシュバックする。全体的には締まりのない出来やったとしても、旨そうな描写が一景あるだけで憎めんくなる。喧嘩しても美味しいもんですぐに懐柔されんのと一緒かな。御《ぎょ》しやすい男ですわ。

改めて思い返すと【食映画】のカテゴリーでまとまった注文を受けたことがない気がするんで千載一遇やらしてもらいまひょか。

やっぱり喰いもんを扱った映画の最高峰は、といえば定番でっけど『バベットの晩餐会』と、邦画では『たんぽぽ』やろか。最近の作品やとジャン・レノの『シェフ！～三ツ星レストランの舞台裏へようこそ～』とか楽しかったけど、映画としての完成度がダンチやねん。監督や脚本家がどんだけ喰うこと好きかというのが感じられんのもポイント高い。こういうのんは中途半端な蘊蓄《うんちく》や食の知識でやられると目ェもあてられんのよね。

この2作品はこんな世界があったんか！という驚きを観るもんに与えてくれる。公開当時よりかなり食についての広範な情報が受け取り手側に行き渡った現代でも色褪せへん。アン・リー監督の『恋人たちの食卓』なんかも同じ系統の名作やろか。ああ、観てるとお腹が減るゆうのもこれらの共通項やね。

儂が最初に観た【食映画】は『料理長殿《シェフ》、ご用心』。しょうもないのに、なんでか楽しい。フィリップ・ノワレとかジャン＝ピエール・カッセルとか役者の魅力かな。ミステリ仕立てやけどネタは、ええ加減にしなさい！と突っ込みを入れたくなるレベル。そやけど一番の問題は肝心の料理に関するディティールの甘さ。

子供心にもアメリカ人の女シェフが世界のトップ3に選ばれる不自然さ、彼女の作るデザートの美味しなさそうさに違和感がありまくりやった。

近年はあちらでも料理ブームなんかなんなんか『ジュリー&ジュリア』とか『食べて、祈って恋をして』みたいな喰いもんのからんだ女性映画とか、『二ツ星の料理人』や『シェフ三ツ星フードトラック始めました』のような料理人を主人公に据えたもんが増えてる気ぃがします。しまいにはアニメにまでなってもた。『レミーのおいしいレストラン』。一応観てきましたえ。初ピクサー。

どれも想像してたよりは悪うはなかった。そやけど総じて食映画としての欠点は『料理長殿……』からちっとも変わらへん。喰うことへの愛が見えへんのよ。ハリウッドがこのジャンルを手掛けるときは『フライド・グリーン・トマト』、『シェフとギャルソン、リストランテの夜』的な田舎を舞台にしたもんにええのが見つかんのは血肉の通った味が描かれてるしやろな。

毛色の変わったとこでは『ディナーラッシュ』なんかはNYの物語なんやけど現実味があって「おや?」と思た。そしたら、監督のボブ・ジラルディはお話に登場する店のほんまのオーナーなんやて（笑）。

けれど食のある日常が描かれても、やはりメシの美味い国の監督が撮った映画は傑作が多い。レストランを切り盛りする老給仕たちを活写したエスプリ溢れるフランス映画『ギャルソン！』。あり得ないプロットが挿入される食のリアリティによって絶妙なオフビートコメディに仕上げられたイタリア映画『8月のランチ』。日本映画『かもめ食堂』は「喰う」という全人類共通の悦びがクロスオーバーして世界の涯と涯が刹那繋がる名作。

もっと食文化に妙味が少ないドイツとかでも（邦題は糞やけど。ぜんぜんそんな話違う）『マーサの幸せレシピ』みたいにようでけたもんもあるんで一概にはいえへんにゃけど。そういや『ソウル・キッチン』もようでけてた。ドイツ、なんかあったんやろか。もしかして実際に美味しい国になりつつあるんか。

食映画の大きな流れのひとつに「怪体《けったい》なもん食べる」ていうテーマがあります。儂はドキュメンタリーの『二郎は鮨の夢を見る』とか『エル・ブリの秘密』なんかも同類項に括れる気がしてます。『ショコラ』や『赤い薔薇ソースの伝説』みたいな現実には存在しない味覚と、『すきやばし次郎』の寿司やフェラン・アドリアの拵える料理は普通の人にはまったく縁がないちゅう一点において同じようなもんかいな、と。つまり食であって食やないのよ。メゾンが作るオートクチュールの服が普通の人らには着れんし着る場所もあらへんみたいなこと。

いや高級やから希少やしドーちゅうてんのやないの。似たようなドキュメンタリー要素のある作品でもエリゼ宮で史上初の女性料理長を務めたダニエル・デルプシュをモデルにした『大統領の料理人』は画面から味覚を感じたえ。美食宰相フーケの懐刀として活躍した17世紀の天才シェフを描く『宮廷料理人ヴァテール』なんかもほとんどファンタジーやのに味蕾を刺激してくれはった。この違いはなんやろ。『二郎……』もフランスの監督やったら別もんになってたかな。

マルコ・フェレーリ監督の『最後の晩餐』は、この手の映画で最初に名前が挙げられる1本やけど、これほど評価が月かすっぽんかで分かれる作品も珍しい。儂はええと思うんやけど。4人の金持ちのじいさんが贅の限りを尽くし食欲と性欲を同時に満たし、タナトスに憑かれたように死んでくブラックコメディ。嘔吐《げー》とかウンコさんとか尾籠《びろう》なもんが苦手な人はアカンかも。

けど怪体なもんを食べる系の代表はというと人肉料理に尽きるでしょうね。2013に公開されたホラー映画で『肉』ちゅうのがありました。えらい直截な邦題ですけど、ポスターを見ると存外内容におうてました。ゆうのもこれ、いたいけなふたりの少女を主人公に据えたカニバリズムの話。実はけっこう好き。

邦画にも『ひかりごけ』とかありますけど、やっぱし元々が草食人種やから食人テーマの作品はガイコクのほうが厚みがあるというか生々しいというか、おもろいのんが多いです。『食人族』みたいなゲテもんもありますけど、たとえば人肉を喰らいながらも圧倒的に魅力的なキャラクター、レクター博士が登場する『羊たちの沈黙』とか日本では作れん種類のもんやないでしょうか。ベアトリス・ダルがきれかった『ガーゴイル』とかね。

もっとも、この手の映画は未公開のもんもけっこうある。監督がアントニア・バード（合掌）で、ロバート・カーライルにガイ・ピアースという人気役者を揃えた『Ravenous』もとうとうリリースされんままに終わってしもた。ええねんけどなあ、あれ。残念。

グロやからとかタブー意識に触れるからとかいう明確な理由からやのうて、たぶん「人喰い」という行為の意味が日本人には解り難いんやないかちゅう気がしまんな。『コックと泥棒、その妻と愛人』のラスト、一切のモラルを無視してきた泥棒が、なんで人肉を食わされてから射殺されんのか、とか、いまいちピンと来ん人がいんのはしゃあないかもね。

その点ではブラックコメディの傑作『Parents』なんか、どっか買い付けてもよかったん違うかなあ。日本でヒットした人食い映画ゆうたら『スウィーニー・トッド フリート街の悪魔の理髪師』とか『デリカテッセン』とか、どっかコメディ色が強いのが目立つさかい。『肉』は小難しい芸術作品やおへんけど、正統派ホラー。少女と人喰いの組み合わせに〝萌え〟を感じる人は、そこそこいてそうな気がせんでもない。

監督のジム・マイクルは若手には珍しい職人的なディレクターやので、あんましホラーとかに興味ないゆう人にもぜひ観ていただきたい作品です。

食材には、あまり偏見のない儂ですが、さすがに人肉を食べたいと考えたことはありません。それこそ『ひかりごけ』的極限状況に追い込まれたら口にせんとは断言しませんが普通に食べるもんがあるならいくら旨いと囁かれても、ほな戴きまひょかとはならんでしょう。

なぜ人が人を食べたらあかんかゆうたら「自分は食材になって誰ぞの舌を悦ばせたい！」ちゅう人間がそないおらんからです。無理やり他人様の命を奪って己の食欲を満たすのは道理にあわんからです。モラルとか宗教的タブーの話を持ち出すまでもないシンプルな話。自分が食べられたないし、よそさんも食べへん。つまりはシンパシーの問題。優しさや労わりを学ぶんはそのあと。

自分さえよければ、ゆう手合いが増えてますけど、ああゆうのんは一種の人喰い人種やと思う。『肉』にでてくる姉妹の弟は平気で人肉を喰うんですが、閉鎖的な空間で歪んだ親に育てられると人は共振力が乏しくなって存外簡単に怪物になれるんですよ。

黄泉竈喰ひ

日本酒のエキスパートで、何冊もの素晴らしい著書がある藤田千恵子さん。彼女は儂の自慢の友人のひとりです。なんでこんな仲ええのか解りませんけど、共通の親友やった吉野朔実さんに紹介されてからわりとすぐ、ちゅうか最初から妙な共鳴がありました。なんか生き別れの親兄弟と再会したような感じ。以来、なんべん精神的に助けてもろたやら。熱くて、賢くて、面白くて、真摯で、美人で、大酒呑みで、ほんま好き。

彼女の数ある名著の一冊に『極上の調味料を求めて』（文春文庫）があります。お醤油やお味噌を始め、日本人の食卓に欠かせない醗酵調味料の数々を中心に、かっつお節《ぶっし》やら昆布やらの出汁材料などについて紹介、考察を重ねた傑作。ぜひ、たくさんの人らに読んでもらいたい本でおます。

ただ、たったひとつこの本には不満があるんですわ。なんちゅうんやろ、どうしてここまで書いといて、この大切な1項目を忘れはったんやろ？みたいな。

いや忘れはったん違ごて、純粋に紙幅が足りひんかったんやていうんはよーう解ってんのですけど、この本にはソースについての章が欠けてんのです。ソース、とりわけ京都人が愛するウスターやオリソース（熟成樽の底に沈殿する〝澱〟の部分）について千恵ちゃんの書いたもんが読みたかった！という思いが、こないな恨み節を書かせるわけです。

ソース、とりわけ日本のウスターソースは、本家である英国の『lea and perrins』社の製品を越え、独自の進化を遂げた見事な調味料やと儂は確信してます。とりわけ京都人のウスター愛にはすさまじいもんがある。あの人ら、自分も含めてソース類は醤油と同等とまではいかいでも一歩間違うたら味噌より大事な〝味〟です。

ちゅうのも京都には、いまだに昔ながらのソース屋さんがしっかりと地に足をつけて生き残ってるんですよね。

まずはレトロなラベルがかいらしい『ツバメソース』。「京都・東寺の味」と謳っているようにJR京都駅のそばにある小さなメーカーさんです。昭和五年（１９３０年）創業で、このとき東京〜神戸間に国鉄の超特急「燕」が開通したさかい、この名がつけられたんやそうです。材料の旨味がぎゅーとつまった濃密な味わいは、ともすれば下手《げて》な印象がありまっけど、使こうてみると柔らこう馴染んで料理の味を邪魔しません。

こちらは『フレスコ』など、京都の食料品スーパーチェーンやったらたいがい置かれてるんで比較的よそさんにも見っかりやすい。我々の食卓を彩るデフォルトの味、おばんざい的な味でもあるんで、まず京都ウスター初心者の方は、こっから試していただくのがええでしょう。

つぎに『オジカソース』。こちらの創業は大正七年（１９１８年）。京都で最初のソース製造メーカーさんですわ。ツバメが東寺なら、オジカは「祇園の味」。いまは山科に移ったはりますが、もともとは華やかな花街《かがい》に工場があったんですて。お味はとゆうと、本家に近いあっさりさらりとした上品さ。それもそのはず創業者の松本信太郎さんという方は、大阪高等工業学校（現大阪大学）の醸造部を卒業しはってから渡欧されて現地で製法を学ばれたんやそうです。当時のソースを再現した『復刻版』なんかは、ほんまに lea and perrins に似てますわ。

ソースだけやとツバメとは逆に頼んない気もするんですが、料理にかけると見事にその風味を惹きたてることに驚きます。かけソースというより調味料としての完成度が高い逸品。とかいいつつ、京都人の大好物である鱧フライや賀茂なすのフライなんかにもよー合いまっせー。そらそら、もー、たまりまへんでー。

もひとつ我が家の常備ソースやったんが『パパヤ』さんですわ。宇治に会社ができたんは昭和二十四年（１９４９年）。いちばん新しいメーカーやから、それゆえに独特の個性があるソースを作ってはります。もちろん前述2社同様に合成保存料や合成甘味料、合成糊料、合成着色料、カラメル、化学調味料なんかは一切使ったらへん天然自然の味覚でぁるんは変わらへんのですけど。

製造の特徴は酵素の働きで材料を溶かしてはることで発酵製品ならではの旨味はどこよ

ツバメソース。
似たようなもんがあんのに、
つーか本家本元が買えんのに、
わざわざ日本から英国に
持ち帰っているという（笑）。
とんかつは好物なんで
しょっちゅう揚げますが、
そういうとき、
やっぱ京都ウスターがないと
始まりませんわ。
なにが始まんのか、よう知らんけど。

りも強い。ほんでね、酸《す》い。京都人は酸い味が好きやからかもしれんけど酸い酸い。不思議やけど食べもんと一緒やとまろやかになるんやけどね。京都人は家で拵える、おいもさんやら竹輪やらの天麩羅は天つゆでも塩でものうてソースをじゃーっとかけて食べることが多いんやけど、その美味しさを知ってもらうにはパパヤさんがええでしょう。

こないだもツイッターで京都人作家の菅浩江さんやら『吉田屋料理店』の女将、吉田裕子さんなんかとソース談義でめちゃめちゃ盛り上がったんですけど、ほんまに儂らはウスターが大好きなんやなと再確認しました。

そんなわけで帰国したとき重たいのんに何本かは必ず京都ウスターを買うてくるわけですが、なにしろ貴重品ですのんで、だだ臭《くさ》使う（無駄な大量消費の意味　ex：あんた七難《しちなん》隠せるわけやなし、そないだだ臭うファンデーション塗ったらアカンわー）わけにもまいりまへん。こっちはこっちなりに美

オジカソース。
せっかく素敵な商標をお持ちなんやから
ラベルはそれを使ってほしいなあ。
そのほうがテーブル上の風景に馴染むと思う。
写真は春キャベツと牛肉の炒めたん。
ソースに敬意を表して上等のステーキ肉を
薄切りしてます。

味しいもんのありますんで、せいぜいいろいろ楽しませてもろてます。

とりわけ儂が重宝してるのは「Nar Eksisi」ちゅう柘榴《ざくろ》ジュースをとろとろになるまで煮詰めたソース。

これはもううちの食卓に欠かせません。見た感じはグラッセしたバルサミコ酢に似てますが、あないに自己主張は強ない。甘みも果物に火を通したもん独特のジャム的に濃厚なくどさはなく、あと口さっぱり。こいつが、もー万能選手ですねん。

とりあえずウスターソースを使うようなもんにはなんでも使えるんが有難い。けど決して代用品やなく、これにしか出せない味わいを料理に与えてくれます。トマトをただ薄切りにしたもんにかけ回すと、それだけでご馳走味《つっお》になってくれはる。モザレラチーズと合わせたイタリア風の前菜も、このごろはこいつでいただきます。

あんなあ、へえ、なんのお肉によらずシチューなんかも「Nar Eksisi」を大匙いっぱい加えると、まろやか、かつ深いお味になるんどっせ。

こっちやと、そんなお高いもんやおまへん。儂の家はトルコ人街の隣なんでお醤油買うより簡単。スーパーでも大きいとこ行ったら扱こーたはります。けど、まだ日本では見たことあらしませんねー。なんでやろ。ウエブで調べたら買えんこともないみたいやけど無茶なお値段になってんのが切ない。健康にもええはずやし売るとこありそなもんやのにな。

儂が知ってる限りでは、さいぜんも名前が挙がった吉田屋料理の女将がトルコ旅行の時に出会って惚れ込んで以来、日本に帰るときの彼女へのお土産はこれに決めてるんで儂が帰国した後しばらくは食べられるはずです。なんに使こたはるんやっけな。確か洋梨と胡桃《くるみ》と干し葡萄とレタス、ブルーチーズのサラダやったはず。

柘榴はなんやいっとき日本でもブームやったみたいですね。神社仏閣の多い土地で育ってますよって、ちいちゃいころから儂には馴染みがあります。木ぃに成ってんのを捥いで食べんのは、なんでも美味しゅうに感じますが子供はなおさら。爆《は》ぜてつやつやした赤い実を覗かせてる風情も、グロテスクでありながら耽美。鬼子母神の逸話を知り、柘榴は「人肉の味」といわれてると聞いてますます好きになりました（笑）。

こちらが普段使ってるメーカー。
まるでモザイクみたいに
かいらしナッツの蜂蜜漬けなんかも作ってはって、
それもようお土産やプレゼントに使こてます。

そやけど、そんなばくばく食べられるもんやなし、切ないなあと思てましたが、英国に来たら普通に八百屋さんで売ってて大喜びしたもんです。欧州では、ごくごく普通のフルーツとして人気があるんですよ。「グラナダの林檎（Pomegranate）」と呼ばれてます。

英国で売ってんのは皮が薄うて水けも多て味が濃い。名前通りスペイン産が主。種がちそて柔らかいんでこっちの人らは吐きださんと、そのまま噛み砕いて嚥下《えんげ》してはりますわ。儂も最初は違和感あったけど、いまは平気でこりこりごっくんしております。

いっぺん口にしたが最後、もうそれなしではいられんようなる食べもんのことを【黄泉《よも》竈喰《つへぐ》ひ】と申します。地獄＝黄泉の国の竈《かまど》で煮炊きしたものを食べると、もう地上には戻れへんちゅう伝説から生まれた言葉でおます。イザナギさんが奥さんのイザナミさんを連

柘榴はね、ぱかっとふたつに割って、果肉の見えてるほうをボウルに向けてトンカチで軽うに背中を叩いてやると面白いようにぽろぽろ粒がこぼれます。ときどき果肉の層にある薄皮を剥がしてはとんとん、剥がしてはとんとん。タッパに入れて冷蔵庫。10日くらいは保ちます。

れ戻しに冥界へ降りはったときの話ですわ——ゆうたら、なんとのう思い出さはらしませんか。

どうやら天国のもんより地獄産のが美味しいゆうんは世界共通の認識らしく、ギリシア神話にもほとんど相似の物語が登場します。プロットも一緒。

オルフェウスが死んだ奥さんを取り戻しに行くけど最後の最後に「あきまへんえ」てゆわれてんのに振り向いてしもて失敗するゆう筋。ただ、こちらのほうは料理やのうてくだもんなんです。そう。柘榴を食べたんが仇であの世に繋がれてしまわはった。

儂にとっては柘榴が、というより隣のトルコ人街そのものが黄泉竈喰ひのようなもんで、よしんば宝くじに当たったって大金持ちになったかて、もう、このエリアを動く気ィはついぞありまへん。料理好きにとってはロンドンでベストの街やと真剣に思てます。もしかしたら柘榴食べすぎかもしらんけど、かましません。

お客さんがあってシャンパンでお出迎えするとき、うちではフルートに5つ6つ柘榴の粒を落としてお酒を注ぎます。泡がまとわりついた赤い実いが浮いたり沈んだりして可愛いもんでっせ。もちろん飾りなんですけど黄泉竈喰ひした気分で、なるべく長居して貰えるようにゆう願かけでもあります。

我が家は地獄の一丁目。あんじょう寛いでおいきやす。

喰意あらためて　ジビエ

ここんとこ温暖化なんかなんなんか英国でもえらい暖冬が何年も続いてます。まともな雪とかほんま長いこと見てへん。降ったら降ったで面倒くさいんやけどね。いや、気温はけっこう低かったりするねん。まるでいつまでも治らへん傷口が痛むようにじくじくじくじく寒かったりする。いつもは2月の半ばには盛大にお喋りを始めるラッパ水仙が3月末近くになってようやく重い口を開いたりとか、ほんま調子狂うわ。

そやけど寒さが厳しかろうが緩々やろうが冬となったら、いっぺんは喰うとかんと気が済まんのがジビエの類い。そもそも野菜でも肉でも癖のあるもんが好き。ほんで季節感のあるもん、ちゅうか季節を喰いたい！ちゅう気持ちが大変に強い人間です。山菜や筍にも同じ理由で同じくらい執着がありまっけど、これはもうこっちでは泣けど叫べど食べられへん。それゆえか猟獣や野禽《やきん》を待ち遠しく想う気持ちはいよいよ募る稲村ケ崎。

青頸《あおくび》（あひる）、鴫、鹿、野兎あたりは一度は喰います。けど一度で足りひんのが猪。大好物ですのや。

京都には丹波地方という猪肉の本場があんので、これを好む人らもまたたぶんよそよりぎょうさんいてる気がします。儂も子供のころから馴染みがありました。年に一度、山奥へ牡丹鍋を食べに行くのは我が家の冬の伝統行事。チビの時分は肉の脂身が苦手やったんやけど、なんでか猪は大丈夫でね、我ながら不思議やったな。

大人になって、猪の脂身は豚をふくめほかのどんな肉に比べてもお腹に凭れへんことを知って、なるほどな、と合点がいったもんです。京都の牡丹鍋は西京味噌をベースにしたお出汁でくつくつ炊いたもんですが、鍋に溶け出した脂と白味噌が混然一体となって生まれるクリーミーな味覚は知ったが最後そう簡単に忘れられまへん。天国《ヘブンリー》とはこのこっちゃ。

鍋もんの残ったおつゆはどんなもんでも再利用が楽しみやけど猪鍋は格別。おうどんが一般的やけどラーメンがまたよう合うんやわ。いっぺん蕎麦粉のすいとんしたことあるけどあれもよかった。粕汁のベースにしてもええし、餅を投入して京風雑煮の豪華版みたいにすんのも一興。里芋炊いても美味しいえー。

有り難いことに英国でも、さすがにスーパーにはあらへんけど、ちゃんとした肉屋であれば猟が解禁される12月~2月いっぱいくらいまでワイルド・ボー（Wild boar）あるいはスワイン(swine)の名でロース肉が並びます。もしかしたら日本よりも手に入りやすいかも。

食べ方はといいますとシチューにすることもあるけど、まずたいがいはたっぷり3時間くらいかけて焼きあげるスローローストやね。そやけど、もちろん儂は牡丹鍋一択。ロースは肝心の脂が薄いにゃけど、ほかの部位は挽いても残る独特の個性が愛されてソーセージに回されるんで残念ながら、あまり市場には出回らへんのですわ。当然ながら薄切りは売ってへんさかい、塊を冷凍庫で半分凍らせ、よー研いだ包丁でがんばって削ぎます。

ゆうても、そないにぺらぺらに切れるわけやない。まあ、牡丹鍋はそれでええんやけど。わりと長いめに煮るさかいね。せんど火を通しても硬ならへんし、なにより件のクリーミーヘヴンの扉を蹴り飛ばして開くには、そこそこ煮詰めていかんとあかんから。


儂は和食の肉料理のなかで、この牡丹鍋が何よりも洗練されていると思うております。すき焼きやしゃぶしゃぶかて全然嫌いと違うけど、なんてゆうのかな、格が高い。お肉を使こた日本料理の中で一番〝エライ〟んちゃうかみたいな（笑）。

というのもね、よう考えたら牡丹鍋てたぶん日本人の食物史を辿っていったとき、かーなり古くから食卓に登場していた可能性が高いんよね。むろん現在のような西

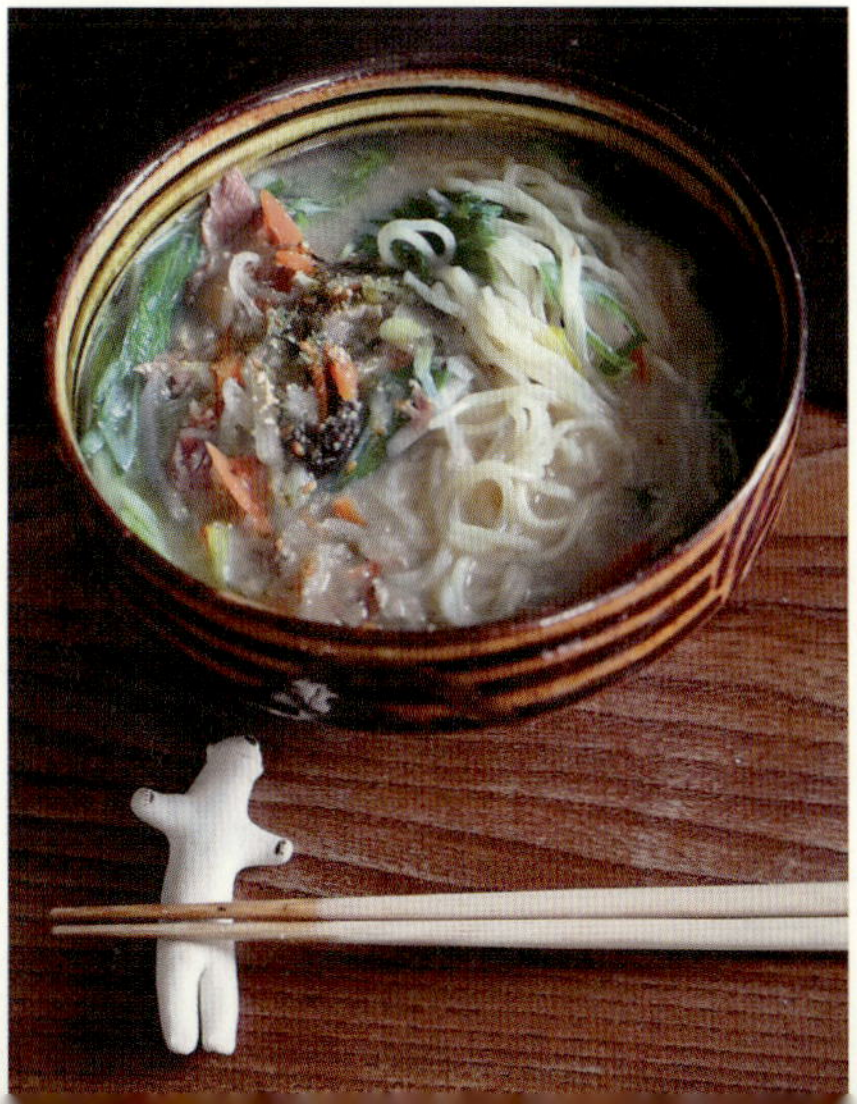

見て見て見て！
あんな、これな、牡丹鍋で残ったクリーミー天国のお出汁と、
先日拵えて冷蔵庫に残ってた粕汁
（メインの具は鮭ではなく牛肉。京都人ですから）を足して、
そこに常備保存してある鶏ガラで取った中華出汁を
1：1：1の同量で割って
固めに茹でたラーメンのおつゆにしたもんなんやけどな、
ほらもー美味しいて、食べながら脳内BGMにOi！
パンクがOi！Oi！Oi！Oi！鳴り響いたもんでした。
表に走り出て誰彼かまわずグラハム・カーの世界の料理ショウみたいに
家に引きずり込んで振る舞いたくなる気分になりました。
薬は薬でも、ちょっと種類の違う薬キメてると
思われそうなんで実際はやりませんでしたが。

京味噌ベースやのうて、もっとシンプルなもんやったやろけど、長い歴史があるからこそブラッシュアップされて、ここまで進化を遂げたんやないやろか。

そやかて日本は明治になるまで肉用の家畜を育ててへんかったわけで、肉といえばそれはすなわち狩猟対象に限られてた。和食における肉は家畜やのうてジビエやった。加えて宗教的な理由で肉食がタブーとされていた時代でも猪は特例扱い。なにしろ猪は「魚類である鯨」の仲間に分類されて【山鯨】と呼ばれてた。それどころか土中の山芋が積年を経て猪に転じるなんて説もあった。なんぼなんでも無理ありすぎやろ的な。

鯨や芋やと無茶な自己韜晦《とうかい》をしてでも日本人は猪を食べたかった。それくらい好きやった。と、儂ゃ解釈しとります。というのも自分を騙せなかった善良な人らもまた猪は食べたはったからです。即ち【薬喰《くすりぐい》】として。

この言葉は現代語訳すれば「冬場にジビエを食べて精をつける」というミもフタもない、けど、そんだけに美味しいもんへの正直な欲望、庶幾、執念が滲んでいて嬉しゅうなります。鹿や熊、貉《むじな》（アナグマ。いわゆる狸汁の狸）、白鼻芯《はくびしん》なんかも含みますがメインストリームはあくまで猪。

薬喰は幕末に大流行。これにハマった十五代将軍徳川慶喜なんか「豚将軍」「豚殿様」なんて綽名される始末。新撰組のみなさんも壬生の屯所で鍋を囲んではったという話が伝

薬喰碗。
ごんぼと野生の茸、
今回は到来もんがあったんで
青もんは水菜。
ああ、芹があったらなあ……。
そやけど、ほんま、
猪を食べてると
「命を戴いている」という
気がしてきまんな。
猪肉の味は生命の味。
むろんほんまに
滋養があるんでしょうが
命を足してくれはるような
味覚が溢れてます。
ところでこっちでは
皮つきで売られてるんで、
これを剥いで塩こしょうで
ぱりんぱりんに焼いてやるんも
楽しみのひとつ（写真右手奥）。
この猪せんべいが堪らんの！
これを肴にシングルモルトで
冬を寿ぐのです。

わってます。このムーブメントは維新後のスキヤキブームの呼び水になりましたが、日本人なら誰だって、いつだって、般若湯を嗜《たしな》み猪を噛んで日々の滋養としてきたんです。かつては江戸でも上方でも年の瀬には各地で市が立ちましたが薬喰屋台（百獣屋《ももんじゃ》）はとりわけ賑わったとか。表向き肉を喰わない人種が、宗教や禁忌《きんき》の壁をものともせずにいつの世もこっそり愛し続けたお肉。それが猪なんですよ。

異常気象でもエルニーニョでも、どんな冬でも冬というだけで猪を喰いたい。でないと調子狂うどころやおへん。心も体も落ちつかん。そわそわしたり、いらいらしたり。喰意が残るどころやない。——これはもう病気ですわ。ほんまに薬喰とはようゆうたもんや。

回数的には猪以上に食べてんのが青頸、マガモでっしゃろな。たぶん家畜類あわせても一等好きな肉かもしれまへん。英国で狩猟が解禁されてんのは9月~1月いっぱいでっけど、真空パックになったんが一年中買えるんで、あんまし野禽ゆう感じはしません。

あとね、最近はね、アイガモ農法の流行なんかで野飼いされるようなったせいで本種と見分けのつかへん個体もいてて、そういうのんは肉の味もけっこうええんで、どうしても青頸でないとアカンゆうひとは気ぃつけて信用でける店を選んだってください。

濃なんかは美味しいにゃったらそれでええやんとは思います。青頸と偽って値段を吊り上げるようなスカタンに騙されんのは癪やので、むしろ最初から分かってアイガモ買うほうが安心でけます。問題はむしろ野生と本種の間で遺伝子汚染の進行のほうやろね。話聞いてるとアイガモ農法はええことづくめのような気がするけど、どんなもんでも完璧は存在しまへんな。

べつにアイガモでかめへんわーと笑ってるような人間なんで、いちおう『欣圖軒』の北京ダックも、『トゥール・ダルジャン』のオレンジソースも喰うてますけど自分ちの台所《だいどこ》

お肉は、こんな感じ。
ちょっと血の気が多い色あいですけど
日本のほど鮮やかな赤みはありまへん。
獣臭さとかものうて、
ほんまに食べやすい。
この段階から鼻歌が止まりません。
スイニー・トッドとか
ふんふん歌いながら肉を切っていると、
もう、上機嫌。
もはや薬が効いてきてる状態です。

の天火で焼いた鴨ロースで充分満足です。好物てそんなとこありまへんか？

ほんでまた鴨肉てゆうのは懐が深いゆうか有難い食材でして素人包丁でもけっこうあんじょう料理でけるんですよ。ストライクゾーンの幅が広い。牛肉や鶏肉のがよっぽど難しい。甘いソースとよう合うとされてますけど、どんな味付けにもすんなり馴染んでくれはる。正攻法がないんかもしれん。

前述した超高級店の名物料理とパリでよう行く4区の庶民的ビストロ『Les Philosophes』で食べさしてくれはる「コンフィ（脂煮）」やブダペストの伝統料理店『Kacsa』の古典的鴨料理の数々、日本やったら『吉田屋料理店』の「鴨の燻製と水菜のオリエンタルサラダ」、『隆兵そば』の鴨南蛮とか自分の中では同んなじとこに位置してるし。昔の歌謡曲に『かもめはかもめ』てゆうのがありましたけど儂にとっては『鴨は鴨』なんでしょう。

さすがに自家製鴨ロースは、もうちょい低いとこに置いたぁりますけど（笑）。

我が家の鴨はとりあえずマリネするとっから。これがけっこう遊べんの！基本は蜂蜜と醤油、赤ワイン、葱や生姜、コリアンダー、ピリッとさせたかったらチリもあり。レモンやオレンジの果汁、その皮も削り入れます。ここにスパイスを気分次第で。胡椒はもちろんローズペッパー、ローリエ、スターアニス、メース、ナツメグ。クローブを突き刺したりもします。

まったく文法を変えて酒でゆるめた白味噌を塗っておいたり、いろんな香味野菜とカレー粉をサラダ油で合わせたんとかもええ仕事してくれはりました。『田中長』さんの「都錦味淋漬」を食べ終わったあとの粕床で漬けたこともあります。騙されたと思うてやってみて！と主張したいくらいは美味しおしたえ。

マリネ床の糖分が多いと火を通すときに焦げやすいんで、それは気ぃつけんならんけど、皮面から脂を染み出させるみたいにじーわじわー焼くだけ。焼き終わったら床に戻してもラップしてタッパで冷蔵庫にしもてもかまへんし、しっかり寝かしたら薄うに切れるし、自宅なればこそご馳走感半端ないし、ぜひアイガモからで全然オッケーなんで楽しんでもらいたいです。

ジビエの世界を知ると食の愉悦《ゆえつ》がぐっと広がるんで、これを入り口にしてくれはったらええなあ。イベリコ豚とか和牛の霜降りとかもよろしけど、野生のもんにしか宿らん旨さがあるよって。あれはエネルギーへの変換率が高くて速い。異常気象を乗り切るには一番や。

犬喰い、猫喰い

拙著に『ベストセラーなんかこわくない』（本の雑誌社・2015年刊）ゆうのがございます。戦後のベストセラーを現在の視点で読み直すことで、再評価しよう、ひいてはそれが書かれた時代を検証しようという試みでした。

基本的にはベストセラーになった段階で、その本は読みとうなくなるタイプやったんですが、この仕事を経てなかなか面白い経験をさせてもらいました。100万部ヒットやからて書籍としてクオリティが高いわけやないけど、そんだけ売れるには売れるだけの理由が必ずある。ときに馬鹿馬鹿しいもんやったりもするんですが、それでもその理由を発見するんは楽しい作業でおました。

小説やエッセイのみならず、ビジネス書から童話や児童書まで、たいがいのメジャーなベストセラーは網羅したんですけど、ひとつだけ半分意識的に俎上に乗せなんだ本があります。それは2015年に亡くならはった塩月弥栄子センセの『冠婚葬祭入門』（光文社カッパ・ブックス）。公称発行部数308万部。出版されて5ヶ月で100版超したて、あんた、握手券でもついてたんちゃうやろか。

『窓際のトットちゃん』（講談社文庫）が記録を破るまで出版史上最大のヒット作やったそやけど、どうしてもこれだけは触る気がせなんだ。というのも儂が【マナー】というもんに大変懐疑的な人間やからです。

たとえば、お行儀の悪い食べ方の代表に「犬喰い」がありまんな。器や茶碗をちゃんと持ち上げず、食卓に置いたまま片方の手ェで固定してかっこむ食べ方。汁もんはべつとして器に直接口つけて食べてたら「あんた犬食いなんかして！」と怒られたもんです。

マナーゆうのは、つまりは美意識やと儂は考えます。こーせなアカン、あーせなアカンゆうのを暗記していくだけでは意味がない。本来は、あーしたら汚らしい、こーしたらみすぼらしいちゅう俎豆《そとう》に気付いてゆくプロセスがマナーを学ぶて行為やないか。なんやそのへんの感覚が今日びの日本人には抜け落ちてもうてる気がします。ほんで、その原因、とまではいかんでも遠因を作ったんが件の『冠婚葬祭入門』やった気がするんです。

犬喰いにしても匙で料理を食べる文化の国では当然ながらマナー違反にはなりまへん。ナイフ・フォークを振って食事するシーンで皿を持ち上げたら、そっちのほうがよっぽど行儀悪い。食文化の数だけマナーがあって当たり前。それを間違えると視野がどんどん狭うなる。もちろん改めて教えてもらわな気がつかへん美意識かてあるけど、自分でマナーを探す手間を惜しんだら、身につくもんもつかんようなる思うなー。

いっぺんインドのお嬢さんが、それはもう舞うがごとく優雅に、それでいて美味しそうに手掴みで食事をしたはるのを見たことがありまっけど、あれは忘れられん情景です。そのときからかな。マナーとかエチケットとかの根源を意識するようなりました。「そうと決まっているから、そうせなあかん」ではなく、理に適った立居振舞のメソッドでないとあきません。

形より入りて、形をいず。――風姿花伝に出てくるお言葉でおます。メソッドを徹底的に体に叩き込んでから、その核心にアプローチしてゆく〝形より入る〟方法もマナーにはあるんかしれません。けど、なんや〝形をいず〟に至らぬまま入っただけで満足してフォークの背中にごはんを乗せて食べてはる人らが目立つ世の中でんな。草葉の陰で世阿弥はんが泣いてはるわ。

極めて象徴的な日本人の所与感覚として一時流行した【もったいない】。僕はこれもマナーの問題として捉えてます。食い物に対するマナーでんな。なにしろ生きてるもんの命を奪って食べてるわけやから。そういう意味では、喰い意地が張ってるて、ものすご礼儀正しい行為かもしれまへん。

僕が我ながら、ほんまに意地汚いなーと思うのは、がっついてるときよりもむしろ食べたかったもんをみすみす喰い逃したり、あるいは冷蔵庫に入れたまま忘却の河の向こう岸に置き忘れて台無しにしてしもたとき。いつまでもくよくよくよくよしてまんにゃわ。

ふいに以前カビさせてても た筑前煮を思い出して胸が痛くなったりする。あとでいただこと水屋にしもといた一口残った饅頭を捨てられた悔しさが忘れられん。しかもそれが1年2年前の出来事なんは当たり前。未だに小学生のころの喰い損ないを思い出してキーッとなったりすんにゃもん。礼儀正しいにも程がある。

アイスクリームの屋台やジェラトリアでカップかコーンが選べるとき儂はカップ一択なんやけど、これも小学3年生の夏にソフトクリームの歩き喰いしてて、ぼとっとアイスがコーンからこぼれ落ちてしもたショックから立ち直れてへんからやったりします。

わりと最近知った言葉なんやけど「猫喰い」ゆうのがあるんやそうで。器の底に、ちょーろと一口分残してまうことで、犬喰い的な品のなさとは違ごたイヤらしさがありまんな。子供ん頃の喰い損ないがトラウマになるような喰いしん坊は、人の皿小鉢に残ったもんを浚《さら》えるようなことはあっても、まず猫喰いはしーひんかったんでその言葉すら語彙になかったんでしょう。

ところがです、歳を喰うといろいろ体質も変わってくんのか、これは体質やないか、まあ、なんでもええけどようないけど猫喰い問題が発生してしもたんですわ。またの名を、毎日の食卓における「お茶碗に一口残ったご飯をどうするか問題」。さあ、困った。なにしろこいつは生理的に受けつけん悪癖です。ナポレオンの辞書に不可能の文字がないように、儂のボキャブラリになかった言葉なんやから寝耳に水どころやない。犬喰いのほうがナンボかマシ。人前で鼻くそほじって、それ目の前で食べられるより厭。

多分、原因は加齢による純粋な胃袋のキャパシティ減少に伴う現象やとは解ってるんです。大喰い時代の名残でついつい昔と変わらん量を盛ってまう。おまけに生来の意地汚さも手伝って用意したもんがあきらかに適量を越えていても余らせとうない、浚えてしまいたい……ゆう気持ちが、つい働いてまう。

それでも50歳前までは「余分やな」と感じても造作もなくそれを胃の腑に納めて猫喰いにならずに済んでいました。ところが、いつの間にかそのほんの一口が真剣に喉を通らんようなってきた。分量にしたらスプーン1杯やのに、どんならん。理屈は分かっていても解決の手口がみつかりません。困りました。

最初から盛る量を減らせばいいんでしょうけど、最後に口が拒否するであろう1匙分を鍋に残さなあかんとしたら、それは抜本的な対策やないと思わはりませんか?当然ながら胃の容量変化に合わせて全体のポーションはへつってってはいってるんですよ。それでもやっぱりお皿の端、お椀の隅に一口の余剰を発見する日々。

もしかして猫の呪い？そのうち夜中に行燈の油舐めたりしだすんやろか？うち行燈あらしまへんけどな。

あんね、こっちの人は「理由の如何によらず食べられへんなら、もはや食べ物やない」て考えはるんです。そやから平気でポイしはるのえ。

傷んだ料理も、満腹ゆえの残飯も、焦がしたり塩を利かせ過ぎた失敗作も〝食べられない〟のだから同じ扱いですねん。こないだノーベル賞を貰《もら》はったカズオ・イシグロ先生に以前インタビューさせてもろたとき、この話で盛り上がったんを思い出します。先生はその日のうち、食事が終わったら残り物は生ゴミとしてすぐに処理してまうんやて。それ聞いて儂が、えー！て驚いたら、えー！て驚かれた（笑）。

もうこっちの暮らしもええ加減長いのやから郷に入れば郷に従えで、実をいうと勇気を振り絞って猫喰い残飯を捨ててたこともおます。けどあかんかった、半世紀前の無駄飯を瞼に浮かべてため息つくような人間にはでけんことどした。

そんなわけで常備菜だのふりかけだので猫喰いを飲み込む悶々とした日々が続いていたんですけど、どんなに好きなおかずを添えてみても猫喰いの一口ってどないしょーものー美味しゅうないんですよねー。思案投げ首。

たどり着いた結論は「小ぶりのお茶碗に買い替える」てゆう儂にしては至極真っ当な対策でした。呆気にとられるくらい簡単に問題解決。これを敷衍《ふえん》して丼もんやワンプレートディッシュは思い切って盛る量を半分にするという作戦に出たら、こちらも成功。猫喰いは起こらんようになりました。案ずるよりも産むが易しでんな。

むろんこのやり方やと喰い足りんことも多いです。にゃけど足りんかったら常備菜に出番を求めるもよし。林檎を齧るもよし。ナッツやドライフルーツで凌ぐもよし。うちにはいま、小腹充填用にお茶碗半分サイズの白ご飯がラップされていくつも冷凍してあります。

かつてはカレーなんかもきっかり食べ終わらんで、どっちかが残ってもて、お皿の上でルーとごはんが攻防戦を繰り広げた挙句、両方が塩梅《あんばい》よう食べきれたときには腹が張り裂けそうになったりしてました。こちらのトラブルは皿でのうてお茶碗——買い替える前に使ってた旧ごはん茶

猫飯は必ず飯を温め
鰹の薄削り節を好く踊らせるを佳とする。
より踊りを舞わせるが為、
湯気よく起つるよう
飯の盛りようにも心がけたし。
醤油は先に垂らすべし。
あとに垂らすは削り節の舞を殺ぐ。
垂らしすぎもまた慎むべし。
箸をつけるより前に鑑賞せしのち、
「おお、鰹節が生きとんな」と
下らぬ駄洒落を口走るが都風なり。
焼き海苔で包みて喰うは佳。
白髪葱は美味かれど邪道也。
葱は猫を害するがゆえ、
これを使うは逸脱也。

碗——で食べるようにしたら過食せんようになりました。めでたしめでたし。

やりたいことをするか、やりたないことはせえへんか、「好き」を掴むか「嫌い」を捨てるか、煎じ詰めればこれはそういう話かもしれません。ちゅうか喰うことに限らず人生の別れ道で出会う選択問題はいつでもこれと違いますやろか。ご飯とカレールーが最初から過不足なくバランスよく載った皿みたいな一生を送れる人なんかいーしません。

たぶん『冠婚葬祭入門』には猫喰いしてしもたときのマナーは載ってえへんと思いますが、塩月センセに尋《たん》ねたらどんな答が返ってくるんやろ。興味あるわー。

人生とはカレーである。
意味がありそうな、なさそうな。

喰み返る

関西版のミシュランが発行されて、もう7年目。当時の浮かれ騒ぎがきんののことみたいに思い出されます。儂が持ってんのは最初の一冊。2010年版だけです。そやしいまはどないなってんのか存じません。が、一冊目は偉い偉いセンセらがそないおっしゃるんやし、そなんちゃいまっかーてなラインナップどしたな。

ミシュランの通称「赤ガイド（ギュイ・ド・ルージュ）」は覆面審査員による丹念な調査によって選ばれます。ゆうか覆面であることがキモ。でなかったら評価に意味がのうなります。そやし関西版も誰が決めてはるんかは金輪際存じまへんが、何人かの料理人さんから「審査員から名乗られて取材を受けた」て聞いて魂消《たまげ》ました。

ミシュランの価値観を根底から覆してええのん？基本的にミシュランの覆面審査は「高貴に伴う義務《ノブレスオブリージュ》」。そやかて読者のために評価があんのに、わかってもーたらバイアスがかかるやん。

店に対して料理人に対して最大の敬意を以て、さりとて毅然と、だがまず己が役割を匂わせてはならぬ——というのは、かつて話す機会のあった元覆面審査員。80年代にフランス版を手伝ったという某氏のお言葉。

ミシュランは権威やない。星も亦然《またしかり》。むしろ義務を伴う高貴の立場に店を列するオーソリティ。高貴の義務を料理人に付与すんのがミシュランの在り様です。

２００７年に日本版ミシュラン発行が決まったとき、その発起人がむしろ権威を獲得するための利権として取り組んではるように見えていやーな気分になりました。間違わんといてな、儂は星がついて喜んだはる店を悪う言うてるんやおへん。その評価を疑ってるわけでもない。「よろしおしたな」と寿《ことほ》いでまっせ。外国人のジャッジが寿司や蕎麦の評価を下しても、それはあくまで〝ミシュランの評価〟なんやしかめへんとも思います。

ただまさか、まさか日本人の審査員の皆々様方におかれましては過去のフランス版ミシュランガイドを読んだーらへん、なんちゅうことはございまへんやろな？疑うわけやおへんけど赤ガイドの性質を知らずして査定なさっているなんてことは？

ゆうても儂かて自分の生まれ年の１９６１年からしか揃てまへん。その前は歯抜けです。せんどの匿名某さんからも過去ガイドの熟読は強く勧められて集めだしたんですけど、確かにそれらを精緻《せいち》に読み込むことでフランス料理史を流れとして理解することができたし、ほんまにぎょうさんの情報を得られました。同時にこの歴史ある老舗ガイドの哲学やポリシー、料理界に与えた影響なんかも解ってきたら病膏肓《やまいこうこう》。

儂が最初に赤ガイドを買うたんは１９８０年。まだ正式に輸入は始まっておらず『丸善京都河原町店』にお願いして取り寄せてもらいました。当時で２万５千円くらいしたんで

10代にとっては、それこそ清水の舞台から三遍くらい連続で飛び降りる覚悟が必要どした。でもそれくらい読みたかった。美味しい美味しないだけやないとこで、芸術、文化として食が評価される世界というもんにめっちゃ興味があった。

81、82年度版は初の欧州旅行で現地購入でけたし、83年からは丸善さんが独自で仕入れてくれはるようになったんで清水の舞台のお世話にならんでもすむようになったんは有難いことでおました。

名ばかりは当時から有名とはいえ仏語で書かれたレストランガイドなんちゅうもんが輸入されるようになったんは、たぶんフランスで修行して一定の評価を得た日本人シェフ第一陣が凱旋しはって、それまで〝フォークの背にご飯を載せる〟系のフランス洋食やない、モダンなフレンチが紹介されるようになったことが理由やろね。バブル景気の影響もあったし。それにヌーベルキュイジーヌ（ＮＣ）の成功によって仏料理界にごっつい熱気と活気がありました。

ミシュランは毎年ほぼ同じ厚さやけど紙質が薄なってきててページ数はかなり違います。60年代はだいたい千ページ前後で推移。これが70年にいっきに二百ページも増量され、そのあとは微妙な増減を繰り返しつつ80年代後半までこの感じ。ゆーても件のＮＣ拡散と浸透、そして淘汰の目まぐるしいムーブメントがあり、ロブションやサンドランスといったカリスマが現れ、食のシーンが大人しかったわけやない。

　なにより星の数も横這いながら、入れ替わり立ち代わり悲喜こもごものドラマがおした。78年には天下に名を轟かせた『Maxim's』から星剥奪の大騒ぎ（正確には噂を聞きつけた店側が記載拒否を叩きつけたんやけど）があり、ミシュランがコンサバな権威主義ではないことを自ら証明したもんです。

　雲行きが怪しゅうなるんは90年代。いまひとつ盛り上がりに欠ける料理界に比例して赤ガイドも苦戦を強いられてたんは想像に難い。そのへんの試行錯誤も紙面に明らかですわ。世紀末に近づくにつれミシュランはちまちま掲載

店を増やす姑息な手段を講ずるようになりました。2002年には千五百、04年には、なんと千八百ページに到達。水増し以外のなにもんでもありません。

決定的やったんが06年のリニュアル。ページが二千に及んだんはもはやお笑いでっけど、英国人新オーナーが星の乱発を始めよったんですわ。そして同時に全世界でフランチャイズビジネスを展開。日本版もこのタイミングです。本国では迷走するミシュランを崇《あが》める人々は減ってきたけど、その名を聞くだけで畏《かしこ》まるような未開の地はまだまだあるゾと。

はっきりゆうて読者だけやなくフレンチの次世代シェフにとってミシュランは眼中にありまへん。星＝名誉をもらうことで負わなアカン責任が重すぎるんやね。

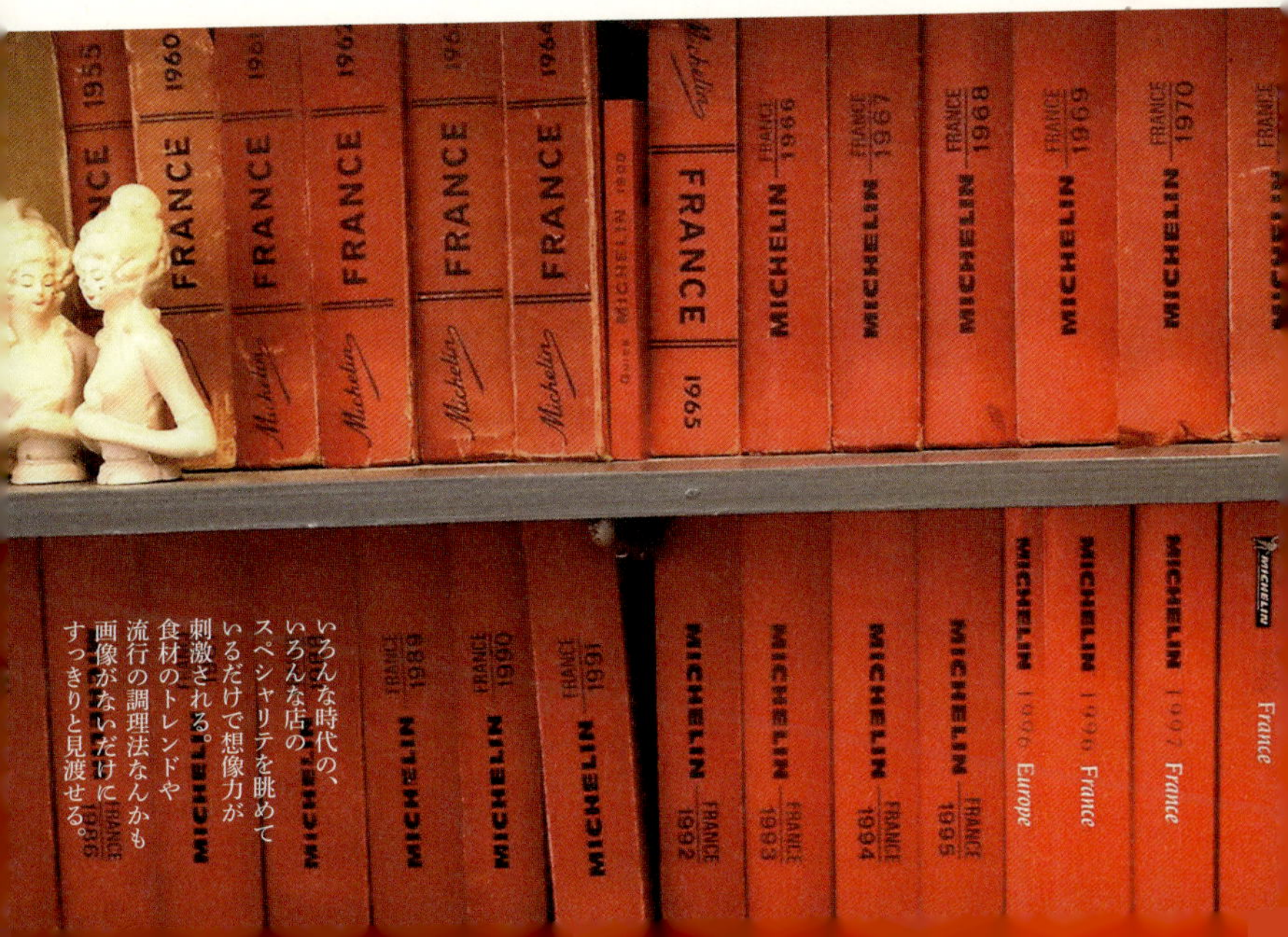

いろんな時代の、
いろんな店の
スペシャリテを眺めて
いるだけで想像力が
刺激される。
食材のトレンドや
流行の調理法なんかも
画像がないだけに
すっきりと見渡せる。

NC爛熟期からフランス料理を食べ始め、80年代にふたつ以上の星が付いた店はひととおり喰いました。自慢でもなんでものうて、ただのフレンチヲタ。車買うたり、アイドルのCD大量購入する代わりにレストランで使てきただけの話。そやし病気やてゆうてますがな。

90年代半ばから貧乏になってフランス飯からしばらく足が遠のいてもて、パリで食べる楽しみはレバノン料理やったりショワジーの中華（ベトナム）が中心。ようやく懐具合が回復したら、こんどは料理界のほうがミシュラン衰退に象徴される為体。黄金期を知ってるだけにますますシーンから距離を置くようになりました。

ところがこないだ行ったパリで、ころっと印象がひっくり返ったんですよ。シャルル・コンパニオン（Charles Compagnon）ちゅうオーナー・シェフが経営する三軒の店、『L'Office』『Le Richer』『Restaurant 52』で喰うたんが直接原因です。いやはや、めっちゃエキサイティングな経験やった！

『Le Richer』で印象的だった前菜。
Riz croustillant, mayonnaise avocat /
wasabi et consomme de legumes au the noir
型押ししたご飯を焼きおむすびのように焦がし、
アボカド・マヨネーズ、山葵、
香味野菜などを添え、丁寧に作られた
コンソメスープをかけ回したもの。
お出汁で食べるお茶漬けは
実はこれが起源だった！といわれたら
信じてしまうくらい完成度の高い一品。

料理は「モダン・フレンチ」ゆうたらええんでしょうか。それはＮＣとどう違うんや？と言われたら儂はこう説明したいと思います。たぶんモダンの連中にはＮＣを興した先達みたいな革命意識はありまへん。「打倒！アンシャン・レジーム！」的な気負いは皆無。自由なんです。あるとしたら分類されとないという〝個〟の感覚。

実はL'Officeは赤ガイドにエントリーされてます。けど話した感じでは、もっと星を集めたい！的な野心はこのシェフにも皆無やったな。僕らの世代はみんなそうやと屈託なく笑ろてはる。

まず、店ごとにチーフシェフを置いて、彼が補佐役に回るゆうシステムに感心しました。シャルルならではの個性は隠しようがないさかい、たぶんメニューは一緒に決めてはるんやろけどね。それにしても人手が足りてへんとこへはサービスとしても出張して楽しそうにワインを注いで回ってはるんやもん。笑ろたわ。まあ、三軒とも近所やしできる技かもし

上：
『L'Office』のメインはみな芸術的な出来だったけど、とりわけ好きだった poulpe / matelote / panais
柔らかく仕上げたクラシックな蛸の赤ワイン煮（マトロット）。ローストしたパースニップ（オランダボウフウ）と生のマッシュルーム添え。ローマ時代の料理を思わせる味わい。異なる食感と、異なる温度が口の中で合わさって美しい味覚のハーモニーとなる。

下：
『52 Faubourg Saint Denis』からはデザート。
ganache chocolat noir, framboises, creme reglisse, tuiles
ダークチョコの濃厚なガナッシュ、ラズベリーと生クリーム。焼きチョコレートの極薄煎餅と、一見当たり障りのないケーキに見えて甘みを甘草（リコリス）でつけてある。癖になりそうな味。

れんけど。

それぞれは本格レストラン、カフェ、ビストロと役割分担があるけど、どこも出てくる料理のクオリティは等しく高く、〝驚き〟があんのは共通してる。古典と革新。アジアと欧州。純フランス的なセンスとイタリアや北欧の食材。海のものと山のもの。手間をかけた昔ながらの調理法と現代的なテクニック。そういった一歩間違うと喧嘩してまうような要素が、しっとり、滑らかにお皿の上で融合してる様子は、ほんまお見事。

でもね、一番びっくりすんのがお値段。安い！普通、このレベルのごはんをいただこ思たら、物価高のフランスでは最低80ユーロは必要なんやけど、ここではほぼその半額なんえ。ちょっと、どーえー？

またそのための工夫が素晴しい。省略できる〝様式〟はどんどんへつってあるのよ。ナイフ、フォークをいちいち取り替えへん。ソムリエやメートルなど専門職を置かへん。三軒ともでグラスワインを共通させる（味見は気前ようテーブル全員に全種類飲ませてくれはる）。調理法はばらばらやけど食材を共通させる……etc。客単価を抑える工夫があちこちにある。そういうのを発見すんのもこの人の店の愉しみのひとつかも。

むろんそれらは集客の方策でもある。けど、どっちかいうたら自分の料理をようけの人らに気楽に気軽に食べに来てほしいゆうシェフ本能の発露みたい。L'Office以外では予約すら取らーらへんのも同じ理由やろな。

いやー、これでまたフランス詣での機会が増えそう。実は赤ガイドを買うんもこの年からやめました。書を捨て街へ出よう、ではありませんが、ミシュランを捨て店へ行こう！というのが正直な気持ちです。

イルカやなんかが海面に顔出して息継いで水中に戻ることを【喰み返る】いいまっけど、そんな気分。フランス料理てやっぱりええな。ちなみにこの言葉、「病気がぶり返す」ちゅう意味もございますのえ。ほほほ。

犬も喰わない

現代社会の原動力には4つの要素がおます。それは【利潤】、【理性】、【情緒】、【イデオロギー】。

かつてはここに【宗教】が混ざってました。そらいまでも馬鹿にでけん力がありまっけど、もはや社会の原動力にはなり得まへん。宗教は即ちモラルでっさかい、時代の移り変わりとともに陳腐化する。あとは、あちらさんがどう変わってゆけるかですわ。コンドームへの忌避《きひ》感がエイズ蔓延の原因になってんのに奨励を拒む宗教なんか、どこのカミサンやとはいいまへんけど廃れて当然。そんなもんただのドグマの濫用ですわ。

かつては宗教の対角線上にあった哲学や行動規範を伴うイデオロギーも敵さんの衰退に伴ってそろそろ死に体の印象。そやかて理論集が聖書化してんにゃもん。マルキシズムひとつとっても「社会主義者の宗教」になってもたら見向きされんで当たり前。ジョン・スチュアート・ミルくらい原書で読んでから社会主義を語りなはれ。

理性と情緒のバランスが取れた世の中の実現は難しおますな。たとえば茶の湯というのは理性に裏打ちされた情緒の世界で、それが肥沃《ひよく》なイデオロギーの土壌になる素晴らしいシステムやけど、利潤を生むことに気を取られる人が多すぎてわけわからん近寄りがたいもんになってしもてる。傍目にはの話でっせ。

智に働けば角がたつ、情に棹《さお》させば流される、意地を通せば窮屈だ……漱石センセは流石やね。ほな、どうしたらええねん？ゆう話ではありますが。まあ、どっちゃにせよこの世の中は住み難い、て、解ってたらそれでええんちゃうやろか。

儂は宗教の本も哲学書も喜んで読む人間やけど、どっかに傾倒するちゅうこと終《つい》ぞおませんでした。それらは住み難い世界で、いかに住み心地よう生きていけるかを探るための手引きでしかなかった。

イエっさんも、マルクっさんも個人的な知り合いやおへんので、ようはどないな偉いセンセらの言葉でも自分に敷衍《ふえん》する作業は自分でするんが当たり前。そこらへんで思考をサボったらあきまへんで。宗教でも哲学でも精査せず盲信フォロワーになるだけではセンセらも草葉の陰で苦虫噛んだはりますやろ。


喰いもんのエッセイでなにをほざいとるかと申しますと、いやね、実はね、社会だけやのうてレストランちゅうもんも、その原動力は【利潤】、【理性】、【情緒】、【イデオロギー】なんやないかと考えてるからです。喰いもん関係の商売はみなそうなんちゃうかなあ。

利潤、利益が出えへんかったら、まず話にならんし、どんだけ美味いもん作る料理人でもこの感覚が欠如してたら店は成り立ちまへん。理性というんは食に対する科学的なアプローチ。分子ガストロノミーなんちゅうのが流行しましたが、あっこまで極端やのうてもプロの料理人は技術を裏打ちする最低限の理屈が解ってんと話になりまへん。勘だけではアカンのです。

喰いもん商売における情緒というのは「こんなもん拵えたい」「こんなもん客に喰わせたい」ゆう感情論。ほんでイデオロギーは、ゆうたらコンセプトでしょうか。国籍やったり地方やったり、あるいは居酒屋、オーガニック、喰い放題といったカテゴリーなしに店は経営できません。なんぼ上手にでけたしゆうて寿司屋でカレー出したらアカンやろゆう話ですわ。

レストラン批評はどうしても味の良し悪しに始まり、料理人の個性や店の雰囲気に終始します。ちゃんとした書き手でも『食べログ』の素人評でもそれは変わりません。知らん人の批評になんか意味はない。夫婦喧嘩やノロケ話は犬も喰わんちゅいまっけど、これもまた犬も喰わん気がしまんな。書くなら以上の4つのポイントを押さえて値打あるもんにしてください。

そやけどほんまに犬も喰わんとゆうたら今日びのテロやってる連中の世迷言《よまいごと》ね。もはや宗教的なドグマの濫用どころやない。教義をイデオロギー化させて相手につけいり洗脳するやり口は絶対許せへん。当たり前に暮らす市井の人々から日常を奪う権利は誰にもない。

「buvons, mangeons, vivons!――飲み、喰い、生きてゆこう」と、その店は宣言しはりました。2015年11月13日の金曜日、パリで起こった凶悪なテロ事件の翌日のことです。気楽やけれど手抜きのない、斬新やないけど遊び心のある料理を提供してくれる店。彼らから届いたメーリングリストにはこうありました。

Le Restaurant est ouvert ce soir. Ne leur donnons pas raison ; réunissons nous, discutons, réconfortons nous, buvons, mangeons, vivons!

黒い喪章を巻いたグラスの写真に添えられた一文は、もしかしたら自分たちの無事報告を兼ねた、ただのお報せだったのかもしれません。けれど儂には「奴らにテロの〝理由〟を与えとうない」と書かれたそれは、「暴力に負けへんで!」という高らかな宣言だとしか思えませんでした。僕らは、生きてるんやから、生きていくんやから、生きてることを愉しまなアカンのや!

フランス人にとって【喰う】ちゅう行為はただの生命維持のためのエネルギー補給やおへん。もっと哲学とか宗教とか恋愛に近いもんです。上等なもんや山海の珍味を好むというより、なんでもないささやかな毎日の食事を大切にする人らです。欠けたお皿の端っこにでも、ちょっとした季節感を添えることを忘れまへん。

そんなわけで喪に服した三日間が終わり、フランス時間正午の黙祷があった16日まで、

喪章の代わりに僕は自分のＳＮＳ画像をトリコロールにしてました。

なんの政治的な意図も思想性もおへん。大変やったねえ、心はあんたらの側にいるしな、気張ってな、生きていこな……というネットワークを共有するフランスの友人たちへのメッセージです。僕の周りにも、ようさんの人らがプロフ画像を３色に染めたはりました。目の前で困ってる人がいたら条件反射で手を貸そうとしますやろ？そんなような単純な気持ちの表れやったんですが、なんやこれが気に喰わん方々がおられたようで……。まあ、うちに直接文句いうてくる人はいはらへんかったんで京都風に「（どうでも）よろしなあ」「（もう）結構なこって」と無視してたんですけど。

なんでその人らが３色プロフに反対するんか一通り読ませてもらいました。言うたはることは、もしかしたら正しいのかもしれまへん。ちゅうか、そういう考え方もありますのやろと。そやし、やるもやらぬもご自分次第、ええも悪いもございません。けど、もしどちらかが強制されたら話は別。これはアウト！ですわ。宗教やイデオロギーに僕が与せんのと同じ理由でね。

現象を遠目に観察したら一目瞭然でっけど、この騒ぎ、文句が一方通行なんです。否定派のみがぎゃーぎゃーゆうてる。ありもしない同調圧力の妄想に怯えて人様に噛みついたはる。自分の思想を盲信して押し付けてきたはる。その押しつけがましさ、論理の乱暴さ。

テロをやっとるＩＳの連中と根本のとこで思考回路が同じ。この人らの理屈に比べたら空虚なレストラン批評のが、またよっぽど読む価値ありまっせ。

ちょっとだけ言わせてもらいまっさ。

なんで、そんなに自分と違う考え方が許せまへんのや？なんで、やらへん理由をみんなの前で大声で言い訳せなあきまへんのや？しかも上から目線。糾弾口調。もうちょっと鷹揚に寛容になりまひょな。あんたらの高邁《こうまい》なご思想よりも、テロに傷ついた人らを悼む気持ちの方が儂にはずっとずっと大切で切実や。

Pray for Paris（パリに祈りを）の標語が流布したのに対して、すぐに「こんなことイスラムの国々では日常茶飯事だ」「祈りはパリにだけ捧げればいいってもんじゃない」的な屁理屈がブーブー聞こえてきました。いや、お説御尤《ごもっと》も。けどな、儂が思い出してたんは、ちいちゃいころ神社参詣の帰りしな「なにをお願いしたんえ？」と親に訊かれたときのことですわ。

あれとこれとあれもこれもと説明する儂に「あんなあ、へぇ、毎日どんだけの人がお参りしにきはる思てんの？５円のお賽銭で神さんがそんなようさん叶えてくれはるわけないやろ」と諫められました。昔から一願成就ゆうてな、一番の大事をひとつだけお祈りするのや。神仏はいてくれはるだけで有り難いのやから期待するようなバチ当りの真似したらアカン。

だいたい今回の批判はなんのための批判でっしゃろ？人様のお葬式に来て手を合わせてる参列者に「拝み方が違う！」と騒いでるようにしか儂には見えまへん。追悼の流儀の違いに正解はおへん。宗派によって地域によって時代によって変わります。それをまあ、ぐじゃぐじゃぐじゃぐじゃぐじゃ。そんなん、人の不幸を自我の喰いもんにしてるだけやおへんか。さもしい、さびしい人らやなあ。

そんな犬も喰わん理屈どうでもよろし。いま自分が生きてることに感謝して、これからも生きていくことを寿ごうやおまへんか。そのために、ささやかな日常を護るためにグラスを挙げよやおへんか。

ちなみに黙祷の瞬間、儂は水中におりました。子供たちの上げる水飛沫のない静寂のプールは追悼の場所に相応しい敬虔な空気が満ちてました。目え瞑って頭の中で唱えてたんはヴァレリーの「失はれた美酒」の一節。

J'ai, quelque jour, dans l'Océan, 一と日われ海を旅して
(Mais je ne sais plus sous quells cieux),(いづこの空の下なりけん、今は覺えず)
Jeté, comme offrande au néant, 美酒少し海へ流しぬ
Tout un peu de vin précieux.「虛無」にする供物の爲に。
(堀口大學訳)

絵に描いた餅を喰う

やったり、やらなんだったり。これが儂の伝統行事との付き合い方です。必死《かんかん》にならへんようにすんのがポリシー。

そらな、6月になったら【夏越祓《なごしのはらえ》】で半年分の厄をしっかり祓うて、残り半分に備えたいとは思いますえ。そやけど、ゆうてもここはロンドン。近所に神社があるわけやない。セント・ポール寺院で茅の輪潜りをやってるとか、テムズ河に穢れを移した人形《ひとがた》を流してるとかゆう話も聞きません。しょむないことです。けど、しゃあない。

というわけで、せいぜい儂ができることといえば縁起菓子の「水無月さん」を拵えるくらいとなります。小豆を散らした三角形の素朴な味。もともとは平安時代の殿上人が暑気払いに食べた氷室の氷を模してあるのだとか。こればっかりは用意せねば！

和菓子を手作りするというと優雅な趣味みたいに聞こえますが、これは海外在住者にとっては生きるか死ぬかの問題（笑）。普段いろいろ悪さしてる人間としては縁起もんくらい戴かんと寿命が縮むやもしれません。

儂はいつでも虎の子の小豆を常備しています。こちらにも中華街に行けば中国産のこまい小豆が売ってるし、健康食品として水煮缶も見つかります。でも、これが見事にあきません。抽象的ですが「魂が入ってへん」ゆうんが一番正しい表現やと思います。かすかす。

ともあれ、この虎の子を水煮にして、指で潰れるくらいになったら茹で汁と豆の半分は

『出町ふたば』の水無月さん。
こんなして盛り付けると
充分に水菓子になりまんな。

のちのちにお善哉やら水羊羹にするため取り分け瓶詰めにしておき、残りを白砂糖と粗目のシロップで炊き上げます。

生地はいわゆる外郎《ういろ》ですから簡単。儂は米粉を使います。小麦粉でもええんですが、こっちの人らは意外や米粉をよう焼き菓子などに利用しはるんで、わりとちゃんとしたもんが手に入るんですわ。

実は儂、鶯豆の水無月も好きなんですけど、これも乾燥のエンド豆を発見。あんね、英国人は塩味でどろどろになるまで炊いて件のフィッシュ&チップスの添えもん兼ソースとして食べはるんです。「mushy peas」ていいます。見た目は怖いけど悪ないえ。

そんなこんなでほぼ毎年自家製水無月さんを食べてるわけですが、もちろん日本にいたらそんなことはしやしません。京都では『出町ふたば』さんのが基本でした。お薄と合わせるお茶菓子やないので、餅系の美味しい店の方が京都人の求める水無月らしい水無月さんの味がめっかる気がしまんな。気のせいかもしれんけど。

京都にはほかにも、そらもうようさん縁起もんの和菓子があります。ひちぎり、おはぎ、柏餅（とりわけ味噌あん）、粽《ちまき》、みたらし、あんころ、お火焚き饅頭。カミさんとは直接に関係のうても季節が廻って来ると食べとうなるもんもよーけあります。蓬《よもぎ》餅や桜餅、花見団子、くず餅、水羊羹、わらび餅、鮎、月見団子、栗のお菓子や柚子のお菓子などなど。年がら年中「喰うとかんと帳面があわへん」とかゆうて甘いもんを追っかけてます。

やっぱりやったり、やらなんだったりやけど、ときにどうしても喰いとうてモドキを捻くりだしてるんはお正月の「菱葩《はなびら》餅」もそうです。西京味噌で風味をつけた花豆の白あんで、甘うに炊いたごんぼが挟んである。ちょっと手間はかかるけどしゃあない。

〝みたて〟ですますこともよーありまっせ。柏餅なんかは皿に敷いた柏の葉っぱに、白味噌あんで和えた白玉を載せて終わりやったりします。

神とは「暗い夜道をうしろからトボトボついてくる犬」てゆわはったんは遠藤周作先生でしたっけ。さすがうまいこといわはる。けど個人的には【宗教】とか【信仰】というのは絵に描いた餅やと考えてます。苦しいときに神頼みしても実際に救済してくれはるわけやない。けど絵ぇの餅には意味がないかゆうたら、そんなこともない。上手に描かれたら、それは心を動かします。

水無月さん始め縁起もんを食べたがんのは、つまりは絵に描かれた餅を、それこそ〝みたて〟で現実に移して口果報とする行為やからやないでしょうか。神仏の功徳を五臓六腑に染み亘らせるというか。そやさかい少々華やかさに欠けても、もっと美味いやつが横にあっても、やっぱり縁起菓子はお約束のタイミングで口にしとなる、みたいな。

神仏に絡んだ喰いもんはお菓子だけやおへん。こないな悠長なことやってんのは京都だけかいな思たら全国的やと知ってびっくりしたんが【お喰い初め】。

それは赤ちゃんが生後120日目にする儀式です。文字通り生まれて初めて母乳以外のもんを食べさせる「真似」することで将来喰いっぱぐれんよう願いを込めるんですわ。京都では200日くらいまで延長することが多いですね。【喰い延ばし】ゆうてね、これも長生きでけるように、ゆう縁起担ぎ。

お膳に5つの塗りの食器を用意して一汁三菜。飯椀にはごはん（か、お赤飯）、汁椀におつゆ（蛤）、高杯に梅干しと小石、平椀にはお精進を炊いたもん、つぼ椀には人参と大根の紅白膾を載せ供します。

あと、尾頭つきのお魚も出さはるとこもあるようでんな。その場合、京都では鯛やのうてホウボウです。お正月に眺めるだけで手を付けない睨み鯛よろしく、これも口にはしません。お魚屋さんで焼いたんを買うてきて、そのまんまお返ししたりもするそうな。わけわからんけど、いかにも京都やねえ。

高杯の小石は歯茎に宛がって、丈夫なんが生え揃いますようにゆう【歯がため】のおまじない。お家の産土さんの境内で拾うてきて、お喰い初めが終わったら臍の緒と共に半紙に包んでしまっておくんが基本。その子が疳の虫を起こしたら舐めさせたり握らせると治まるゆう迷信もあります。神社のご利益くらいは効き目があると京都人は考えて大事に大事にいたします。

お嫁さんの実家が家紋を捺《お》したもんを拵えさせて婚家に納めるんが本来やったそうですが、これはもうそれぞれでええんちゃうんと思いますね。自分らご夫婦で揃えはってもええし、さらを注文しはるんやのうて骨董屋で探してきはってもええし、五椀かて汁椀ふたつに平椀3つてな変則でも全然構へん気がします。

ようは我が子の将来を祈る気持ちを目に見える〝形にする〞ことが大事なんですわ。

様式は過去をなぞって現在に敷衍するための、いわば呪術。ただの繰り返しやおへんのえ。そこを押さえとかんとなんのこっちゃになりまっせ。ついでにやたら様式を嫌う人らにもゆうときたい。それを否定するなら遡って過去の原理をも拒絶する覚悟をお持ちやっしゃ。様式に当て嵌《は》めるゆうんは鋳型《いがた》にはめる行為やおへん。それは移ろいやすい感情、胸懐《きょうかい》、想いの丈に普遍的な肉体を与える作業。バレエや歌舞伎の型と同じ。シークエンスがあるからこそ舞手は自由になれますのえ。

そういう意味では、お喰い初めの器は、そのままお子さんの日用食器にしはってもええんちゃうかなー。そやかて使わな勿体ないし。漆は、塗りもんはよろしえ。きれいなんはもとより子供にとっても欠け難い、軽いし、ありがたい。乾燥させへんかったらええだけで手入れ簡単やし。そらプラッチックに比べたら高いかもしれんけど『象彦』さんとかやなかったら知れてまっせ。

あんね、お喰い初めをしても喰いっぱぐれがないか歯が丈夫になるかは当たり前やけど保証でけまへん。けど、ふだんにちょっとええ漆器で食事してきた子と、100円ショップの皿小鉢を宛がわれて育った子では情緒に大きな開きがでけてくるんやないかしらん。下手な習い事させるより、ずっと簡単な情操教育やと思う。

そういうたら、こないだ儂はお喰い初めをいたしました。「おくいはじめ」やのうて「おくいぞめ」。この歳になって初めての食材を口にしたんです。

それは冬瓜《とうがん》。わりと普通のお野菜やのに、なぜかいままで縁がありませんでした。もしかしたら、どこぞの料理屋さんで食べてるかもしれませんけど意識したことなかった。いやー美味しいもんやねえ。歳喰うて嗜好が変わったんかもしれんけど五臓六腑に染みわたった。

冬瓜スープ。
お喰い初めを真似るんやったら
塗のお椀にせなあかんにゃけど、
冬瓜て半透明やし
漆器やと色が透けて
見栄がエゾ苦しいなって
しまうねんわ。
やりようはあると思うけど、
儂のテクでは無理。
今回は英国の中世の
スリップウェア。
たぶんうちにある
西洋陶磁器のなかでは
一番古い時代の器のひとつ。
妙に面白い風景になった。
たぶん冬瓜という素材の
versatile な性質ゆえ。

ツイッターのＴＬに「暑い日は、これが最高！」と、きんきんに冷やした冬瓜スープが立て続けに上がってきて、なんかそれが神様のお告げかなんかみたいに思えて、なんでか喰いとうてしゃあななって努々《ゆめゆめ》疑うことなかれ……と中華食材の店に走りました。

「瓜は金持ちに、柿は貧乏人に剥かせろ」という諺は知ってましたんで厚めに皮を削いで、すごい柔らかいゆう話やったんで丁寧に面取りしたら、あとはゆるゆる煮るだけ。めっちゃ簡単やった。味つけのコツいらず。

鳥の挽肉と生姜を炊いた出汁、干し貝柱の出汁、干し椎茸の出汁を各同量。日本酒。味つけは塩。冬瓜が透き通ったら一晩おいてタッパに移して冷蔵庫。まるで上等のコンソメみたいなお味。いつものごとくようさん作ってもーたんで三日くらい連続やったけど飽きひん。パンにもよう合った。ヘビロテ確定ですわ。我が家の伝統食誕生の瞬間でおざいました。

そやけどあれやね、冬瓜の柔らかさて独特やね。淡雪《あわゆき》みたいなんとも違うし、絹ごしの溶けてゆく感じとも、また違う。舌の上で凝《こご》ったスープが液体に変化するようななんともいえん快楽。歯のない年寄りでも歯がためをせえへんかったお子さんでも楽々食べられる。こんな美味いもんと無縁やったなんて人生えらい損してしもた。

まあ、長い長い喰い延ばしやったちゅうことにして、せいぜい長生きしてこれからようさん食べさせてもらお。

虫喰い問題

新年といえばお節。お節は食べるもんやのうて〝祝う〟もんなんでグルー○ンなんかで買うたらあきまへん。一年の計をあんなもんで迎えなあかんかった人らは同情して余りあるけど横着が祟《たた》りましたな。これに懲りて格安とか割引とか虫のええ話はあっまり信用しはらへんこってすわ。安心おしやす、あんなもんを人様に食べさせよとしたバードカ○ェたらゆうとこは売らはった数だけ厄を引き受けはったんと同じ。いまにハレを穢す恐ろしさを思い知らはりますて。

うちのお節は手作りどす。自慢でも何でもあらしませんわ。そんなもん。日本にいてたら絶対作らへん。買うてすます。手間考えたらそのほうが安上がり。

……などと言いつつ30品を越す料理を拵え、30人を越すお友達に振る舞うて、早10何年。まー我ながら面倒くさいことをやってますな。

普段どっちかゆうたら人づきあいのええほうやないんで、その罪滅ぼしと、それでも付きおうてくれはる人らへの感謝を込めて年末は働かせてもろてます。

ちいちゃいころから、おばあちゃん手伝《てっと》うてたさかいクラシカルといえば聞こえはよろしけど、ほんまにばば臭いお節でっせ。そこに、まあ、ガイジンさんやお子さんもいはりますんでそういうもんも混ぜて構成してます。一応メニュー紹介しまひょか。２０１７年のは体調のこともあって3割方手抜きバージョン。

まずは①、京の伝統【睨み鯛】。うちは何遍も酒を塗り重ねながら鼈甲色になるまで焼きます。②【栗きんとん】、③紅白の【膾《なます》】は柚子皮や干し柿も千切りにしていれます。④【酢蓮根（すばす）】、⑤【酢ごんぼ（たたき牛蒡）】は好物やので毎年多め。⑥【ごまめ】は見立て。決まってお歳暮に友人が日本から届けてくれはる『山下水産』の「生たきしらすくるみ」です。

⑦【黒豆（勝栗入り）】、⑧【栗の渋皮煮（十月に炊くお節の第1作業）】、⑨【お煮〆】、⑩紅白の【蒲鉾】は冷凍輸入されてくるナショナルブランド。『茨木屋』さんが近所にあったらなー。⑪【鯛の子の炊いたん】、⑫【だし巻き】、⑬【千枚漬け（と見せかけて「蕪のあちゃら」）】、⑭【ビーツのあちゃら】、⑮【慈姑《くわい》】は梔子《くちなし》の実で黄色うにたいて巾着見立て。⑯【いもぼう（海老芋と棒鱈をたき合わせた京料理）】。⑰【炒り銀杏】和ものは以上。⑱【スティルトンチーズ】はクリスマスの残り。味醂を振りかけて熟成させました。⑲【自家製ハム】、山椒利かした⑳【鴨ロース】、㉑日本酒でマリネした【唐墨（イタリア産の「ボッタルガ」）】、㉒【小海老ボイル】

あとはデザートに㉓【寒天（今年は柿、柚子、酒粕、アールグレーのんを賽の目に切って合わせたもん）】と㉔【金柑の甘露煮】、そしてなにはなくとも㉕【蛤のお吸いもん】、焼かへん丸餅と西京味噌の㉖【お雑煮】。最後にお薄（『うおがし銘茶』の「ことのは」）

とお菓子。お菓子は『丸栄菓舗』の松露《しょうろ》。これも恒例の到来もん。

こんなもんやけど、やっぱ草臥《くたべ》れますわ。でも草臥れるけどやっぱ楽しい。お客さんの喜んでいただけた顔を思うと張り切れます。ただ、こんだけ作ると、ひとつ困った問題が残るんですよね。即ち〝残りもん〟をどうするかっちゅう話です。

ところがここ数年、このプロブレムについて意識がちょっと変化してきました。相変わらず悩ましくはあれど、それなりに残ったお節を愉しめるようになってきたんです。パラッパパー！入江敦彦は「アレンジ」を手に入れた！んです。「かしこさ」が10上がった！みたいな。

なかには余るんを期待してハナからようけ目に購入しとくもんまであって本末転倒もええとこですわ。

お節は基本、伝統料理ですし「これ！」ちゅう味が決まっております。そやし下手に味つけしなおしても中途半端な〝もどき〟になってまう。でも、そのぶん味つけは淡いめーなんで巧いこと他のもんを組み合わせて火をいれると別っこの個性がめでたく手に手をとりあって思わぬ素敵なマリアージュになったりもいたします。

一品一品を料理ではなく素材として考え直す――なんちゃって分子ガストロノミー的パ

ラダイム転換でお節を再構築してこます――ことで新たな地平を拓くのが、このごろの新年の習慣のようにもなってまいりました。

台所に立って、あーでもない、こーでもないを思いを巡らせるのパズルを解く愉悦のようでもあり、推理小説を捲《めく》る悦楽にも似ております。しかし、いちばん近い比喩は虫喰い問題、やろか。

料理の残りゆうのは欠落のある文章みたいなもんやしね。しかも欠損部分を再現して足してやることはでけへん文章やったりする。なかなかの難問ではあるけど、そこに言葉を足して全く新しいテクストを創造するのは料理好きには面白い遊びやねん。

まー、口でゆうてても、なんのこっちゃみたいな話ですやろ。実際に解いた虫喰い問題の答を見てもろて、ご参考にするなり笑いもんにするなりしてもらいまひょか。


【ばあちゃんのおでん】
⑯いもぼうの芋＋棒鱈を炊いた煮汁＋⑨お煮〆から拾った蒟蒻＋大根＋

【ばあちゃんのおでん】

おあげさん

うちでは竹輪とかごぼ天などの魚の練りもんや煮抜き卵なんかの入った、いわゆるカント炊き的なおでんのほかに「ばあちゃんのおでん」と呼んでいたもんがありました。こいつはその再現。

具が４種類だけのシンプルな〝炊いたん〟ですが、それゆえの佳さがあって大好きでした。普通のおでんが群舞《ぐんぶ》なら、こっちはパ・ド・カトル。様式美にも似た旨さです。ばあちゃんが作ってくれたはったたんは昆布出汁やったけど、今回は濃厚ないもぼうの煮汁を使用。色が濃うなって、ちょっと田舎くさいけど味はええ。

【ボンゴレ唐墨】

㉕お吸いもん用の残り蛤＋蛤のお吸いもんの残りに呑み残された白ワインを加えて煮詰めたもん＋㉑唐墨＋⑰炒り銀杏＋スパゲティ＋バター＋チャイブ

京都のお正月の食卓では白味噌のお雑煮とともに絶対に欠かせへんのが蛤のお吸いもん。この蛤をボンゴレ・ビアンコに仕上げました。これだけ

【ボンゴレ唐墨】

でもめっちゃ美味しいのに、さらには薄うに削いだ唐墨を散らせる贅沢！

ボッタルガのパスタはイタリアでも古典メニュー。この合体ロボが不味かろうはずありまへん。ニンニクはあえて避けて銀杏を散らしたんも正解。独特の風味が磯臭さを和らげてくれよりました。

【衣笠の木の葉丼】

⑩刻んだかまぼこ＋⑫刻んだだし巻き＋⑨お煮〆から拾った椎茸＋おあげさん＋葱＋お煮〆の出汁＋卵綴じ＋ごはん

かまぼこは日本では庶民的なおかずでっけど、こっちでは貴重品。紅白のかまぼこを刻んで卵で綴じた京のガテン食「木の葉丼」は大好物やけど、めったとやれまへん。一緒に綴じる椎茸の旨煮も手間かかるし。というわけで、これはお節の残りもんならではのラグジュアリー丼。

本来、このお丼は三つ葉でないとアカンのやけどこっちでは入手困難なんで葱で代用。ほな、おあげさんと葱を卵で綴じる京のガテン食の双璧「衣笠丼」も交配させたろ、てな思い付きで誕生した仮面ライダーV3のごとき丼。お鉢で作って取り分けるのが入江家風。

【衣笠の木の葉丼】

【鴨じゃが】

⑳鴨ロース＋鴨の漬け汁＋ローストポテト（クリスマスからの残りもんを冷蔵庫に発見！）＋⑨お煮〆から拾った人参＋隠元＋玉葱

鴨ロースはガイジンさんにも人気なんであんまし残らへんのですが、お客さんにはええとこしか出さへんので火の通り過ぎた端っこやなんかがけっこうあります。そして鴨肉をマリネしていた美味しい美味しい甘辛いタレ。このふたつを無駄にしとないと頭を捻った結果が肉じゃがならぬ鴨じゃが。白米が困るほど進む、ええおかずになってくれはりました。

うちのローストポテトは茹でたじゃがいもを鴨油まぶしてオーブンでカラッと揚げ焼きするさかいに風味もうまいことマッチしてくれはった。

と、まあ細こうに書くんは、こんなもんにしときますけどほかにもいろいろありますのやで。

①睨み鯛はそもそも生姜をたっぷり加えて鯛めしにするために焼いてるようなもんやし、⑪鯛の子の棒煮とその残り汁に、㉖お雑煮用の上等の削り節を思い切って加えて作った白菜の炊いたんは京都人のソウルフードともいうべきお味。⑨お煮〆の鶏をむしって⑤酢ごんぼ、㉔金柑の甘露煮を

【鴨じゃが】

合わせた小鉢も乙なもんでした。
③膾はきゅっと絞ってオリーブオイルで和えて胡椒振ってラペにしたらえらい上等の味になりはった。⑮慈姑と④蓮根は高温で素揚げして⑲ハムや⑱チーズなんかと青いもんの上に並べてアンティパスト風にしたらほんまええ感じやった。
②栗きんとんとパウンドケーキの生地を半々に合わせ⑦黒豆混ぜて焼いたんも、しっとりと仕上がって日本のスイートポテトを思い出させてくれよる嬉しいデザートに。⑧渋皮煮を潰して加えたホイップクリームを添えました。

そやけど、あれですわ。残りもんには福があるてゆいまっけど、なんや新年早々にいっぱいいっぱい福をいただいた気がしてます。虫喰いやろうがなんやろが、お友達が残していってくれはった福なんやし、大事にせんとそれこそバチが当りますわな。ほんま、おおきに。ありがとうございました。

お重を飾る松や裏白と
お正月のお花に使った
葉牡丹南天などを混ぜ、
掛け花も趣向を替えて
アレンジするのも
お節同様虫喰い問題の愉しみ。

世の中は喰うて糞して寝て起きて

28

どこの国の朝ごはんがおいしいて、やっぱり日本が一番違いますやろか。てゆうか儂、旅館の朝食が大好きですねん。それもあんまし上等やないほうがええ。白ごはんと具の少ない目のお味噌汁、干物、生卵、あるいは甘い玉子焼き。温泉玉子でも文句はない。お海苔、こうこうと梅干。そんな食べたかったら『やよい軒』とかでも似たようなんあるんは知ってるけど、どっかに泊まったからこそ美味しいんかねえ。

京都には、かの有名な『瓢亭』さんの朝粥ゆうんがあって、最初に喰たときは感激しました。けど、経験としては躊躇なく皆さんにお勧めできるもんの、儂個人としてはもう行くことはないでしょう。値段が違うし当たり前なんやけど、瓢亭さんの本気の器を知ってるんで、あまりの落差に哀しゅうなるしです。

そういう意味では、はっきりゆうて『イノダコーヒ』の「京の朝食」のが値打ある。あれ食べるとなんぼ観光《よそ》さんが増えても、ここは京都人のための店なんやなあと思える。いわゆる「モーニング」の座布団パンが嫌いなんでクロワッサンが嬉しい。それにアスパラがええねん！白違て緑のときがあって、あれはがっかりやけど。

日本旅館的朝食と同じような感激をくれたんがブダペストの老舗旅籠『エリザベスホテル』で、後にも先にもあないに嬉しい朝ごはんは食べたことがない。バイキング式にもかかわらずスクランブルエッグの状態が完璧やった。もう最後に泊まったんは何年も前のこと。いまでも同じクオリティを保ってくれたはるやろか？

ものすご恋しいけど、完璧な掻き卵やったらロンドンの『オットーレンギ』で食べられるんで、まあ儂は幸運とゆうたら幸運ですわ。こちらは菓子屋として夙《つと》に有名で、赤ちゃんの頭くらいあるメレンゲが名物なんやけど、このときに残る卵黄をぶちこんで作られるのが件のスクランブルエッグ。金盞花《マリゴールド》色してるんでっせ。

このあたりは、けっこうな朝ごはん食べさせてくれはる店がようさんあってね、いっつも目移りさせてもろてますのや。がっつり喰いたいときは『ブレイクファスト・クラブ』。人気急上昇中のデリカテッセン『ピスタシオ&ピクル』でモダンブリティッシュを味わうのも楽しい。高級英国料理店『セント・ジョン』の知られざるモーニングサービスも素晴らしい。穴場やで。

けど、儂が一番愛着あるんはボロー市場の『マリアズ・カフェ』やろね。女将のマリアさんの御両親が店をオープンしはったんが儂の生まれた年。なんとのうご縁を感じてますねんわ。市場に行く楽しみのひとつ。食べんのはベーコンバップ（コッペパンのサンド）と決まってんにゃけどね。

そやけどこういうパンと珈琲（あるいは紅茶）系の朝ごはんは、やっぱりコンチネンタル、とりわけパリの昔ながらのブーランジェリーに勝るもんなし、とは思います。ひとつ挙げるなら定宿の近くなんで滞在中は毎日ここ、というかここがあるし定宿をそこに定めたという噂もあるくらい好きな『デュ・パン・エ・デジデ』。なんや東京にも一瞬支店ができてたようですが、いまはパリでしか喰えません。世界中のご馳走が日本に集まってくんのは便利で結構なこっちゃけど、まあ、たまには現地にいかんとあかんもんもあったほうがよろし。

そやけど、あないにパリが大好きな日本人やのに朝ごはんについては英国に軍配上げる人が多いのはおかしいね。ただ英国式朝食ほど誤解されてる喰いもんも珍しい。英国人はまずあれを朝食として摂ることはおへん。実際に置いたはる店のメニューにもたいがい「Allday Breakfast」と記されてる。ブランチ、ランチ、あるいは晩めしとして食べられてますんえ。それにあれは基本的に労働者の喰いもん。すでにひとつ働きしてきた人が空きっ腹に詰め込むんが〝フル〟のブレイクファスト。上記してきたような、ちょっとええ店にはあらへんかったりする。ブレイクファスト・クラブのんが本式に近いけど、あっこもパンはいかにもイングランドな山高パン（White Tin Bread）やのうてサワードウブレッドやしね。

知ってる範囲では『ザ・ウォルズレイ』（289頁の上）には絵に描いたような英国式がある。笑えるわー。なんでて、あっこコンチネンタルが売りのレストランなんやもん。ほんまやったらマリアズ・カフェとかにないとあかんのに。

さて、左頁下の写真をご覧ください。これが平均的かつ一般的な〝フル〟イングリッシュ・ブレイクファストでおます。名もなき市井の安食堂（英語でGreasy spoon いいます）にあるスタイル。通称「焼いたぁるもんfry-ups」。

基本は卵、ベーコン、ソーセージ。この3つは必ずついてきます。そやないと「フル」とは言えまへん。卵の料理法はスクランブルド・エッグもポピュラーやけど、基本的に英国人は目玉焼き派が多い気がします。黄身がとろーり流れ出る風情を好みます。個人的にはオムレツやポーチドエッグは、こと英国式朝食の皿上においては邪道やと考えてます。

次に重要なのが焼きトマト。チープな店やと缶詰トマトを温めたんの場合もありまんな。別に悪いもんやないけど、やっぱ生を焼いたんのほうが嬉しいね。その次がベークドビーンズ。白いんげんのトマト煮ですわ。『ハインツ』の業務用を使こてる店が目立つけど聞いたことのないようなメーカーであることもしばしば。

ほんでからマッシュルームの炒めたん。これも、ほぼ必ず組み合わされてはりまんな。お洒落というか、ちょっとスノッブなカフェなんかやと代わりにポートベローちゅう平うて大きいマッシュルームをグリルしたんが添えられてることも。なんでか必ず裏向きで真っ黒な腹をみせてます。と、ここまでがデフォルト。

上：
ただいまロンドンで、
エコノミーでない
正調フルイングリッシュ
ブレイクファストが
食べられるのは老舗ホテルを除けば
『The Wolseley』くらいでしょうか。
このきわめてコンチネンタルな
レストランで、
いかにもな英国風朝食というのが
面白いです。
皿上の右上にある黒くて丸いものが
文中で紹介した
ポートベローマッシュルーム。

下：
これぞ典型的なエコノミークラスの
〝フライ・アップ〟。
準備万端整って食べる直前の風景。

こっからは店によって様々やけどブラック・プディングという豚の血ぃが混ざった太い太いソーセージを切って焼いたんとか、ハッシュドポテトがついてくるのはよう見かけますね。前者は「スコテッシュ・ブレイクファスト」やったら必須です。後者はガテン系のみなさんが来るようなカジュアルな店の定番。ボリュームアップのため。チップス（フレンチフライ）がどさっと脇に盛ってくるとこなんかもあります。

ここにトーストとミルク入り紅茶がついて完成。――なわけですが、長年こっちでこいつと対峙してますと、こう、いろいろと解ってくる。英国式朝食には「正調」の食べ方があるんですわ。そんなん食べたいように食べたらええんやけど、ある種のお約束を守るとより美味しゅういただける。いや、ほんま。てなわけで、ちょっとそれを伝授いたしたく存じます。

まず卵に、目玉焼きだけに塩を振る。他の食材はしょっぱいもんばっかりですさかい必要ありません。次にソーセージを縦割りして、ここにケチャップを垂らします。英国のソーセージゆうんはけっこうなクセもんでして、いつまでたっても内側が熱々なんですよ。そやからケチャップで温度を下げるわけ。続いてベーコンにはブラウンソースをかけます。トンカツソースの酸いのんみたいな味。これでベーコンの脂っぽさを中和するんですわ。ほんで最後に胡椒をぱらぱら。食材の表面温度が高い最初のうちに振ると粉が舞い上がってクシャミが出まっし最後がええんです。

　これで食べる準備が整いました。儂はここでトマトをナイフフォークで刻んでビーンズと馴染ませます。それで、ぐっと味がようなる。と、そこにおもむろにトーストを乗っけます。こっちのトーストは薄うてからっからに乾いてるし、ビーンズ上に置いてしっとりさせせんの。

　さらにトースト上に壊れんように、そうろと目玉焼きをおっちんさせます。これは流出する黄身を無駄なく味わうため。パンに染みこませて皿にこぼれんのを防ぐための手段。どうしても少量は滴りまっけど、下に敷かれたビーンズに混入するぶんには悪うありません。

　そんな感じで、トーストを切りわけつつ、卵→ベーコン→マッシュルームで口直し→卵→ソーセージ→味わいの増したビーンズを堪能《たんの》。の、以上を2回繰り返したら、もうおしまいです。

　イモもんがあるときは1枚目のトーストが終わった時点で、ソーセージやベーコンと一緒に食べるようにすると美味しおっせ。テクスチュアが変わるさかい、さらに飽きずに最後まで楽しめるようになります。トーストやのうて揚げパン（Fried bread）を選択する手もあります。普通に三角に切った食パンをサラダ油で揚げてあるだけのもんやけど美味しいもんでっせ。胃酸は上がるけど。

とにかく重要なんは配分。トーストを食べきる前にベーコンとソーセージを全部平らげてしもたら、なんや空しい気分になるもんです。カレーライスでルーだけが先にのうなったときの、あの哀愁を思い出してください。すでに福神漬けもなく。ラッキョもなく、ただの素白ごはんが一口、茶色くまだらに汚れた皿上に残ってしもたときの絶望感。後悔先にたたず。きっちり同時に肉もんとパンが消費されるように計算を怠ったらあきまへん。

なにをしょうもないこと主張してるんやとお思いでしょう。煎じ詰めれば世の中は喰うて糞して寝て起きて。やないか……うん。仰る通りや。通りやけどね、そういうベーシックーなフツーの悦びを大切にして満喫でけへんかったら生きてる意味がないいん違いますやろか。

もしかしたら、こういうもんを〝いかにも〟なロケーションで楽しみたいゆう方もおられるかもしれんので、念の為、3つ4つ、儂の好きな店の名前を書いときまひょか。まずは『リージェンシー・カフェ』。数々の映画の舞台にもなってるんで既視感があるかもしれません。それから『アルピ』『E・ペリッチ』『テリーズ・カフェ』あたりは英国クラスタにはたまらん雰囲気やと思いまっせ。

晴喰雨喰

晴耕雨読という言葉が大嫌いどす。より正確には晴耕雨読という言葉を使いたがる人、そんなものを黄門様の印籠みたいに掲げとる連中が苦手でおました。

耕す仕事は心から尊敬してるし、読むのは我ながら本能みたいなもんやのに、なんで組み合わさったらこないエゾくろしいんやろと不思議。鰻と梅干みたいな喰い合わせかいなあ考えてたんですが、あるとき大好きな漫画家の近藤ようこさんが「インテリゲンチャの幻想」やと喝破されてて、ああなるほどと合点がいきました。

この言葉は卑怯なんや。

自然は人様の事情なんか斟酌《しんしゃく》してくれへんさかい耕す人々は辛い雨の日にも耕さんならん。読む人はお天気よーてお散歩しとなるような日ぃでも感情とはうらはらに活字を追ってまう。晴耕雨読は一見すると文武両道的な偏りのなさを説いているようで、ほんまのところはそういうしんどいとこ、晴耕雨耕からも晴読雨読からも逃避してるんと違うやろか。

いや、人間、逃げてもええんですよ。どんどん逃げなはれ。酒も飲みなはれ。

特攻を命ぜられたゼロ戦乗りのなかには、けっこうな数、カミカゼにならんと逃げてどこぞの空の下で散っていかはった人らがいたちゅう話ですけど、あたら若い命を無駄にせんならんかったんはさぞや無念やったやろうに、そんな決断をしはったパイロットのみなさんを尊敬せいではおれません。同じ死なんならんにゃったら誰かを殺さず死ぬ勇気を持ちたいもんですわ。

閑話休題《かんわきゅうだい》。儂自身えらい根性《こんじょ》なしやよって耕すんはおろか読むんも身を粉にしてゆうとこまではいきまへん。『本の雑誌』のグラビア企画とか見てるとようさん書物の魔窟に住んだはる人らが登場して傍目にはものごっつ面白おすけど、あっこまでは無理。けど晴読雨読してるとああなんやろとは思います。

ほな、自分は暑つても寒ても花も嵐も踏み越えて続けてることがなんかあるかゆうたらひとつだけありました。賢明な読者の皆さんはもうお見通しでっしゃろ。晴喰雨喰だけは、それなりの覚悟と意識を以て貫いてきたつもり。問題は、ほんなもんちっとも自慢にならんちゅうことくらいやろか（笑）。

けどねえ、晴喰雨喰をモットーにそこそこ長いこと生きてても、まだまだ知らん美味ちゅうのはなんぼでもあるもんです。それも当たり前に日常にある喰いもんのなかに「えっ！」という美食の悦びが隠れていたりする。

あんなあ、へえ。ついこないだ儂はたった一日で3度も「今までの人生で食べてきた〝これ〟の中で最高やんか」ちゅう思いを味わわせていただきましたんえ。

英国には「アロットメント（Alottment）」というもんがございます。早い話が家庭菜園なんですが、その実物は日本語でゆうたときの感じとはかなり違います。ヴィクトリア時代、人口の爆発的増加で庭を持てなくなった庶民のために郊外に生まれた、それは園芸文化施設。古くからあるものは規模的にもかなり大きゅうて、なにげない住宅街の裏手に突如どかーんと出現します。あまりに唐突でけっこうびっくりしまっせ。

世襲制ではないんですが、この国にはそれこそ晴耕雨耕でもぜんぜんオッケーなひとがようけえ住んではりますよって、数少けない英国在住邦人の友人・ヤスダが自宅から徒歩10分もかからへん場所にあるアロットメントの空きに昨年ありつけたんは宝くじ的ラッキーやゆうのは儂にでも解りました。ちなみに現在の労働党党首（そして、でけたら次期総理大臣）ジェレミー・コービンはんも、ここに菜園を持ってはります。

この友人から「収穫即焼きのＢＢＱしましょうよ。千切っては喰い！捥いでは喰い！」と魅力的な提案をいただいたとき、儂の返事がお誘いのお礼もあらばこそ「で、いつするん？」やったんはいうまでもありません。

京都には自分とこの畑で採れた野菜を振り売りしはる通称【賀茂のおばちゃん】がいてはります。昔よりは数は減ったけど、いまでもがんばったはる。そのおばちゃんらの朝採れ、露地もんの野菜で育った儂は、やっぱり鮮度を味わうことに目がありまへんのや。

いやはや、ほんま、なにもかもか美味しかった。さっとオリーブ油刷いて炙ったズッキーニとか皮ごと真っ黒に焦がして剥いた茄子。赤玉ねぎを厚めに輪切りして、まだ生かなーゆうくらいでいただくのんも最高。そんなに急いだらきっと怖い夢を見てしまうよ少し待っておくれ（©キリンジ）っちゅうくらいがつがつ。

英国の8月はたまーに暑いこともあるけど基本的にはからっと晴れて陽射しは鋭いけど気温は低く、砂ぼこりのたたんていどに風も吹いて、20時くらいまではまだ明るい。街の喧騒がほんねきやゆうのにアロットメントを囲む厚い植樹が吸収してくれるんか、まるで雑音のない世界。啼《な》くは空の小鳥ばかりなりけり。逆にゆうたら隣家に気を使う必要もない。この施設は非常にレギュレーションが厳しいらしゅうて肥料はすべて天然のものしか許されず、ケミカル系の農薬も不可。いわゆる畑臭さが皆無でね。あるのは鄙びた土の匂いと草いきれ、花々が静かな声で合唱してるみたいに香ってくる。

はっきりゆうて考えられる限り最高のＢＢＱロケーション。こんななかで、こぼしたり汚したりすら懸念せず思い切り飲み食いするんやから美味しいないはずはない。

「今までの人生で食べてきた〝これ〟の中で最高やんか」その①ナンバ。トウモロコシのことを京都ではそないいいますのや。南蛮からきてんのかね。

この野菜は収穫した瞬間から糖度が下がり始めるんやゆうのは知識としては持ってました。そやから捥ぎたてに限るんやと。ほんなんゆうたかて農園に住んでるわけやないし絵に描いた餅でドヤ顔されても知るけえ阿呆といつも腹をたてていたもんです。

せやけどね、このＢＢＱでイケズなナンバが糖度下げよと必死まめたんになってもそんな暇もないくらいフレッシュなやつを齧ったとき、ドヤ顔で糖度の話しよるやつらの気持ちが理解でけました。別もんや。マジで塩も醤油もいらんにゃもん。

儂はその手の「素材そのものの味を味わう」的慣用句も晴耕雨読なみに軽蔑してましたが、それも撤回。状況によったら、それもアリくらいまでは譲歩してもええわと考えを改めました。それくらい美味いナンバやってん。

その②は「ダムソン」。ご存知の方はあんまりいはらへんかもしれませんね。李《すもも》の一種です。英国はプラム王国で、それこそ何百という品種が出回ってまんにゃけど、夏の終わりに収穫される小さくて真っ黒なこの果実は彼らの大好物。シーズンが短いせいもあるんやろけど季節の風物詩っぽく愛されてます。

ヤスダの菜園と隣の地主さんとの境界にはこのダムソンの木があって、それが完熟の盛りを迎えてました。「たわわ」という言葉がぴったりの様子で実の重みに枝を撓《しな》らせてはる。地面が草間彌生作品みたいに落果で水玉模様になってる。もったいなー。と、触れたところコロンと枝から離れたんで条件反射のように口に運んだら、あんさん、なんじゃこりゃー！でした。

そのままでも不味うはないけど可食部がさほどないんでジャムにすんのが一番ええ……程度の認識やったんですけど根底から転覆トリオ。物も云わずに手が届く範囲を悉《ことごと》く喰い尽くしました。

その③「ルバーブ」。これも日本ではまだまだ馴染みが浅いかな。酸っぱーい蕗《ふき》のようなイタドリのような野菜で、こっちではもっぱら甘煮にしてお菓子に利用します。どこのケーキ屋でも必ずルバーブのなにかがあるくらい人気。けど日本人の儂は正味そこまで思い入れはおへん。あったら食べよか、くらい。

そのルバーブはアロットメントの玄関先にあるご自由にお持ち帰りくださいコーナーに積んでありました。自分らだけでは食べ切れん収穫物をシェアするわけです。貰ったら、その代わりこんどは自分の畑で採れすぎたもんをそこに置いてくという気楽な物々交換。

アロットメントを共有する者同士の信頼関係を土台にした原始的物々交換システムにはほっこりしたもんの、さいぜんもゆうたように儂はルバーブには食指は動《いど》きませんでした。

なにより育ちすぎてトウが立ってるように見えたんで。けど英国人のツレは違いました。目の色変えて抱え込まはった。

その晩、炊かれたそれを翌朝見てまずびっくり。アクが一切出てへん。いつもの芋茎《ずいき》を煮〆たような茶色やのうて、淡いサーモンピンクがかったベージュ色。酸味は強いけど舌を刺さず爽やか。天然の甘さがしっかりしてて地中海ヨーグルトに添えて食べたら青江三奈のようなため息がどぅどぅびどぅーびどぅば漏れました。

こんな晴耕雨読やったら悪ないな。ゲンキンな儂は心からそない思うたことでした。

そやかて普通の晴耕雨読ではルバーブは無料になりまへんもん。でも本来は雨読の傍らで収穫されたものは、それくらいおおらかであるべきなんです。というか収穫された作物を売ってはいけないという規則がアロットメントにはしっかりとあったりもします。賢いなあ。

ほんなんで晴耕が自給自足を越えて仕事や商売になってまうとこにも晴耕雨読の気持ち悪さがあるわけで、晴耕＝晴喰であるような英国式菜園なら、いつかは持ってみたい気すらしました。エアプランツを枯らせるくらい園芸の才能がないんで、あくまでドリームとしてやけど。しばらくはヤスダに寄生ですわ。まるで害虫や。

ちなみにいま儂の一番の野望はヤスダを唆《そそのか》して買わせた山椒の苗が大木に育ってくれることでおます。

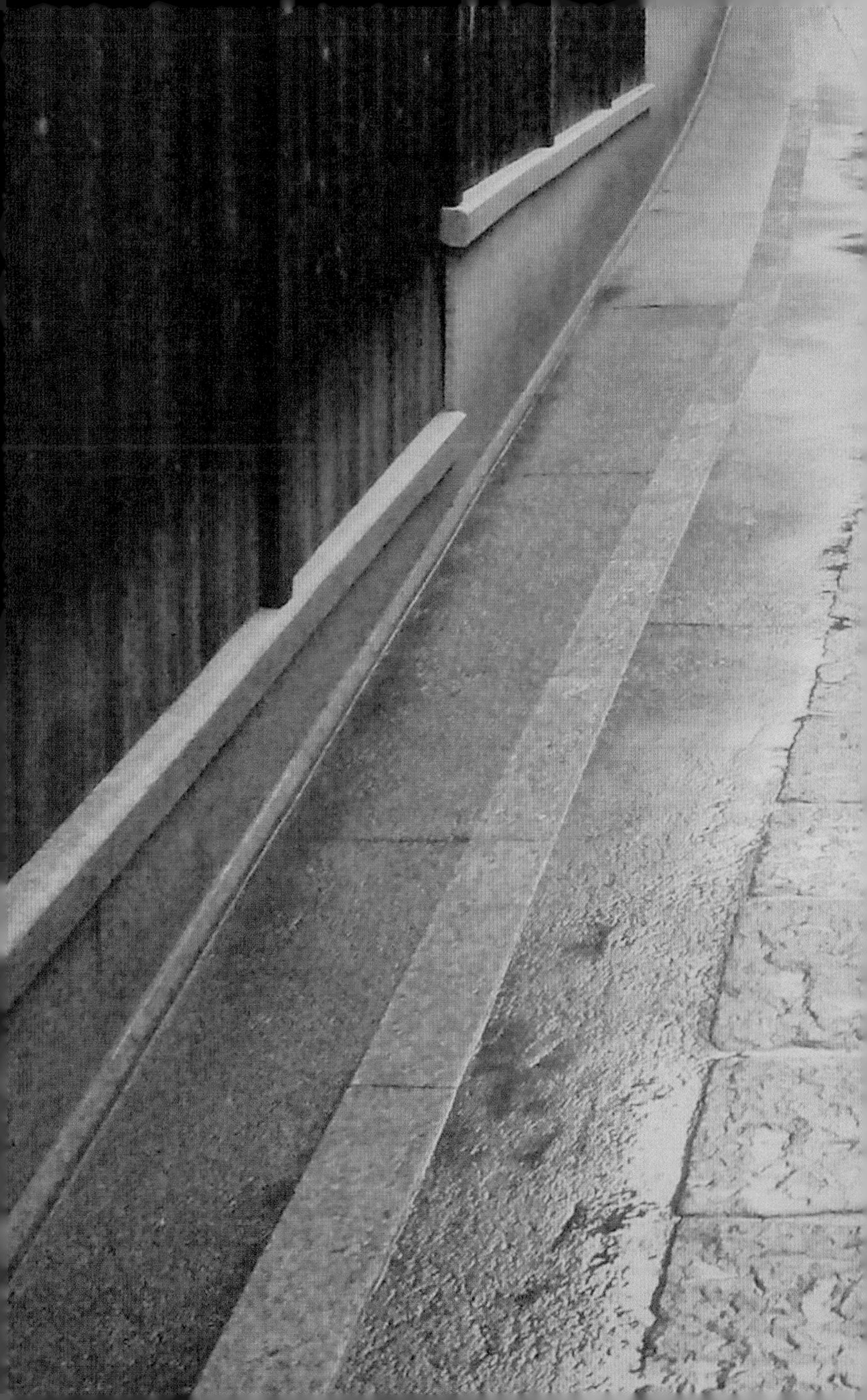

同じ釜の飯を喰うた仲

友人を亡くしました。彼女が大好きやった桜が終わった頃、なんの予兆もなくこの世からいんようにならはりました。そっからずっと、のぞに刺さった魚の骨が抜けへんみたいに、じくじくと悲しみが疼き続けてます。

もちろんご家族のほうがずっとお辛いやろうし、儂《わし》より頻繁に会うてはった人らもぎょうさんいてはるでしょう。そやけど吉野朔実ゆう人は人間付き合いがすごい丁寧やったんで、彼女の友達はみんな自分との仲を特別やと思わせてくれはった。きっと彼女にとっても「みんな違ってみんないい」仲やったはずですわ。

儂らの仲はなんちゅうたらええんやろ。一言でゆうたら【同じ釜の飯を喰うた仲】やったと申せます。

儂は実の父親を亡くしたときですら涙一粒こぼさへんかった不人情でおざいまして、もしかしたら情緒に欠陥があるんやないかと己を疑ったりもしておりました。けど、いまだに吉野さんには泣かされっぱなし。どうやらおそらく血の繋がりとか世話んなったとかとは別に、どないな関係を築いてきたかが状況を分けるんやろね。

人によっては青春をともに歩んだ仲間こそが、あるいは恋愛感情を抱いた相手こそが、またある人にとっては趣味を共有する同好の志こそが、失ったときにかつて知らなかった疼痛を教えてくれはります。儂にとっては、それが【同じ釜の飯を喰うた仲】やったみたい。

確かにいつでも忙しかった父とはあんましそういう機会ありまへなんだ。食べもんの嗜好も違ごたし、それやったらまあ泣けんで当たり前かもしれまへん。

同じ釜の飯を喰う、ゆうのは回数の多寡やのうて、どんだけその食事を一緒に愉しんだかです。ただ食卓を囲むだけでなく、喰う悦びを分かち合えたか、ですわ。べつにそれが饗膳《きょうぜん》である必要もありまへん。腹ペコのときにひとつのおむすびを半分わっこしたり、時間がないとき大急ぎで並んで立ち食い蕎麦を啜ったり、そういうのんこそが〝同じ釜の飯〟なんやと儂は思います。

彼女と儂の場合は人生において特別なごはんに舌鼓を連弾でけたんが、やっぱり大きい。まあ、初めて会うたときからその前兆ちゅうか、まるで未来を暗示するみたいな感じではありました。まだふたりとも20代前半。共通の友人を介して彼女の「イタリアから帰国したばかりの学校の先輩がシェフに就任した大阪の店でディナーする会」に誘ってもろたんです。吉野さんの先輩というのは誰あろうのちに『ラ・ゴーラ』『アモーレ』などの名店をオープンさせた澤口知之さん。吉野さんは彼のベアトリーチェやったんで、そらもう気合の入った晩餐が繰り広げられました。30年前やというのにいまだ記憶鮮明ですわ。

ロンドンに拠点を移す前は毎週みたいに東京出張してたんで、ほんまによう揃って外食しました。京都好きの吉野さんもしょっちゅう上洛したはったし顔を合わせたら「どこで喰う？」の相談ですわ。

澤口さんも連れもって『美山荘』に一泊した想い出なんかもあります。ああ、懐かし。このときのことはよほど印象的やったんか彼女も『吉野朔実は本が大好き』（本の雑誌社・２０１６年刊）に描いてはります。

この本には桂の山懐『山口家住宅（苔香居）』での竈《かまど》炊きごはん会の顛末も載ってます。百年ものの梅干しを食べさせてもろたりしました。お世話になってる和菓子舗『中村軒』さんが儂の帰国に合わせて計画してくれはったんやけど吉野さんの上洛がまたぴったり。

同じ釜の飯を喰うて多少運命的なもんがあんにゃろか。互いの食い意地が引き寄せあってるだけかもやけど。

けどこちらからお誘いした食事のなかでは、儂らが行った当時は美山荘の厨房でお兄さんの故・吉次さんを手っ伝うたはった中東久雄さんが銀閣寺道に暖簾を出さはった『草喰なかひがし』さんでの一夜が忘れられまへん。あれは一応、儂とツレとの披露宴になんにゃろか。一生に何遍もあることとやおへんよって無理を承知でお店を貸し切らせていただき、吉野さんにも内輪の招待に加わってもらいました。なかひがっさんの釜の飯はいつでも美味しいけど、あれは特別中の特別やった。

そういうたら開店10周年を迎えられた、ご主人にとっての特別な日ぃに招かれたときも吉野さんに同伴してもろたんやった。柳孝先生、一澤帆布の信三郎社長といったメンバーの中になんでかしらん加えてもろて恐縮といっしょにご馳走を噛《つっお》み締めました。もちろん一皿ごと恍惚の行進やったんですけど、このときのことを思うとまず瞼に浮かぶのが杯。

酒杯はその晩のゲストのおひとりやった辻村史郎さんの焼きもんで、儂は刷毛目盃をチョイス、吉野さんは信楽の筒杯を選ばはったんですけど、いま自分の手元にあるんは筒杯やったりするんですよ。会のおしまいに「お土産にお使いの杯をお持ち帰りください」とご好意を賜ったんですが店を出るや否や彼女は「貰えるとわかってたらもっと真剣に選んだのに！入江さん、そっちのがいい。交換して！」と詰め寄ってきはったのがその理由（笑）。ほんま器には目がなかった。

儂とトントンに器道楽やった吉野さんからはずいぶんプレゼントにも焼きもんを貰ろてます。あらためて見返すと、いずれもが彼女ならではのセンスで選ばれてて、ほんまにブレへん美意識を持ったはったんやなあと感心しますわ。仕事場を整理しはった元アシスタントさんが形見にぃゆうて小さな高杯を送ってくれはったんやけど何気ない普段使いにもかかわらず、どっから見ても【吉野朔実好み】でねえ。

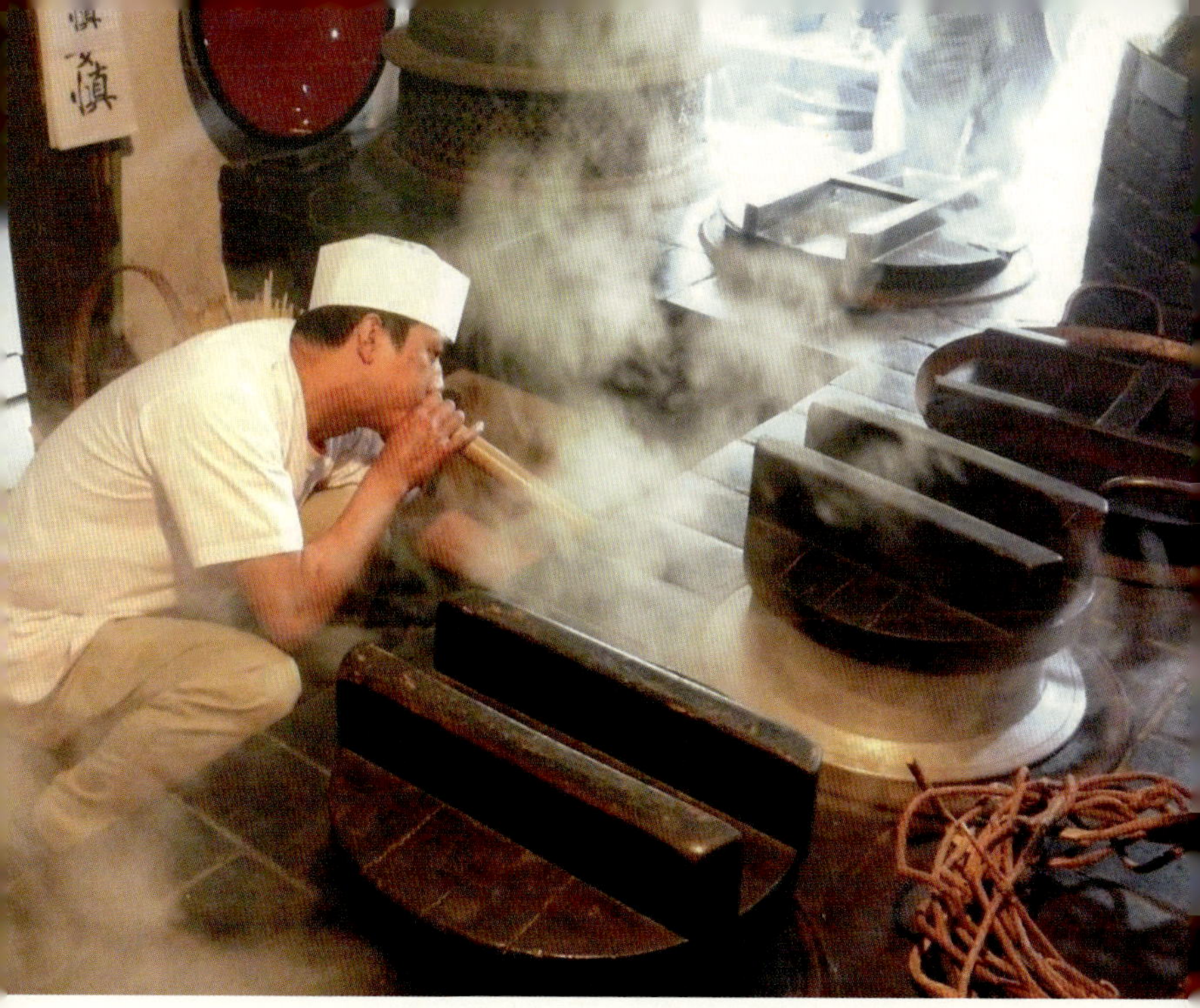

【吉野朔実好み】の器たち。
正面から時計回りに、まず雪中筍堀図の及位。
けっこう高価な5客セットを、
もうひとり友人に参加してもろて共同購入。
これが件のアボカド豆腐を盛った器、
普段はお煎茶の湯呑として使こてます。
ずいぶん昔に貰ろたクリスマスプレゼント、
曇りガラスに漆を施してある。
彼女の仕事場からやってきた高杯。
絵付けのタッチとか、まるで本人が描いたよう。
ほんで辻村史郎の筒杯。

器といえば面白いことに気づいたんやけど、あんね、なんか料理作ってて、あ、これ吉野さんきっと好きそうとか思ったもんを盛るときは【吉野朔実好み】の器に当たり前のようによう映えるのよ。こないだもお友達にレシピを聞いて真似した「アボカドと豆腐のムースリーヌ」を、これは知ってはったら大好物やったやろなーとか独りごちつつ拵えてて、さて、器はなんにしょーと手に取ったんが件の披露宴の後日、お礼として彼女に頂戴したもんやったの。実際に盛り付けたら案の定見事なマッチング。ちょいと感動いたしました。

そやけど、あれやねー、もはや追憶に浸ってめそめそすることこそないもんの、同じ釜の飯を喰うた仲とはオトロしいもんで、アボカド豆腐然りなんか食べたり飲んだりして、こいつは絶対に口に合うたやろ、一緒に食べたかったなあ、「な、美味しいやろー」と自慢したかった……とか考えてしまうとあきまへん。どうしても、どうしても泣いてまう。

なんぞ喰うて生きていく以上は、ちゅうことは死ぬまで続く痛みなんかな。まあ、しゃあないわ。美味しい同じ釜の飯を喰いすぎた報いやから甘んじて受け容れてくしかない。それくらい幸せな時間をシェアしてきた証明なんやからさ。

吉野さんが逝ってから、やっぱり儂同様に彼女と【同じ釜の飯を喰うた仲】やった藤田千恵子さん、三澤真美恵さんと東京・三田のフレンチ、『コートドール』で追善《ついぜん》ランチをしました。ここは吉野さんが「今度、入江さんが帰ってきたらみんなで食べに行こうね」と言っていたレストラン。オープン間もない時分から理由をみつけては通った〝同じ釜の飯屋〟。当然、ご両人も吉野さんと何度も一緒に食べてはるんで、彼女を偲ぶのにこれ以上の店はありません。

やっぱり30年来世話になってる斉須政雄シェフは吉野さんの訃報をご存知で、3人の目的も言わずもがな、ちょっと隔たった席を用意してくれてはりました。ほかのお客さんの迷惑になったらアカンと自分に言い聞かせつつ、吉野さんの大好物オンパレードに「美味しい」「美味しい」とおんおん泣きながら喰う3人。斉須さん、あんときはほんますんませんでした。

そやけど不思議なもんでっせ。食事のあと話し足りずに入ったカフェで喋っていたときには全然泣いたりせえへんかったの。揃って面倒見てもろてた（儂は現在進行形やけど）『本の雑誌』の担当子でもある浜本茂編集長と居酒屋で偲んだときは相当に覚悟していたのに、やっぱり儂はケロリとしてて「なん

表で一服しながら「あたしたちってダメよね。あまりに清らかなものは刺激が強すぎるわ。毒で中和しないと」と笑いあうふたりであった。

『吉野朔実は本が大好き』（本の雑誌社）より

おくどさんで炊いて、おひつに移した
ご飯はすっくり旨味が立ってる。
地の気をとどめた米粒には、
美しい水の気ぃと、竈から伝わる炎の気ぃが籠って、
よそわれるときに触れて大気を帯びる。
炊事は神事。
ごはんを喰うゆう行為は世界を構築する
四大元素の働きを
体んなかに摂りいれることに他ならん。
こういうごはんをよばれると、
食事前に手を合わせる習慣やとか、
ひと粒も無駄にしとない思う気持ちは、
ごく当たり前の感覚なんやと気づかしてもらえる。

でやろ?」と訝《いぶか》しかったんやけど、あんとき泣かいですんだんは料理が同じ釜の飯やなかったからなんやわ。すごい寛いで酔っ払えるええ居酒屋やったけど。

初めてのとこやからとか飯の種類とか安いとか高いとかによらず、そこの味がふたりにとって同じ釜の飯的であるなら、たぶんどんなもんでも涙腺は緩むねん。東京滞在の最終日、どうしてももう1回会いたいしてゆうて藤田、三澤ご両人と行った根津の蕎麦屋『よし房 凛』。彼女らはよーここで食事したはったんですけど儂はお初。やけど間違いなく同じ釜の飯やった。吉野さんも心から美味いと思ってはったはず。なんでて「なす汁せいろ」手繰《たぐ》った瞬間に涙腺崩壊してもーたんやもん。

いまから謝っときまっけど、これからもし儂とどっかに食べに出かけて、そこで突然にこの大入道がうるうるしても気にせんとってください。つまりはそこで供《きょう》された料理が同じ釜の飯的やったて、それだけのことやさかい。ただ美味しいゆうだけでなく吉野さんにも喰わせたいと妄想してしもたがゆえの涙ですわ。

そやけどあれやね、もうこの世に吉野さんの肉体はないけど、それでも彼女は少なくとも自分にとっては存在し続けてくし、その影響力も変わらへんのやね。彼女の好きそうな同じ釜の飯が自分でも作れたときは、朔実好みの器に盛って、バーチャル吉野さんを召喚しまひょ。ほんで賑やかに食卓囲みまひょ。どっちみち最後にはまた泣くかもしれんけど、それはそれやわ。

ほな、吉野さん、またじきにねー。

喰供養

喰いたいもんを喰うて生きてきました。その結果デブですわ。そやけど後悔はしてまへん。しょうもないもん喰うて肥えたん違うもん。三文飯や駄菓子かて口にせんかったわけやないけど、そういうのも含めて嫌なもんを無理くり胃の腑に納めたことはそないない。ファストフードの愉しみもスターレストランで戴く快楽も知ってるつもり。そんな因果を含めた腹や。Non, rien de rien, non, je ne regrette rien！やわ、ほんなもん。

たとえば病気のときも、体調のために食餌療法《ダイエット》せなならんかったときも、お金がのうてにっちもさっちもが哀愁のトランペット吹いとるような状況でも、それなりに工夫して儂は〝ちゃんとしたもん〟を喰うてきた。少なくとも喰おうとしてきました。

〝ちゃんとしたもん〟ゆうんは、さいぜんもゆうたように特別なご馳走のこっちゃおへん。そのときどきにできる範囲で無理せんように正直に忠実に真摯に「食べたいなあ」と思うもん。それが自分にとっての〝ちゃんとしたもん〟でおざいます。

若い頃というのは、うっかりしょうもないもん食べてしもても喰い直しが効きます。量で質を補うことも可能やった。経験値が少《すけ》ないいうのは実は幸せなことでして、ちょっとした口果報でも感じる悦びの大きさが違ごてきます。大人にならんと解らん味があるように、未熟な人間やからこそ心躍る美味に出会えもする。

仕事が忙しなって時間が取れんようなったり、食べる以外にもお愉しみがでけたり、人間は老いるに従ってちゃんとしたもん食べんのて難しゅうなってくるもんなんですよね。反対みたいに思えまっけどな。

吉野朔実の名作『瞳子』んなかで、料理上手の母親が息子に向かって今晩はピザを焼きましょう、というのを聞いたその友人が「ピザが家で作れるのか!」と驚いたのに対し「あなたは、つまらないものばかり食べているから大学なんぞに落ちたりするのです」と言い放つシーンがありました。彼女は印象に残る台詞をぎょうさん残したはりまっけど、これはそんなかでもすっごい好きなもんのひとつです。

もしかしたら読む人によっては傲慢やと思わはるかもしれません。このキャラクターに対して反感を持つ人かていはるでしょう。ええもん喰うたら東大受かるちゅうんやったら毎日フォアグラ喰たるわい!とか。

もちろん吉野朔実は食生活のレベルと頭のよしあしが比例するんやなんて言うてはるわけやおへん。ひょっとしたら、そう思ってはいはったかもしれん(笑)。しれんけど、この台詞に込められた意味はそういうことやない。

つまり好きで、それが食べとうて宅配ピザ注文するんやったらええんです。そやけど、その子は違ごた。そのうえで家の台所ででけることに思いも及ばない。つまり意識的に生きていない。ならば受験の失敗もムべなるかな……受験て学力だけやないしね。学力とおんなじかそれ以上に集中力と（受験用）テク、それに運がいる。意識散漫な子は集中力とテクが欠けてるんで、そらあきませんわいなあ。

不味いものばかり食べている人は単に嗜好が特殊なだけやけど「つまらないものばかり食べている」人はすなわち思考する習慣がないんやとは儂も考えます。

東京で会うときは『コートドール』や吉野さんの幼馴染、澤口知之さんのイタリアン、京都では『草喰なかひがし』さんや『翁』さん、儂らの定番はそんな感じでしたけど、そういうたら一緒に食事した最後は、それらのどれでもなく彼女のテリトリーでもない『エンボカ東京』ていうピザの店どした。

「えー？ピザー？って思うかもしれないけど。そこは野菜が美味いのよ！変わった野菜ピザも沢山あって、いろいろみんなでシェアして食べましょうよ」

その日は直前に吉野さんとの対談集録があって、主催である『本の雑誌』の浜本茂編集長も一緒やったし、晩は吉野さんちに泊まることになってたので地元の店がええやろうという判断もありました。いわはったようにお薦めの温野菜プレートは最高やった。ピザのなかでは筍のんが旨かったんを覚えてます。

最後に料理人さんとちょっと話したとき「いい野菜を求めて京都に店出す」んやと聞き、

その意気やよしと気持ちよく食事を終えました。いまググったら、そのとき話題になった京都店もすっかり人気もんになってはるみたいで、いや、よかったねえと顔が綻びます。

吉野さんと野菜料理の想い出はほかにもようさんありますわ。西麻布の裏手、まだバールめいた小体なレストランを構えたはった時代の『アクアパッツァ』にも一時よう通ったもんですが目的はバーニャカウダ（と、馬肉のタルタルスパゲティ）やった。日高良実シェフにいつも倍盛りをお願いしてました。こちらのは一般的なアンチョビとオリーブオイルのたれやのうて、あっさりしたソースやったんで、ほんま、いくらでも入った。また食の細い吉野さんも野菜にだけは健啖やったしなあ。

それを聞いて発奮しはったんが前述の澤口さん。まだテレビとかで有名にならはる前、2度目のイタリア修行を終えて五反田にトラットリアをオープンしはったゆうんで「おめでとう」を言いに行ったところ出てきたんがバーニャカウダやったんやけど……バケツ（笑）――正確には銀製のワインクーラー――に野菜がにょきにょき活かってた。

いや、食べましたえ。残さず全部。

この出来事は儂らの武勇談として顔を合わせるたびに話題に上ったもんです。そやけど吉野さんいはらへんようなって、澤口さんは病気療養中やし（追記：2017年9月に他界されました。吉野さん追っかけてかはった)、もうこの逸話を語れる人がいんようなったんで、ここでこうしてシェアさしてもらいまっさ。これもご供養や。思い出話こそ最高の鎮魂やと儂は考えてるんで。

ご供養は大切です。宗教的、儀式的なところから離れ、もっと個人的な慰撫《いぶ》として、愛する誰ぞを失った人間にとって大事な行為なんです。語義を辞書で引けば、そこには「死者の霊前にお供えをして冥福を祈ること。」とありまっけど、もうちょっと儂は「記憶を共有する人々とともに、あるいは独りで、故人の好物を戴きながら故人を語らう」こっちゃと解釈してます。

【喰供養】。【喰養】で「くよう」と読ませてもええんやけど「喰う」て「養う」ではなんのこっちゃやので喰供養と儂は名前をつけました。

とかなんとかいいながら桜が終わるころに迎えた吉野さんの一周忌にはオムそばなんぞ炒めて喰てたんでっけどね。SNSとかで話題としては上がってたんで知ってはいました。でも儂は彼女の誕生日すら覚えてない薄情もんで(つか、ツレや親のすら普段は忘れてんにゃけど)彼女も記念日とかには疎い人やったんで、ちょっと意識してそれを敷衍《ふえん》したんかもしれません。

そやけど、さすがにその晩は夢見が悪かった。吉野さん。鹹水《かんすい》の風味が苦手で中華麺嫌いやったしな。登場人物は儂だけなんやけど、みなで吉野さんのマンションに集まって喰供養しまひょかちゅうことになって、重いレジ袋いくつもぶら提げてえっちらおっちら代々木上原の坂を上って辿り着いたところで「あ、合い鍵なんか持っててへんやん！」て気づくの。ガードレールに腰かけて待てど暮らせど他の客は来ず途方に暮れる、そんな夢。

ただひたすら待ちながら地味に目覚めて、儂は取るもんもとりあえず〝ロンドンの台所〟ボロー市場に出かけました。市場を流しながら、吉野さんの「なにこれー」とか「これ食べたーい」という声を頼りにほーやれほー。歩き回って買い集めました。ほな、吉野さん、これでごっつぉ作るさかいな。

素人に毛の生えた程度の料理人の仕事やゆう段階で、出来栄えは許してもらわなあかんけど、彼女が好きであろうことだけは保証付きのメニューがなんとか完成。その晩はツレと、バーチャル吉野さんとともに食卓を囲みました。

前菜は彼女が大好物やったアスパラガス（321頁左上）。珍しい紫のんが出てたんで。白いのんがとりわけお好きさんやったけど、まだやったんでブロッコリの芽とともに歯応えを残して茹でました。ソースはベアルネーズで。香草好きの彼女のためにタラゴン倍量。

我ながら
自分ぽくないメニュー構成で
面白い。

夫婦合作のスコーン。

メインは天然ものの桜鯛が出てたんで、これを昆布〆（321頁右上）。岩塩とオリーブ油を回し、人参のラペを巻き巻き戴きます。こちらにはフレッシュのディルをたっぷり。乳製品に目がなかった彼女なので、メインの一部として『Neal's Yard Dairy』でチーズ（321頁左下）も買うてきました。baron bigod と beenleigh blue。どっちも癖は強いけど舌に吉野さんを憑依させて選びました。サイドは無花果。

　彼女のシャンパン好きは有名やけど、今回はシュワシュワ感が心地よい CONTE COLLALTO のプロセッコ（321頁右下）。料理が総合的に軽い感じなんで、ここらへんのが味わいに寄り添ってくれるん違うかなと選びました。我ながらええチョイスやったと思うております。

　デザートはミルフィーユ仕立てのスコーン。クロテッドクリームとラズベリー、それからラズベリーのジャムを挟んでます。彼女は儂のツレのことが大好きやったんでスコーンは手伝《てっとー》てもらいました。ここ数年健康に不安があり大手術なんかも受けた儂ですが、ツレがいると知ってるしあんま心配せんで済むといつも電話口で言うたはった。「ありがとうって伝えておいてね」て。

　これで喰供養の夜の夢に吉野さんが出てきてお礼ゆーてくれはったとかやったらきれいにオチがつくんやけど残念ながらそうはいかんかったんも彼女らしいな。

喰意あらためて　牡蠣

牡蠣が好きです。何の工夫もない始まり方ですんまへん。そのくらいストレートに好きやていう心の現れやと思て堪忍してください。いやー、ほんま牡蠣は美味しおすな。いや、わりと好き嫌いが分かれる喰いもんやちゅうことは認識してまっせ。嫌いやゆう人の気ちもわかる。味も癖があるし見た目もグロいゆうたらグロい。たいがいの海のもんは大好物やった吉野さんも「磯臭い」ゆうて口にしはらへんかった。

そやけどなんであれ個性の強さはそれを好むもんにとってはより蠱惑《こわく》的な魅力となるもんやし、グロいとエロいはコインの裏表。また、あの独特の磯臭さは〝であいもん〟との組み合わせで昇華されて得も言われぬ旨味にまるで転調するみたいに変化する——同じ貝類にとどまらず、どんな食材にもない、これは特徴やないやろか。不思議な人らですわ。いや、人ちゃうけど。

英国は実は牡蠣天国。ローマ帝国が当時はほんまに何にもなかったようなこの島国を制服した理由もテムズの河口、とりわけ Whitstable《ウィスタブル》 で採れる牡蠣が理由やったそうです。このあたりの話は暑苦しいまでの偏愛を込めて『英国のＯＦＦ—上手な人生の休み方—』（新潮社・２０１３年刊）て本に書かせてもらいました。

牡蠣が好きでしゃあない人は、その港町周辺の海にしかいーひん、その名も「地元」を

これが「Native」。胎生の丸牡蠣です。
日本でもイタボガキという名前で出回ったり
するみたいですけど、やっぱり有名なんは
ブルターニュ産の「アヴェン＝ブロン（ブロン）」でしゃろな。
Nativeを知る前は冬になると必ず喰いに行ってました。
今日びは有名税がつきすぎて儂らのような
貧乏人の口には入りまへん。
けど、そんな口惜しゅうないもーんだ。
ところで「Native」は見た目こそブロンに似てまっけど、
味わいはノルマンディー地方の
「プレーヌ・メール」に近いヨードの風味がございます。
ほんで香りはマレンヌ＝オレロンの
「フィーヌ・ド・クレール」的な華やかさ
（これやったら吉野さんでも食べられたん違うやろか）。
みんなご近所さんゆうたらご近所さんなんやけど
牡蠣ごとにキャラはほんま異なります。

意味する「Native」を喰うためだけにはるばる訪《たん》ねはっても絶対に後悔ありまへんえ。

この街はいくつも牡蠣が目玉のレストランがありまっけど、どうせ行きはるんやったら王室御用達の牡蠣をバッキンガム宮殿に降ろしたはる『The Royal Native Oyster Stores』がやっぱりお薦めです。

と、いいつつここ数年ウィスタブル詣の回数がちょっと減りがち。ゆうのも、ロンドン橋駅麓に週の半分開いてるBorough Market（ボロー市場）にある屋台『Richard Haward's

Oysters』さんが、がんばってええもんを売ってくれたはるから。しかもけっこう勉強したお値段。件の「Native」のほかにも、あんじょう肥えた岩牡蠣も並んだはります。抜群の蛤もある。いずれも日本人でも大満足のクオリティでっせ。

企業の駐在のみなさんなんやろか、なんべんかここの屋台前に日本人が集まって食事会したはんのを見たこともあります。ポン酢とか刻み葱とか大根おろしなんかも用意なさってて、いや、どうえー、ちょっと混ざりたいわーとか思たことでおました。

ちなみに儂は酢ぅ派です。赤ワインかシェリーのお酢に塩を加え、風味づけにウースターソースをたらーり、こまこう刻んだエシャロットを混ぜて味を馴染ませたんが、とりわけ濃厚な「Native」にはよう合う気がします。

英国で牡蠣ゆうたらたぶん生食のイメージが一般的には強いんでしょうね。儂が初めて渡英・渡欧したのは、もう、30年以上前の話になりまっけど、そのときの「喰いたいもんリスト」「やってみたいことリスト」のなかにもオイスターバーで生牡蠣という項目がしっかり記載されてました。いまはもう、のうなってしもたけどヴィクトリア駅近くに看板を発見して挑戦したんを思い出します。味は、うーん、まあ、アレでしたわ。ぺったんこに痩せてて、ちっこーて、これが英国の牡蠣かいな……という落胆せんかったゆうたら嘘になります。

80年代のロンドンの街はぶらぶらしてると、まだ結構オイスターバーがありました。最初の店がアレやったんでそれきりでしたけど、「あんな店ばっかしなんやったらしゃーないな」と肩を竦めつつも英国に来るたび目に見えて数が減ってったんは残念な気もしました。それでも高級シーフードレストランみたいな店は頑張ってはって、これはいまでも健在。これからこっち来て古き良きオイスターバー的雰囲気を楽しみたいんやったら『Wiltons』とか『Gow's』『Seawise』あたりのクラシックな店を選ぶんがええでしょう。そやなかったら『Bibendum Oyster Bar』か『Caviar House & Prunier』とかのコンチネンタル系。

儂はコンサバな感じが苦手やしオイスターバーの風情に浸りとうなったらキングスクロス駅の、ユーロスター発着プラットフォームに隣接してる世界で一番細長い店『Searcys St. Pancras Champagne Bar』を選びます。ええよー。ここ。もし、儂が英国で最初に入った店がこういうとこやったら、もっと足繁くオイスターバー巡りをしてたかもしれまへん。

日本でも大ヒットした英国の無声コメディ『Mr.ビーン』に生牡蠣を食べるエピソードがありました。あれなんかを見てもわかるように今日びの英国人にとって生のオイスターはほとんどゲテもの扱い。つまりは英国人の嗜好そのものが変化してしもてるわけで、ほしたらオイスターバー衰退もやむなしですわ。

尤《もっと》も食文化華やかなりしヴィクトリア朝時代、牡蠣のメインストリームは〝焼き〟やったそうです。それも庶民がスナック感覚であつあつをはふはふ、地エールをぐびーみたいな世界。着飾った紳士淑女が生牡蠣をシャンパンで流し込むアッパーミドルな食べ方はもうちょい後。それが戦後は一部の好事家と懐古趣味の密かなお愉しみになって、世間的にはゲテもの化してくわけやから……わからんもんですな。

かくのごときに食材としての立ち位置が定まらん英国とは正反対にフランスでは牡蠣といえば生一辺倒です。食べ放題もいっぱいあるし専門店もオイスターバーもピンキリであります。シーフード中心でのうてもビストロのメニューから海の幸のプラッター「フリュイ・ドゥ・ラ・メール（fruit de la mer）」が消えることは金輪際ないでしょう。値段が上がったとしても、そやからて無暗にポッシュになったりも、ドーバーの対岸みたくゲテものに成り下がることもありますまい。

そんなフランスやからこそ、生以外の食べ方をした牡蠣は鮮明に味蕾の記憶が残ってます。

70年代の終わりから80年代頭にかけてヌーベル・キュイジーヌの牙城として知られた『Vivarois』で出されたアミューズ。牡蠣のコキール。殻のなか、丸々と太ったんがカレー

『The Royal Native Oyster Stores』にて。

で風味をつけた生クリームのソースを掛布団に横になってて天火でさっと炙ってある焼き牡蠣的な一品。コリアンダーの葉っぱが乗ってました。

食べた瞬間、あー、なんやこれ美味しいなーという感動と、こんなにええ牡蠣やったら生で食べたいなーという日本人的な感慨が交互に押し寄せてきました。

この店のシェフ、クロード・ペローはんに薫陶を受けた料理人はほんまにようけいはりまして、パリを代表する押しも押されぬ三ツ星『l'ambroisie』のベルナール・パコーはんもそのひとり。まだこちらが星二つやった時代に食べさせてもろた牡蠣も生涯忘れられんやろなあ。いろんな意味で。というのもカキフライやったからです。

たぶん日本の外で食べた最初のカキフライ。ごっつ太い長いマカロニみたいな怪体《けったい》な麺が付け合わせで、ソースはタルタルっぽいもんでした。滅法美味しかったけど、なーんか不思議やった。そやかてカキフライはカキフライですやん。いやね、まさかそんなはずはない、なにか特別な意図があるはずやと考えていたんですが、大阪のフレンチの銘店『ラ・ベカス』のシェフ、渋谷圭紀さんにその話をしたら笑われました。

「あ、それ僕が教えたんですわ。パコーさんにニッポンのカキフライの極意を教えてくれー言われて作ったんやけど、極意もなんもまんま普通の洋食屋さんのあれですわ」やて（笑）。なーんやそれ。

けどね、裏を返せば日本のカキフライがそんだけオリジナリティのある世界最高峰のレストランで出されても恥ずかしゅうない完成された一品やという証明やないでしょうか。大袈裟でっか。正味、儂かてどっやゆうたら生牡蠣をうっちゃってカキフライに軍配を上げてまうかもしれんくらい、この料理を愛してます。毎日のご飯のおかずにも、三ツ星店のアラカルトにもなってしまうような喰いもんなって、そないあらへんよね。

英国には日本みたいな剥き身は売ってまへん。衛生法にひっかかるんです。けど和食屋も増えてきてカキフライには不自由しまへん。もっとも京都、円町の『岡田』さんで旬の盛りにだけ食べられる空前絶後のカキフライみたいなんもまた望むべくもおへんけど。ほんなもんで、どうしても美味いカキフライをぱくつきたいと思たら自分で揚げるしか道はないわけです。

そこで登場するのが、さいぜんのボロー市場の屋台ですわ。その場で注文して剥いてもろてタッパに汁ごと移し、保冷材を敷いたクーラーバックで持ち帰るぶんには合法なんでそうしてます。殻つきのまま買ってって家でやってもええにゃけど、15㎝はあろうかという大物を1ダースも提げてくんは骨の折れる作業でっさかい。

牡蠣を買った日ぃは晩の準備に取り掛かるまでずっとそわそわです。フライそのものは粉はたいて卵潜らせてパン粉まぶして揚げるだけなんで大した手間もテクもいらんのやけど、火の通りには気ィつけんとアカンので、ご飯の炊きあがりや添えもんの段取りにむしろ頭を使います。岡田さんにはかなわんまでも、外はパリッ、中はとろっと半生に仕上げたい。

ソースは断然ウスターです。前は丁寧にタルタル拵えてたけど、だんだん歳喰うに連れ子供のころから馴染んでる味に回帰しました。うちには京都産のええ地ウスターが常備されてまっけど、こんな瓶もんを日本からえっちおっちら運んでくる理由の一番はカキフライやったりするんで、あんたほんまに好きなんやなあと他人事みたいに感心してまう儂どした。

とんかつやったら
千切りキャベツ一択やけど、
カキフライは存外付け合わせがむつかし。
これはフェンネルの葉（ディル）を
高温でぱりぱりに揚げたもん。
けっこう当たりやった。

人衆ければ則ち狼を喰らう

人生ちゅうのは、ほんまなにがありよるか解りまへん。面白いなあ。と、ここんとこ毎週のように、それもなんべんも感慨しとります。まさか自分の人生にこないなことが起こるやなんて。て、大袈裟でんな。けど、ちょっと動揺するくらい大きな変化やったんですわ。儂にとっては。ほんでもって変わったんは儂自身やない。儂の生活。ライフスタイルの大変身。

たった一軒のカフェの出現によってそれは起こりました。『But First Coffee』。3年くらい前、うちの近所、歩いて5分くらいの場所にでけた店。ここを通して、儂は「地域社会とのコミット」とゆう、あまりにも自分本来のベクトルとはかけ離れた愉悦《ゆえつ》を手に入れたんでおざいます。温かで、さらさら淡い、そやけど非常に快い距離感。もちろん、そういうもんが存在してることは知ってましたえ。でも、まさか自分がそんなサークルの一員に収まるやなんて想像もせんかった。

そら京都人でっし素地はありました。洛中には地元と密接に繋がったカフェがあちこちにおまっさかいね。祇園祭の鉾町《ほこちょ》的なメンタリティの発露ていうたら解りやすいやろか。

こないだリアルな京都を書かせたら随一のライター、高橋マキちゃんから謹呈本をいただきました。産経新聞の地方版で連載されていた、京都に散らばる個性豊かな喫茶店をめぐるコラムをまとめた『珈琲のはなし。』（自主出版やけど、そらもー素敵な一冊。）ここには京ならではの呼吸《いき》してるようなカフェ、そのエリアにのーてはならん、まとめ役というか相談役みたいな人間そのものでもあるような喫茶店が50軒、庇《ひさし》を並べて紹介されてます。京都人の暮らしにはきっと、そういうスペースが必要なんやろな。

ただ、もはや儂の生活の拠点はロンドン。この本には儂のオキニもいくつか載ってまっけど、なんぼ通うたかてもはや地域住民として椅子に座るわけやない。ご主人の取り持ちで仲ようなる人がいても、そちらのみなさんもまた遠路はるばるゆう方がほとんど。早い話が京都のカフェはそのエリアやないとアカンゆうレーゾンデートルを失のうてしもてる。ええ悪いの話やのうて、地域ありきから店（主）ありきに変化したってこってすわ。

ロンドンは京都みたいに隅から隅まで観光地やおへん。そやからこそBut First Coffee みたいな店も生まれ易いんでしょうが、ここのお客さんは9割方が徒歩圏内の住人。そやしここに集う人らと仲ようなると自ずと地域との関わり方も深こうになる。深こなったら、それだけ親しみも湧く。もはや儂にとって「Harringay」は「西陣」と変わらぬ愛着ある街になりました。いや、カフェがそんなふうにしてくれはったんです。

蜜月は、こんなふうに始まりました。

『But First Coffee』
43 Quernmore Rd,
Harringay, London N4 4QP

奥にいるのがご主人のマット。おツレさんとの結婚式にも呼んでもろた。儂の親戚なんか誰一人として招待してくれよらへんかったのに（笑）。写真手前右手のあるのが件の「コペンハーゲン」なるデニッシュ。毎度 Eat Me! の誘惑に勝つのにひと苦労。

ここいらへんは金融街の「City」まで国鉄で直通、15分ほどです。店はその人らをターゲットに6時から営業。なので昼過ぎには閉店——というのがこちらのスタイルどした。当然儂はそんな時間に縁がないんで前を通るたび「いつ開いてんのかなあ」なんて思てました。そやし最初の一杯はたぶん開店1ヶ月後とかやった。

ドアを押すと他に客はなく店主のマットが賑やかに迎えてくれました。まあ、この時点でシンパシーはあったんですよね。やっぱゲイ同志やし。え？儂も向こうも逃げも隠れもせんゲイでっさかい最初のひとことで、ほんなんツーツーです。で、淹れられたカプチーノを啜って、その旨さにちょいとばかり驚きました。

仕事前にしゃっきり目を覚ましたいシティの住民好みのチョイスでもあるんでしょうが京都人が大好きな濃い濃い珈琲。でも苦みが澄んでて、するっと喉をすべってゆく。「ちょっと、あんた、美味しいやんかいさー」と続けざまにもう一杯。元は役者さんやったマットのお喋りはテンポも心地いいんですが、なにより抜群の間合い。こら、ちょこちょこ来さしてもらわなな一と嬉しなりながらお会計を済ませました。

決定的にやられたんは、そのとき。

「ごちそうさまー」と店をでようとした儂を引き留め、彼は紙袋を手渡してくれたんです。「もう店じまいなんだけど、余りもん貰ってくれない？うちはその日の焼き立てしか売らないポリシーなのよ。冷凍もできるしさ！捨てちゃうの勿体ないし」

それは手つかずのブリオーシュ、まるまる1斤。「ええっ？ええーっ？」といってる間に「ほな買わせてー」という儂の言葉を押し切って、まんまとマットは儂に持ち帰らせるのに成功してしまはりました。

いままでかて京都でもロンドンでもそういうことはなくはなかったし、そういうお店とは後々親しゅうなることも経験上知ってた。んやけど、まさかこのお土産お持ち帰りがそれからも何度も何度もあろうとは。しかも、こちらで扱ったはるクロワッサンやペストリー（デニッシュ）類の美味しいことったら！卸専門の小さなベーカリーで注文生産してもろてはるんやけど、はっきりゆうてこない塩梅のええパン、フランスでもめったにない。とりわけ『コペンハーゲン』ゆうレモン汁で練られた糖衣《とうい》がまぶされたペストリーときたら絶品中の絶品。

ここんところは糖尿を理由に3度に2度は断れるようになったけど、いやいや、まあまあ、こんだけ気前がええんも今日び珍しい。そのお返しに、市場で珍しい旬の味覚を発見したらマットの分も買い足したり、鯖寿司作ったら1本余分にこさえてお裾分けしたり、もう、まるきり昔の京都人やおまへんか。

そういう恩恵を受けているのは、むろん儂らだけやおへん。ほかにも何人もいてはる。旨い珈琲の匂いを嗅ぎつけて毎日通ってくるようになったイタリア人のご一家や決まって金曜日に集会しやはる若いママさんグループ。やり手の人権派女性弁護士もいれば(自称)魔女もいる。ハリウッド主演役者までやってくる。みごとにばらばら色とりどりの老若男女が引きも切らん人気店になるんはすぐでした。

そういうお客同士が自然に交流を始め、カップルもできたりしてるんやけど、儂はといえば犬連れのお客さんがかなりいてはるおかげで、ときたまベビーシッターならぬドッグシッターを任せてもらえる友人が何人かでけたんが、もう、嬉しゅうて。それからね、たぶん儂の一生には金輪際縁はなかろうと考えてた子供らとの交流がでけたんも意外というかなんというか。ちいちゃい子、めっちゃ苦手やったんやけどなあ。

マット自身が子煩悩というのもあるんやろけど、ゲイ率と子育てを終えた年輩率が高いせいか、若いお母さんらが小さい子を人任せに遊ばしといて気を抜ける場所になってるんよね。ここ。次から次に膝に乗ってくる子らを相手に本読み聞かせたり落描きの相手したり、けっこう忙しい日もあったりするこの頃ですわ。

カードを送りあい、誕生日を祝いあい、パーティやBBQに招《よ》んだり招《よ》ばれたり。しかし行き過ぎんようほどほどの節度を守ったバランスが保たれた人間関係が幾重にも折り重なっているカフェ。それがBut First Coffee。

もちろん地元民でのうても同じ扱いをすべてのお客さんは受けるし、むしろ常連は儂も含めてちゃんと状況を読んで席が足らんようなときは、いつもの長尻をすっと譲る。とにかく内輪の空気が澱まんように気ぃつけてます。京都にもあんのよ。ええ店なんやけど内輪の空気がこもってて息苦しいカフェ。やったはる人らは〝和気藹々〟のつもりなんやろけど……。自分の好きな店に同じもんを持ち込みとないゆう話です。

実はここがでける以前にも好きな地元カフェはありました。とりわけ長期入院中、ツレが魔法瓶でデリバリしてくれて心の支えになってくれたとこに、もはやついぞ足を運ばんようなってしもたんは残念なこっちゃと嘆息しております。あっこのご主人さんもマット同様に地域に密着した【カフェソサエティ】を築きたいという気持ちでやってはってんけど、いつしか店が評判になって何軒も支店を出しはって自分の拠点を移しはってからすっかり雰囲気が変わってもた。

好きな店が流行るのは自分のことみたいに嬉しおす。けど、人気に流されたらあきまへんわ。But First Coffee も昨年、カルチャー／ファッション誌の老舗『GQ』が選ぶ「珈琲ブームのいま、ロンドンで行くべき10のカフェ」に選出されましたけど、そやからて何ひとつ味も態度もアトモスフィアも劣化しません。

あ、劣化はしてへんけど変化は少々。イベントが増えた。夕方から無料でビール飲み放題（醸造会社のマーケティング）があったり。月ごとにはローカルアーティスト作品展示も始まった。常連さんがお国言葉の教室始めはったり（入江も日本語教室やんなさいよとお声がかかったけど丁重にお断りしました。笑）。やはり常連さんの新ビジネス、イタリアンのデリバリサービスメニュー試食会が連夜開かれたり。などなど。

前述した高橋マキちゃんの『珈琲のはなし。』はシンプルなデザイン乍《なが》らブーブー紙（パラフィン）のカバーがかかっていて、それがすごいええ感じなんやけど、ふと、気づく。

カフェて、このブーブー紙みたいなもん違うやろか。薄い紙1枚が重なっただけで、さほどプラクティカルな意味はないんやけど、なんやその一冊が内包する世界を嫋《たお》やかに読者へ伝えてくれる役目を担っているブーブー紙。即ちカフェとは地域と住人の関係を嫋やかにしてくれる存在なんやないやろか。とか。

ああ、そういうたらブーブー紙を吹いて音を立てるときと珈琲をふーふー吹いて飲むときの幸福も似てはるね。安寧ちゅうやっちゃ。

ときどきドッグシッターを
託るモリーちゃん。
この日は儂の誕生日を
マットがお店で祝って
くれたんだけど
彼女（と、飼い主）も
駆けつけてくれました。

あとがき　蓼喰う虫も好き好き

おおきに、ありがとう、かたじけのうございます。おかげさんで単行本を出さしていただきました。『本の雑誌』でずーうと「読む京都」という、京都について書かれた本、京都人や京都にかかわる人たちが書いた本について連載さしていただいてました（こちらも２０１８年に単行本化されます、よろしゅうお願い申し上げます）が、五百冊以上読んだ中でも、こんだけかんかんに、しつこうしつこう京都語で書かれた本はございませなんだ。自費出版とかならあんのかもしれまへんけど、そういう意味では新機軸。どのページを捲っても金太郎飴のように京言葉です。なるほどぽっきん京言葉。

最初は、もうちょっと抑えてかかろと思てたんどっせ。そやけど同じ京都人担当編集者の青木雅幸さんがたきつけはるもんやから、調子乗りの儂《わし》はついついやり切ってしまいました。共犯者のような担当子に心から感謝したいと存じます。強力な助っ人として『本の雑誌』の懐刀、杉江由次さんにも編集に携わっていただいてるんで読めんことはないもんになってるはずです。非京都人《よそさん》には皆目解読不能やったら、さすがに教《お》せてくれはりますやろ。校閲を始め万謝に堪えません。

江戸時代、裕福な家庭の子女を中心に江戸っ子たちは教養として京言葉を学んだそうです。ちょうど現代人が外国語会話を習うような感覚やったんでしょうね。儂がここに書き散らしてきた京都人の口語は教養でも何でもございまへんけど、なんとのう読んでるだけでリズムが心地ええと手に取ったみなさんが感じてくださったら幸いです。まあ、蓼《たで》喰う虫かているこっちゃし、こんな本でも悦んでくれはる読者もおられますやろ。

ブックデザインは京都の『大向デザイン事務所』の坂本佳子さんが素敵に仕上げてくださいました。果報やわあ。嬉しいなあ。

最後に。毎度ではございますがこの本〝も〟ツレ合いなくしては完成しまへんでした。

I will dedicate this Book to Ian Hamilton. Hope you like it. Some Prefers Nettles.

ほんで、半分わっこで悪いけど、自信をもって友達だったと言える数少ない人のひとり、吉野朔実さんにも捧げとうございます。彼女こそ蓼喰う虫やったな。よくぞ儂なんかと付き合うてくれはった。感謝感謝や。先に逝ったんはまだ怒ってるけどな。

ほんまはねえ、表紙をねえ、描いてもらいたかった。「いつでも頼める」ゆう安心感があって、ほんでもって吉野さんの絵の魅力をようよう知ってるだけに「ぴったりの本が書けたときにお願いしよう。ひさうちみちお画伯にイケズの本の挿画をしてもろたように」という気持ちが働いて、ついぞ果たせなんだ。わりと後悔の少《すけ》ないもの書き人生を送らせてもろてますけど、これだけはいまはの際まで臍を噛もうと屈伸してる気がします。

２０１７年12月１日ロンドンに初雪の降った日。入江敦彦

入江敦彦の「寄らば喰うゾ！」お店リスト

（2017年11月現在）

まえがき　色即是喰

『L'Antica Pizzeria Da Michele』25 Stoke Newington Church Street, 1London N16 0UH

02 道草を喰う

『かざりや』京都市北区紫野今宮町96
『一和（一文字屋和輔）』京都市北区紫野今宮町69
『カフェ工船』京都市上京区河原町通今出川下ル梶井町448 清和テナントハウス 2F G号室
『ZEN CAFE』京都市東山区祇園町南側570-210
『静香』京都市上京区今出川通千本西入ル南上善寺町164
『喫茶室 嘉木』京都市中京区寺町通二条上ル常盤木町52
『村上開新堂』京都市中京区寺町通二条上ル常盤木町62
『スマート珈琲店』京都市中京区寺町通三条上ル天性寺前町537
『開化堂カフェ』京都市下京区河原町通七条上ル住吉町352
『エフィッシュ』京都市下京区木屋町通五条下ル西橋詰町798-1

04 喰意あらためて　あん

『マリーフランス』京都市上京区今出川通新町西入ル元本満寺町 307 パルハイツウエダ 1F
『マリーフランス　北山店』京都市左京区下鴨南芝町44 エイ山荘ビル 1F
『今西軒』京都市下京区烏丸五条西入ル一筋目下ル横諏訪町312
『松楽』京都市西京区嵐山宮ノ前町45
『出入橋きんつば屋』大阪市北区堂島3-4-10
『御座候　阪神百貨店 梅田店』大阪市北区梅田1-13-13
『中村軒』京都市西京区桂浅原町61
『中村製餡所』京都市上京区一条通御前西入ル大東町88
『ヌーラーニ』京都市北区西大路一条東入ル大将軍川端町21ルミエール白梅 1F
『HANAKAGO』京都市中京区室町通六角下ル鯉山町516-4
『開化堂カフェ』京都市下京区河原町通七条上ル住吉町352

05 縁に連るれば唐の物を喰う

『中村軒』京都市西京区桂浅原町61
『開化堂カフェ』京都市下京区河原町通七条上ル住吉町352
『利招園』宇治市莵道門前4-10
『大吉』京都市中京区寺町通二条下ル妙満寺前町452
『HANAKAGO』京都市中京区室町通六角下ル鯉山町516-4

06 喰っちゃ寝

『Postcard Tea』9 Dering St, New Bond St, Mayfair, London W1S 1AG
『虎屋 Toraya』10 Rue Saint-Florentin, 75001 Paris
『金網つじ』京都市東山区高台寺桝屋町362

07 面喰らう

『おきな』京都市右京区嵯峨釈迦堂大門町11
『草喰なかひがし』京都市左京区浄土寺石橋町32-3
『Cam Valley Orchards Fruit Farm』25 Whitecroft Road Meldreth Royston Hertfordshire SG8 6ND

08 喰らわんか

『大吉』京都市中京区寺町通二条下ル妙満寺前町４５２
『画餅洞』京都市上京区今出川通六軒町西入ル１９０−16

09 お預けを喰らう

『花折』京都市左京区下鴨宮崎町１２１
『あら輝 The Araki』12 New Burlington St, London W1S 3BH
『元庵』京都市中京区西洞院通御池下ル西側
『五辻の昆布』京都市上京区西五辻東町74−2
『森嘉』京都市右京区嵯峨釈迦堂藤ノ木町42
『中村軒』京都市西京区桂浅原町61
『ひつじ』京都市中京区夷川富小路上ル大炊町３５５−１
『屯風』京都市左京区聖護院東町１−２
『モミポン』京都市下京区河原町五条平居町19
『グラン・ヴァニーユ』京都市中京区間之町通二条下ル鍵屋町４８６
『インド食堂ＴＡＤＫＡ』京都市中京区押小路通高倉西入ル左京町１３８
『市川屋珈琲』京都市東山区渋谷通東大路西入ル鐘鋳町３９６−２
『光兎舎』京都市左京区浄土寺上馬場町１１３
『とんかつステーキ 岡田』京都市中京区西ノ京南円町34

10 砂糖喰いの若死

『Bread Ahead』Borough Market, 8 southwark St, London SE1 1TL
（旧ゲート入って正面スツール）

11 福喰は内

『二条駿河屋』京都市中京区二条通新町東入ル大恩寺町２４１−１
『老松』京都市上京区今出川通御前東入ル社家長屋町６７５−２
『千本釈迦堂』京都市上京区七本松通今出川上ル溝前町１０３４

『But First Coffee』43 Quernmore Rd, Harringay, London N4 4QP
『Kaffeine』66 Great Titchfield Street, London W1W 7QJ
『Prufrock』23-25 Leather Lane, London EC1N 7TE
『HR Higgins』79 Duke Street, London W1K 5AS
『Maison d'etre』154 Canonbury Rd, London N1 2UP
『Falla and Mocaer』82 Parkway, London NW1 7AN
『Ottolenghi』287 Upper St, London N1 2TZ
『Esters』55 Kynaston Rd, Stoke Newington, London N16 0EB
『The Delaunay』55 Aldwych, London WC2B 4BB
『Gelupo』7 Archer St, Soho, London W1D 7AU
『Lina Stores』18 Brewer St, Soho, London W1F 0SH
『Hotel Chocolat School of Chocolate』4 Monmouth St, London WC2H 9HB

13 場所喰い

『てっさい堂』京都市東山区古門前通大和大路東入ル
『No.9』9 Albemarle St, Mayfair, London W1S 4HH
『一澤信三郎帆布』京都市東山区東大路古門前上ル高畑町６０２

14 粋が身を喰う

『たる源』京都市東山区縄手道三条下ル新五軒町
『金網つじ』京都市東山区高台寺桝屋町３６２

15 喰意あらためて　アスパラガス／葱

『コートドール』東京都港区三田5−2−18三田ハウス１F
『Chez l'Ami Louis』32 Rue du Vertbois, 75003 Paris
『Brown's Hotel』Albemarle St, Mayfair, London W1S 4BP
『かろのうろん』福岡市博多区上川端町２−１
『なかむら』香川県丸亀市飯山町西坂元１３７３−３

『壹銭洋食』京都市東山区祇園町北側２３８
『いづ重』京都市東山区祇園町北側２９２

17 夢喰い

『Hala』29-30 Grand Parade, Harringay, London N4 1LG
『Antepliler』45 Grand Parade, Harringay, London N4 1DU
『Gökyüzü』26-27 Grand Parade, Harringay, London N4 1LG
『Devran』485-487 Grand Parade, Harringay, London N4 1AJ

18 喰意あらためて　西山の筍／山椒

『中村軒』京都市西京区桂浅原町61
『とり市』京都市中京区寺町通三条上ル天性寺前町５２３
『さくらいや』京都市上京区一条通御前通東入ル東竪町１２０−２
『草喰なかひがし』京都市左京区浄土寺石橋町32−3
『魚津屋』京都市中京区高辻通御前下ル壬生東檜町8
『瀬戸』京都市左京区静市市原町３３６
『尾崎食品』京都市上京区河原町通今出川上ル青龍町２４４
『改進亭』京都市上京区寺町通今出川上ル表町35
『しま村』京都市上京区新夷町３８２−２

19 喰うは身を介く

『福島鰹』京都市中京区堺町通御池上ル扇屋町６６１
『しま村』京都市上京区新夷町３８２−２
『田中長奈良漬店』京都市下京区綾小路通烏丸西入ル童侍者町１６０
『津之喜酒舗』京都市中京区錦小路通富小路東入ル東魚屋町１９４
『オ・グルニエ・ドール』京都市中京区堺町通錦小路上ル菊屋町５２７−１
『利招園』宇治市菟道門前４−10
『柳桜園』京都市中京区二条通御幸町西入ル丁子屋町６９０
『中村製餡所』京都市上京区一条通御前西入ル大東町８８
『草喰なかひがし』京都市左京区浄土寺石橋町32−3
『四寅』京都市中京区錦小路通御幸町西入ル鍛冶屋町２２１
『長文屋』京都市北区北野下白梅町54−8
『原了郭』京都市東山区祇園町北側２６７祇園了郭ビル
『おきな』京都市右京区嵯峨釈迦堂大門町11
『村上開進堂』京都市中京区寺町通二条上ル常盤木町62
『千波』京都市中京区錦小路柳馬場西入ル中魚屋町４８３−２
『半兵衛麸』京都市東山区問屋町通五条下ル上人町４３３

21 黄泉竈喰ひ

『吉田屋料理店』京都市中京区丸太町通御幸町下ル毘沙門町５５７−１

22 喰意あらためて　ジビエ

『欣圖軒』Lower Level, InterContinental Hong Kong, 18 Salisbury Road, Tsim Sha Tsui, 香港
『La Tour d'argent』15 Quai de la Tournelle, 75005 Paris
『Les Philosophes』28 Rue Vieille du Temple 75004 Paris
『Kacsa』1027 Budapest II. Fő u. 75. Hungary
『吉田屋料理店』京都市中京区丸太町通御幸町下ル毘沙門町５５７−１
『隆兵そば』京都市西京区桂浅原町１５７
『田中長奈良漬店』京都市下京区綾小路通烏丸西入ル童侍者町１６０

24 喰み返る

『L'Office』3 Rue Richer, 75009 Paris
『Le Richer』2 Rue Richer, 75009 Paris
『Restaurant 52』52 Rue du Faubourg Saint-Denis, 75010 Paris

26 絵に描いた餅を喰う

『出町ふたば』京都市上京区出町通今出川上ル青龍町236

『象彦』京都市中京区寺町通二条上ル西側要法寺前町719-1

27 虫喰い問題

『茨木屋』京都市中京区寺町通三条上ル天性寺前町522-7

『うおがし銘茶 築地本店』東京都中央区築地4-10-1

『丸栄菓舗』福井県大飯郡おおい町本郷119-10-1

28 世の中は喰うて糞して寝て起きて

『瓢亭』京都市左京区南禅寺草川町35

『イノダコーヒ本店』京都市中京区堺町通三条下ル道祐町140

『Hotel Erzsebet City Center』Budapest, Károlyi utca 11-15, 1053, Hangary

『Ottolenghi』287 Upper Street London N1 2TZ

『Breakfast club』31 Camden Passage, London N1 8EA

『Pistachio & Pickle』237 Liverpool Road Angel, London N1 1LX

『St, John』26 St John St, Clerkenwell, London EC1M 4AY

『Maria's Market Café』The Market Porter, 9 Stoney St, London Bridge, London SE1 9AA

『Du Pain et des Idees』34 Rue Yves Toudic, 75010 Paris

『The Wolseley』160 Piccadilly, St. James's, London W1J 9EB

『Regency Café』17-19 Regency St, Westminster, London SW1P 4BY

『Alpino』97 Chapel Market, Islington, London N1 9EY

『E Pellicci』332 Bethnal Green Road, Bethnal Green, London E2 0AG

『Terry's Café』158 Great Suffolk St, London SE1 1PE

30 同じ釜の飯を喰うた仲

『中村軒』京都市西京区桂浅原町61

『草喰なかひがし』京都市左京区浄土寺石橋町32-3

『コートドール』東京都港区三田5-2-18三田ハウス1F

『よし房 凛』東京都文京区根津2-36-1

31 喰供養

『エンボカ東京』東京都渋谷区元代々木町16-16

『Neal's Yard Dairy』6 Park St, London SE1 9AB

32 喰意あらためて　牡蠣

『The Royal Native Oyster Stores』Horsebridge, Whitstable, Kent CT5 1BU

『Richard Haward's Oysters』35 Stoney St, London SE1 9AA

『Wiltons』55 Jermyn St, St. James's, London SW1Y 6LX

『Gow's』81 Old Broad St, London EC2M 1PR

『Seawise』unit 726 stables market, Chalk Farm Rd, camden London NW1 8AH

『Bibendum Oyster Bar』Michelin House, 81 Fulham Rd, Chelsea, London SW3 6RD

『Caviar House & Prunier』161 Piccadilly, St. James's, London W1J 9EA

『Searcys St. Pancras Champagne Bar』Grand Terrace, Upper Concourse, St Pancras International Station, 62 Euston Rd, London N1C 4QL

『l'ambroisie』9 Place des Vosges, 75004 Paris,

『ラ・ベカス』大阪市中央区平野町3-3-9

『とんかつステーキ 岡田』京都市中京区西ノ京南円町34

33 人衆ければ則ち狼を喰らう

『But First Coffee』43 Quernmore Rd, Harringay, London N4 4QP

入江敦彦（いりえあつひこ）

1961年京都市上京区の西陣に生まれる。多摩美術大学染織デザイン科卒業。ロンドン在住。エッセイスト。『イケズの構造』、『怖いこわい京都』（ともに新潮文庫）、『英国のOFF』（新潮社）、『テ・鉄輪』（光文社文庫）、「京都人だけが」シリーズなど京都・英国に関する著作が多数ある。2015年刊行の書評集『ベストセラーなんかこわくない』に続き、2018年春には『京都を読む（仮）』刊行予定（ともに本の雑誌社）。現在、『Webでも考える人』にて「御つくりおき」、140Bのウェブサイトで「年寄りの冷や飯」を連載中。

京都喰らい

2018年2月3日　初版発行

著者　入江敦彦
発行人　中島淳
編集　青木雅幸
編集協力　杉江由次
ブックデザイン　坂本佳子（大向デザイン事務所）
タイトルロゴ　Nanami
発行所　株式会社140B
〒530-0047 大阪市北区西天満
2-6-8 堂島ビルヂング602
電話 06-6484-9677
振替 00990-5-299267
http://www.140b.jp

印刷・製本　モリモト印刷株式会社

定価はカバーに表示してあります。
ISBN 978-4-903993-33-1 C0095